法醫追凶
Silent testimony
無聲的證言

戴西 著

人的眼睛可以通往陰間的橋梁，
而死者生前最後看到了凶手的樣貌，
就會把他帶到陰間。

所以，他之所以覆蓋住死者的眼眶，
就是不希望死者記住自己的樣貌……

以他人性命為代價
追尋「美」，
法醫從業者的半寫實
懸疑小說

目錄

故事一　菊祭

楔子……………………………………………006

第一章　小雛菊………………………………007

第二章　無法遺忘……………………………019

第三章　重啟「雛菊案」……………………029

第四章　只有一次機會………………………037

第五章　討厭的女人…………………………048

第六章　我知道她是誰………………………059

第七章　凝固的生命…………………………067

第八章　「愛人」的頭顱……………………083

第九章　我別無選擇…………………………095

第十章　奪命的刀……………………………106

第十一章　黑色夢魘…………………………116

第十二章　寒蟬悲泣…………………………127

第十三章　死者的祕密………………………135

第十四章　完美的結局………………………146

目錄

故事二　霓裳羽衣

楔子 …………………………………………………… 166

第一章　選擇 ………………………………………… 170

第二章　鬼影 ………………………………………… 175

第三章　難題 ………………………………………… 183

第四章　失蹤 ………………………………………… 192

第五章　人皮 ………………………………………… 197

第六章　劫數 ………………………………………… 204

第七章　男友 ………………………………………… 210

第八章　名字 ………………………………………… 213

第九章　蝶舞 ………………………………………… 219

第十章　心願 ………………………………………… 229

第十一章　霓裳 ……………………………………… 242

第十二章　承諾 ……………………………………… 258

故事三　彼岸花開

楔子 …………………………………………………… 268

第一章　屍體迷蹤 …………………………………… 269

第二章　彼岸花開 …………………………………… 279

第三章　蛛絲馬跡 …………………………………… 289

故事一
菊祭

我呼喚著你的名字,求你把我帶離這個世上,
我不想再醒來,不想再悲傷。

故事一　菊祭

楔子

她是個小偷，一個年輕漂亮的小偷。

她得手過很多次，如果被發現了，也能夠迅速脫身。

剛下過一場雨，地上泥水四濺，大街上霓虹燈閃爍，馬路兩旁來往的行人神色匆匆。

這一次她卻沒那麼幸運，失主瞥了她一眼後，提了個古怪的要求——「如果不想讓我報警的話，妳跟我走。」

「去……去哪裡……」她雙手抱著肩膀，緊張的眼神像極了一隻即將被宰的兔子。

失主隨手把失而復得的錢包放回口袋，笑著說：「請妳吃飯。」

聽了這話，她便老老實實地閉上了嘴。跟在一個男人身後，她乖乖地低頭鑽進了一輛靠路邊停著的黑色賓士車。車門關上，賓士車迅速朝城東方向開去。

第一章　小雛菊

在南方的海濱小城，每年夏季到來之前雨總是會下個不停。

「章醫生，有妳的快遞！」傳達室值班人員探頭叫住了正走進大院的章桐，「昨天傍晚你們下班後送來的。」說著，從靠窗的辦公桌上拿起一個紙盒遞給了她，盒子小小的，長寬都在 20～30 公分之間，分量很輕，看起來裡面沒有裝多少東西。

「快遞這麼晚還送嗎？」在郵件登記簿上簽名以後，章桐隨口問了句，她記得昨晚自己離開局裡的時間已經是晚上 6 點 45 分了。

值班員搖搖頭：「偶爾吧，也不是經常這樣，如果是新的快遞員，再遇到網拍活動的話，派件多了就晚了。」

「謝謝。」章桐把筆交還給了他，接著拿著快遞盒走上臺階，穿過一樓大廳，順著樓梯來到負一樓，又走過長長的走廊，在更衣室換好衣服後，推門走進隔壁自己的辦公室。

站在辦公桌前，她又一次認真打量起面前這個普通卻又看似不太正常的小快遞盒。

第一印象──做工粗糙。

首先，以往基層兄弟寄過來的樣本盒都是特製的，盒子表面還會貼上紅色的警示標籤，在投遞上更會做到專人專送、當面交接。所以排除公務件。

故事一　菊祭

其次，章桐不喜歡網購，也確信自己的朋友絕對不會不打招呼就寄東西給她。

但眼前這個快遞盒的收件人一欄裡的確寫著自己的名字，寄件人的名字卻被隱去了，並且用一連串機打字代替。

「隱址件？」章桐微微皺眉，她知道傳達室之所以會收下這個快遞盒很可能是因為盒子太輕，總重量不超過150克，長度也沒有超過30公分，自然就不存在任何安全隱患。

她打消了立刻撥打盒子上快遞公司的號碼詢問郵件來源的念頭，轉而迅速清理了自己的整個辦公桌，確保上面除了快遞盒之外沒有其他任何雜物。隨後拉開了辦公桌抽屜，取出乳膠手套戴上，接著抓過一把美工刀，一個打火機，關上抽屜就開始在桌面上拆快遞盒。

這不是一個普通的快遞盒，雖然盒子表面有機打清單頁面和至少7種暫時無法確定來源的汙漬，凡是一個正常的快遞盒所應該有的，它似乎都具備了，卻唯獨漏了一個關鍵的細節——貼在快遞盒表面的那張有模有樣的快遞公司清單，看上去雖然和真的一般，但它根本無法做到對熱源產生特殊反應。嘗試了兩次依舊失敗，章桐便把打火機丟回了抽屜，皺眉想了想，還是拿起了美工刀，只不過這次她變得非常小心，沿著盒子的邊緣把它的頂蓋完整地挑開了一條縫後，這才打開了包裝盒。

盒子裡是一大塊白色的聚乙烯發泡棉，這種又被稱為EPE珍珠棉的發泡材料幾乎在商場店鋪中的每一件貨品包裝盒內都能看到。看著這些EPE珍珠棉，章桐確信自己不會在上面發現有效的指紋或者任何有價值的東西。人的指紋之所以能夠在物體表面保留下來，是因為人的手指和物體表面直接接觸的時候，手指皮膚凹凸不平的紋路中所附帶的油脂分泌物與

第一章　小雛菊

　　汗腺之類的混合物就像一個印章一樣會被物體表面所吸附。指紋被成功提取的前提條件是物體表面足夠平滑工整，並且能夠吸附住指紋中的各種雜質，然後保留相當長的時間。而 EPE 珍珠棉是無法保留指紋的，因為它上面吸附不了任何東西。

　　用美工刀把珍珠棉頂上的蓋子輕輕扒開，這時，一股熟悉的氣味撲面而來，章桐的心猛地沉了一下，這是血液凝固後才會產生的特殊味道，淡淡的，不仔細辨別的話很容易被忽視。她手上的動作並沒有因此而停下，相反越發變得小心謹慎了起來。

　　終於，在接近盒子底部 10 公分左右的位置，最後一塊覆蓋著的珍珠棉被取出後，一對完整的人類的眼球出現在她面前。

　　眼球有些乾癟，那是房水逐漸流失導致的。從眼球邊緣的創面來看，它是在受害者還活著的時候就被人用鋒利的銳器摘取了下來，它整體脫離眼眶的時間在 48 小時以上。

　　此刻，章桐臉上的表情瞬間凝固了，遲疑片刻後，她直起腰，目光落在了眼球下面墊著的那一層珍珠棉上，幾處凝固的血汙處是棕黑色的，顯然，眼球已經被放盒子裡足夠長的時間了。

　　也有可能眼球被摘下沒多久就被放進了這個古怪的盒子裡了。

　　「啪」，美工刀應聲掉落在了地板上，她顧不得彎腰去撿，腦子裡一個熟悉的畫面驅使著章桐繼續拆盒子。她輕輕地把那一層被染色的珍珠棉取了出來，連同上面的眼球一起放在了辦公桌上，接著繼續查看快遞盒中剩下的珍珠棉，裡面還有相當厚的一小疊。她的手指只是輕輕一翻動，夾層的一角便露出了一朵枯黃的小雛菊。

　　一切都被安排得妥妥帖帖，既能讓收到這個快遞盒的人感到震驚，又

故事一　菊祭

絕對不會讓她太過於意外。

看著眼前的這一切，章桐發出一聲輕輕的嘆息。

＊　＊　＊

下午剛下了一場雨，空氣中溼漉漉的。

他正慢吞吞地走在回家的路上。

天色已經很晚，他是一位即將退休的物理老師，要不是輔導一個孩子，他絕對不會拖到這個時候才回家。

腳步逐漸變得有些沉重，他太累了，畢竟上了年紀，尤其是腰，椎心的痠痛讓他無法忍受，於是打算找個地方坐下休息一會。

馬路對面就是街心公園。這時候的公園裡非常安靜，高高的灌木叢替代了尋常的圍牆。昏黃的路燈下，他慢慢地穿過小拱門，走在街心公園的石徑上，向公園深處走去，耳畔傳來自己沉悶的腳步聲，顯得很孤獨，但是他知道，回到家關上門的那一刻才是真正的孤獨。

人老了，只要一坐下來，很快就能睡著。這是誰都無法違抗的自然規律。

今天的他依舊如此。看著眼前那盞路燈亮了起來，他的心微微一暖，斜靠在公園的椅子上，沒多久便緩緩闔上了雙眼。

其實他真的只是想休息一下，喘口氣而已，即便睡著了也沒關係，反正沒人在乎他。周遭的環境太安靜了，靜得讓人都能聽到「嘶嘶」的聲音，有點像風在吹，但明明是一個悶熱的夜晚。

那「嘶嘶」聲非常輕，就好像在自己的耳邊滑動，速度也很慢，且離他越來越近。應該是自己聽錯了吧，最近總是會聽到這樣古怪的聲音，

第一章　小雛菊

習慣了就好了，只是現在不一樣，因為周圍太安靜了，什麼都沒有，包括風。

突然，腦後脖頸處傳來一陣輕微的刺痛。

這該死的蟲子！夜晚公園裡就是蟲子多。

他有些煩躁不安，本能地伸手去摸，卻驚愕地發現已經無法順利抬起自己的右手。與此同時，他感覺頭暈目眩，四肢僵硬，胸口就像被壓上了一塊石頭，呼吸逐漸變得困難，就連意識也漸漸變得模糊起來，唯獨聽覺還保留著。他聽到腦後傳來輕輕的喘息聲，只是他已經沒有精力去辨別發出這聲音的是人類還是動物了。

身體的感官惡化程度是非常迅速的，他都沒有辦法及時做出反應，腦子裡已經是一片空白。

這時候，他的眼前開始出現不正常的黃色斑點，每一次的呼吸變得越發艱難，為了能得到更多的氧氣，他不得不用盡全身的力氣努力張大嘴巴。

終於，眼前一片漆黑。

一絲殘存的意識讓他感覺到一個冰冷而又滑膩膩的東西緩慢地鑽進了自己的嘴巴。這種感覺是非常恐怖的。因為那個東西很長，並且在他逐漸變得麻木的舌頭上滑行了很久才沿著喉嚨鑽進了氣管。

不過，這時候的他已經感覺不到痛苦了。

公園裡一絲風都沒有，空氣潮溼而又悶熱，「嘶嘶」聲響起，正對著長椅的那盞路燈發出的光努力地跳動了兩下，「啪——」路燈應聲熄滅了。

＊　＊　＊

故事一　菊祭

　　兩個多小時後，一輛路面巡邏警車在街心公園門口的路邊停了下來。

　　值班警員還沒下車就看見了站在路邊神情慌張的男孩，在男孩身邊還站著一個瑟瑟發抖的年輕女孩，兩人不只是年齡相仿，就連頭髮的顏色也染得一模一樣。

　　警員下車的同時打開了肩頭的微型攝影機，問：「是你們報警的？」

　　男孩拚命點頭，接著伸手朝公園內一指，嘴唇顫抖著半天也說不出話來。

　　另一位年紀大一點的輔警柔聲問一旁站著的女孩：「別怕，你們現在很安全，告訴叔叔裡面到底出什麼事了，好嗎？」

　　「死人！就……就在長椅上。」年輕女孩咬著嘴唇結結巴巴地回答。

　　「裡面有幾個人？」警員嚴肅地追問。

　　男孩努力伸出一根手指。

　　「你怎麼確定人已經死了？」

　　「活……活著才見鬼呢！」男孩咕噥了句。

　　知道再也問不出什麼來了，老輔警和同事互相看了一眼。警員點點頭，拿出手電筒說：「張哥，你陪著他們，同時通知同仁，我進去看看。」

　　今晚的街心公園格外安靜，警員順著石徑走進公園，朝著報警的男孩所指的方向走了過去。

　　他沒走多遠就看到了那張孤零零的長椅和長椅上那個同樣孤單的老頭。老頭的皮膚是冰涼的，頭歪著，頸動脈處也毫無反應。警員繞著屍體走了一圈，確定無生命跡象後，便長長地嘆了口氣，流露出稍許的同情，畢竟臨死前身邊一個人都沒有，老人走得太孤單了。

第一章　小雛菊

　　警員環顧了一下四周，悶熱的空氣給人的感覺一點都不像是在四月末，身後熄滅的路燈讓大半個街心公園處在黑暗之中，除了安靜，他什麼都感覺不到。

　　老人怎麼會這麼晚來這裡？

　　他把手電光又一次集中在了老人的臉上，這時候他才注意到這張表情凝固的臉是如此怪異，那種被定格的驚恐，又好像是詫異。他死前到底經歷了什麼？是不是心臟病突發？

　　想到這裡，警員準備把手電光移動到老人胸口的位置，一般上了年紀的老人都有把自己的身分證件放在胸口襯衫口袋的習慣，眼前這位不幸的老人也不例外。

　　手電光剛移開的瞬間，他的眼前一花，就在老人張開的嘴裡好像有什麼東西在動。警員呆了呆，又把手電光移了回去。這是強光手電，光線是雪亮的，能夠看清楚目標位置上的所有東西。

　　他盯著那玩意兒看了很久，臉色煞白：「天吶！這是什麼？」

　　直到這時候他才終於明白街心公園外那個打報警電話的半大小子為什麼會被嚇得半死了，因為一個活人的嘴巴裡是絕對爬不出一條蛇的。

　　一條長著三角形腦袋的蛇。

＊　＊　＊

　　晚上，房間裡有點冷。章桐伸手摸了摸床邊的暖氣片，指尖很快就傳來了熟悉的感覺——暖氣停了。現在是凌晨1點半，離天亮還有很長的一段時間。她費力探身拿到了桌上的幾張七寸相片，在徹骨的寒意把自己完全吞沒之前，重新縮回了被窩裡。這是自己臨睡前還沒有來得及完成的工作。

故事一　菊祭

相片中是一朵已經乾枯的雛菊，土黃色乾癟的花瓣被草草地揉成了一團，壓得扁扁的，毫無生命氣息的枝幹如同彎曲的鐵絲，醜陋而又怪異。

凶手的用意已經非常明確。受害者還活著的可能性非常小，透過DNA尋找相關證據的難度也可想而知，即使自己最終能夠提取到完整的DNA樣本，如果受害者在生前沒有進行過相應的備案登記的話，結果仍然不容樂觀。

其實這些還並不是真正讓章桐感到奇怪的地方，因為就在13年前，她就曾經在一個命案現場見過一朵同樣古怪的雛菊。

記憶中，那天下著很大的雨。

圍觀的人群靜悄悄的，誰都不說話，目光中盡是驚愕和惋惜。

不遠處警用隔離帶外，一輛警車在陡坡下急煞車，車門打開的一瞬間，一個男人不顧一切地跳下車，飛快地向案發現場衝了過來。

這突發的一幕讓值班的偵查員嚇了一跳，幾個人隨即撲了上去，最終，不得不狠下心動用了手銬才合力把他制服。這個男人被銬在了陡坡下那輛警車的車門邊上。

雨越來越大，渾身溼透的男人跪在地上，不停地拍打著車門，喉嚨裡發出陣陣哀號聲。讓現場的偵查員只能默默地把頭轉開，不忍看他悽然的目光。

「死者的家屬？」章桐問身邊站著的同事。同事無聲地點點頭。

「嘩嘩」的雨聲很快便吞沒了男人的哭泣聲。

結束工作走出現場時，那輛橫在陡坡下的警車早就開走了。但剛才發生的那一幕，在章桐的腦海裡留下了深刻的印象。

第一章　小雛菊

　　事後才知道，現場發現的死者是這個男人的親生女兒，而他是市局禁毒大隊的一名資深偵查員。

　　女孩的屍體是在大雨中被人發現的，赤裸著身體，那朵乾枯的雛菊被插進了女孩空蕩蕩的眼眶。現場的證據少得可憐，這個案子最終也就成了懸案。

　　令章桐無法忘記的，是死者那兩個空蕩蕩的眼眶。即使是外行人都看得出來摘除眼球的技術是多麼不專業，X光片下可見傷口最深的地方甚至已經觸及了死者的顱腦，傷口邊緣雖然經過雨水的沖刷，卻還是能看出明顯的生活反應，這就意味著這些粗魯的動作是在死者還存活的時候進行的。

　　女孩的死因是機械性窒息。

　　因為死者的父親職業的特殊性，所以案件最終被定性為殺人報復，但是誰都沒有真正弄明白女孩眼睛上那朵乾枯的雛菊到底是怎麼回事，凶手這麼做的目的又是什麼？

　　兩年過去了，案件一點進展都沒有。專案組只能暫時撤銷，雖然每年都有人去檔案室定期查看這個案件的相關卷宗，想盡辦法尋找蛛絲馬跡，但是誰都很明白，如果沒有實質性的進展，這個案子或許只能永遠地活在人們的記憶裡了。

　　這還不是最讓人感到傷心的，自打「雛菊案」進入懸案系統後沒多久，死者歐陽青的父親歐陽景洪就在人們的視線中消失了。聽禁毒大隊的人說他的工作出了差錯，槍支意外走火，和他搭檔的同事因此而喪命，結局就是這個曾經意志堅強、破案無數的男人因為怠忽職守導致同事死亡，身敗名裂，進了看守所。

故事一　菊祭

　　幾個月後，正式宣布判決結果的那一天，市局顯得格外平靜，同事們絕口不提這事，就好像從未發生過一樣，但是每個人的心裡都是沉甸甸的。下班前又一個讓人心情糟糕的消息傳來──曾經和歐陽景洪親如手足的禁毒大隊探長齊志強遞交了辭職報告。

　　在這之前，齊志強即將被提拔為禁毒大隊大隊長的消息早就人盡皆知了，他卻選擇在兄弟被正式判刑的這一天徹底脫下了警服。沒有人能真正懂他的心思，聽說他走的時候，眼眶是紅著的。

　　13年的時間轉眼就過去了，「雛菊案」依然沒有下文。死者歐陽青失蹤的眼球也沒有找到。人們漸漸地不再提起這個案子了。

　　但是章桐不會忘記。

＊　＊　＊

　　城市的另一頭。

　　他仔細地看著眼前空蕩蕩的眼眶，總覺得少了點什麼，心中不免有些微微的遺憾。這女孩很年輕，哪怕是已經死了，還依然那麼漂亮，尤其是五官，更是精緻到了極點。所以，他猶豫了很久，他必須讓她完整而又體面地告別這個世界。

　　看著女孩暗灰的面頰，他輕輕嘆了口氣，手停留在半空中，遲遲沒有落下，從下午到現在，他一直都在思考自己的決定，不知道從什麼時候開始，他對自己的每一步決定，都要再三思量，因為他害怕自己有一星半點的差錯。

　　在仔細用棉球蘸著藥水清洗過女孩臉部的汙垢和乾結的嘔吐物後，他的目光落到了桌角的一盆沙子上面，這是一種白沙，很細，也很乾淨，放在眼眶裡，應該不會很痛。

第一章　小雛菊

不過，她已經感覺不到痛了，難道不是嗎？

想到這裡，他的嘴角不由自主地劃過了一絲淡淡的嘲弄般的微笑。

沙子被小心翼翼地填進了那空蕩蕩的眼眶，好像生怕女孩會因此而感到不舒服，他還低下頭，極盡溫柔地用嘴湊近眼眶，輕輕地吹了吹，然後一點一點地把女孩的眼皮蓋了上去。最後，他用早就準備好的棉花棒蘸上膠水，把眼皮近乎完美地黏合在一起。當這一切全部完成，他向後退了一步，雙手向上舉著，歪著頭，仔細地看著那雙被沙子填滿的眼睛，彷彿是在欣賞自己精心完成的一件傑作。

女孩就像是睡著了，她嘴角的血漬被精心擦去，臉上被抹上了淡淡的粉底，如果不是全身冰冷而又微微發青的皮膚，根本就看不出來這是個死人。

好了，終於完工了。

他長長地吁了口氣，活動了一下僵硬發麻的脖頸，然後俐落地摘下乳膠手套，用力把它們拋向了屋角的垃圾桶。

他如釋重負，心情也變得愉悅了起來。他來來回回在屋子裡忙碌的身影在身後工作台上那盞檯燈的光照下，被放大成了一個怪異而又修長的形狀，投影在對面的白灰牆上，一眼看去，像極了一個正在跳舞的木偶。而伴隨著舞蹈應聲而起的，是他隨口低低哼唱的歌謠，歌詞模模糊糊聽不太清楚。

漸漸地，他臉上的笑容消失了，雙手無力地垂落在身體的兩側。站在女孩冰冷的屍體旁，痛苦的嗚咽聲從他嘴裡發出，聲音充斥了房間裡的每一個角落。

屋外，陰冷昏暗的夜空中，雨又開始下了起來。

故事一　菊祭

＊　＊　＊

　　早上8點剛過，章桐走出了解剖室。走廊裡靜悄悄的，除了頂頭的技師辦公室有人值班外，法醫處這邊空無一人。

　　頂頭辦公室的門突然被推開了，一個身材敦實、圓臉、皮膚略顯黝黑的年輕小夥子背著照相機，拎著工具箱匆匆忙忙地走了出來，抬頭看到了章桐，趕緊打招呼：「章醫生，東大校園發現屍體，排程處要我們馬上過去。妳接到電話了嗎？」

　　話音剛落，章桐外衣口袋裡的手機響了起來。

　　排程處是一個一個通知的，因為自己剛才在解剖室，所以就沒有接到排程處打往辦公室的通知出警的電話。

　　「好的，我馬上過去。」章桐把手機塞回口袋裡，緊走幾步探身從辦公室門邊儲物櫃中拎出工具箱，另一隻手用力帶上了辦公室的木門。

第二章　無法遺忘

　　東大，全稱東湖大學，是一座有名的百年老校，位於城市最西邊。

　　此刻，這座校園在雨中顯得格外蕭瑟。灰濛濛的天空下，深褐色的瓦牆此起彼伏。瓦牆邊上是一片面積不小的樹林，樹木高聳。因為沒有被很好地養護，路口的幾株樹幹上光禿禿的，風一吹，大樹在風中不停地顫抖，「嘩嘩」作響。整個校園因此而越發變得死氣沉沉。

　　從校門口到案發現場所在的樹林有將近300公尺的距離，章桐穿著雨衣，提著沉重的工具箱，順著溼滑的鵝卵石鋪就的道路拐了幾個彎，就看到了樹林外那熟悉的警用隔離帶。

　　校園裡非常安靜。雖然案發現場在校園內，但是來這裡的路上和警用隔離帶的周圍，除了幾個面容嚴肅的校方工作人員以及保全外，並沒有好奇的學生駐足圍觀。

　　童小川跟她打了個招呼，伸手指了指樹林最深處：「就在那下面，章醫生，是巡邏的保全發現的。」

　　視線所及之處，全是樹木。

　　「是什麼時候發現屍體的？」章桐問。

　　「大約半小時前。」童小川看了看紀錄，「因為樹林要重新規劃，所以今天校方就對這邊做了實地登記，巡查的時候發現了屍體。」

　　天空陰沉沉的，烏雲密布，幾乎讓人壓抑得快要透不過氣來。兩人順

故事一　菊祭

著小路走進了小樹林，雨衣輕輕地擦過樹枝，發出了「沙沙」聲。

走了大約三五分鐘，兩人在最裡面的一棵針葉松旁停了下來。

順著童小川的手指的方向，她看到了一具屍骸就在面前這棵針葉松的下面。棕灰色的骸骨幾乎散落在了視線可及的範圍之內。

「屍體被人動過嗎？」章桐問。她蹲下去，伸出戴著手套的右手，抓起了死者的顱骨，輕輕拂去顱骨表面的泥土。

「沒有。」童小川很有信心，「東大這邊的保全經常到局裡參加培訓，所以，必備的現場處理常識還都是有的。他們一接到學生報案，確定後就立刻通知我們了。」

頓了頓，童小川又問道：「現在可以確定死亡時間嗎？能不能確定是他殺？」

「沒這麼快。」章桐嘀咕了句，她把手中的死者顱骨輕輕放了下來，「除了死者為女性外，別的方面，我現在沒辦法告訴你，因為屍骸掩埋得不深，很多表面證據都被破壞了，我得回去好好查查才行。」

「那需要我們做什麼嗎？」童小川看了看身邊不遠處站著的兩個下屬。

聽了這話，章桐站起身，環顧了一下自己的周圍，不免有些沮喪：「我人手不夠。你們戴上手套吧，做好心理準備，我們今天或許要到下午才能回去了。」

結果一直忙到傍晚，在樹林中發現的屍骨才被勉強湊齊主要部分，他們這才把屍骨運回了局裡。

草草吃了晚餐，章桐心事重重地返回自己的辦公室，辦公室的門口不知何時出現了一個年輕人，20歲出頭，個子不高，面容清秀，鼻梁上架著一副無框眼鏡，身體非常瘦弱。他一見到章桐便立刻迎上前，雙手恭恭敬

第二章　無法遺忘

敬地遞上了一張批准函：「章醫生，我是新分配下來的，我叫陳剛，手續都已經辦好了，這是批准函。」

章桐一愣，視線在蓋了紅章的批准函和年輕人略顯稚嫩的臉龐之間來回移動著：「你什麼時候來的？」

「剛來沒一會兒，上面說妳出現場沒回來，我就一直在這裡等了。」陳剛回答。

章桐沒再多說什麼，她順手把批准函往口袋裡一塞，招招手，隨即直接走進了解剖室。

陳剛趕緊跟了上去。

基層法醫能像章桐這樣做這麼久的，真的是屈指可數，所以她對自己身邊來來去去的同事都能自始至終保持平靜的心態。

花了將近一小時的時間來過濾從樹林現場帶回來的那一堆亂七八糟的雜物，它們都是在屍骨周邊一公尺的範圍之內發現的，最主要的位置是屍體下方和周圍與屍體相接觸的地方，別說是落葉，哪怕是泥土都被掘地半尺帶了回來。章桐把提取到的泥土和落葉的樣本交給陳剛送往小九的實驗室，並再三囑咐要盡快拿到檢驗結果，然後在剩下的物品中逐一確定是否和死者有關。

帶回來的物證不算少：一個用過的保險套和一對圓形耳環，一些空易開罐和菸頭之類的東西。經過篩查，很多都被排除了，而最有價值的，是一對離屍骨最近的圓形耳環。由於圓形耳環屬於金屬質地，耳環背面正中央的地方，還能找到一小塊殘留的早就風乾的人體組織。正因為耳環的保護，它們才沒有被細菌分食乾淨。但是這塊人體組織已經無法用來提取DNA了，因為它在室外停留的時間太久了。

故事一　菊祭

　　屍骨周圍沒有找到任何腐爛的纖維物質。也就是說，死者在被埋進那個淺淺的墓穴的時候，很有可能就是全身赤裸的。再結合那個用過的保險套來看，不排除死者生前遭受到性侵害的可能。可是，要想在早就已經風乾的骸骨上找到性侵害的痕跡，其可能性等於零。至於保險套中所採集到的人類生物樣本的有效性，章桐的心裡更是沒有底。

　　想到這裡，章桐不由得雙眉緊鎖。她知道，很多大學校園裡茂密的樹林深處會被校園情侶們當作露天的約會場所，所以這個用過的保險套在屍骨旁邊被發現也可能純屬巧合。

　　目前最主要的，就是確定死者的身分和死因。

　　她站起身，走到驗屍臺邊上，伸手打開了頭頂的照明燈。

　　「章醫生，妳認為死者有多高？」在章桐的示意下，身穿工作服的陳剛把裝有屍骨的輪床推到驗屍臺邊上，並排放置。

　　「在現場的時候，我清點過屍骨，缺少了部分脛骨和另外一根股骨，所以目前來看，就只能透過脊椎的長度來推測了，我覺得死者身高應該不會超過 163 公分。」章桐一邊說著一邊在手術服外面繫上一條塑膠圍裙，「先把骨架復位，然後照 X 光。我們只有骨頭，傷情就只能透過骨頭來判斷了。盡力而為吧。」

　　「在學校，你都做過這些嗎？」過了一下子，章桐不放心地問，「我剛才看你的批准函上，學位是 M.M（醫學碩士），你怎麼會想到下基層的？這個學歷坐辦公室都足夠了。」

　　陳剛微微一笑：「我喜歡這個職業。章醫生，妳放心吧，我會好好做事的。」

　　X 光片出來後，章桐把它們一一貼在了燈箱上。看著這一連好幾張的

第二章　無法遺忘

　　X 光片，章桐陷入了沉思。她並非人類學家，但是眼前的這幾張特殊的 X 光片，就是她也看出了很多問題。

　　片刻之後，她關上了燈箱的照明開關，然後走到驗屍臺邊上，看著被整齊地安放在潔白的床單上的屍骨，神情越發嚴峻。

　　就在這時，一陣急匆匆的腳步聲由遠至近，解剖室的門被人推開，童小川快步走了進來，拽了一件工作服套上後，直接就來到驗屍臺邊上：「剛開完會，抱歉、抱歉，情況怎麼樣？」

　　話剛說完，他一抬頭，這才注意到站在旁邊的陳剛：「你是？」

　　「新來的，我缺人手不是一天兩天的事了。」

　　童小川嘿嘿一笑：「不錯啊，章醫生，妳這裡總算有點人氣了，真叫人羨慕。我們那邊今年可是一個願意來的都沒有，我都快磨破嘴皮子了，也沒有人理我。」

　　章桐伸手指了指陳剛：「別羨慕，人家是道地道地的 M.M，應該也只是來『度假』的。」

　　童小川感到有些吃驚，他若有所思地看了一眼正在埋頭整理工具的陳剛。

　　「對了，你這麼早來做什麼？這是屍骨，不是屍體，再加上骨頭並不完整，我這邊沒那麼快出結果的。」章桐頭也不抬地伸手從工具盤裡抓過一把透鏡，仔細查看起了白床單上的屍骨。

　　「還不是上面催得緊啊，我也沒有辦法。」童小川的口吻中帶著一絲哀求。

　　章桐當然明白童小川為什麼會這麼抱怨，一切都是前段日子那個神祕的包裹惹的禍，自從那天過後，不只是副局長，整個局裡大家的心都是懸

故事一　菊祭

著的。就像踩著一根鋼絲，只要有一步走錯，媒體就會隨時蜂擁而至，至於死者的身分，全域性上下更是一點頭緒都沒有。而作為其中重中之重的刑偵大隊，其壓力也是可想而知的了。

「我盡力吧。」章桐瞥了一眼童小川，嘆了口氣。

「首先，看盆骨，可以肯定的是，這是一具女性的遺骸。」

或許是因為顧及陳剛初來乍到，怕他難以接受自己較快的語速，章桐講述得格外仔細，她伸手又拿起了遺骸的股骨：「其次，她是成年女性，但是年齡不會很大，因為股骨和髖骨並沒有看見患有關節炎的跡象，而女性一旦過了40歲，通常就會有輕微的關節炎的症狀。可是，死者的脛骨和腓骨的生長仍未與骨幹完全結合，這一點可以從髖骨上看出來，所以，死者年齡在17～27歲之間。

「相對於此，死者的脊柱部分，卻有明顯的變化，她的脊柱受過傷，脊椎有明顯的凹痕和退化，這是腰椎間盤突出的典型症狀。由此判斷，死者生前曾經做過重體力活或者長期伏案工作。而死者的恥骨，也有一定的成熟度，生長已經接近末期。」她放下缺損的股骨，繞著驗屍臺轉了個圈，來到遺骸的頭部，左手拿起顱骨，右手指著顱骨頂端，「你們看這裡，頭頂縫隙清晰可見，而通常女性成年後，也就是35歲左右，頭頂的縫隙就會徹底消失。所以，她的年齡不會超過34歲。」

略微遲疑一會兒後，章桐抬起頭，看著童小川：「我可以肯定地告訴你，綜合這些因素，再加上死者發育完全的口腔和牙齒，我得出結論，死者的年齡在27～34歲之間，算上誤差，應該不會超過38歲。」

童小川很認真地在隨身的筆記本上記下了章桐有關死者年齡的推論，然後頭也不抬地追問：「死者身高大概是多少？」

第二章　無法遺忘

章桐想了想，說：「從脊柱長度判斷，應該不會超過 163 公分。」

「那死者是否屬於他殺？」

「是，雖然說具體死因我還不清楚，但是有一點可以確定的是，死者全身曾經遍布刀傷！」

「是嗎？」童小川一臉疑惑地看著章桐。

章桐點點頭：「沒錯，不只是鎖骨，就連脊椎骨和肋骨都遍布刀傷，我數了一下，現有的骸骨上，至少有 58 處刀傷，至於那些在肉體上的，就沒有辦法計算了。而且，根據刀傷的位置和力度來看，有 47 處刀傷都集中在了死者的後背部位，也就是說，有很長一段時間，凶手是站在死者後方實施的攻擊。因為受到攻擊的時候，死者所採取的是不同的姿勢，所以，刀傷幾乎遍布後背，鎖骨和後腰部都被刺穿了！」

為了能有更直觀的描述，章桐一邊說著，一邊右手握拳，做出凌空劈刺的動作，彷彿凶手行凶時恐怖一幕的再現。

童小川皺眉問道：「凶器的種類可以辨別出來嗎？」

章桐伸手拿起一根缺損的股骨，指著上面的刀痕說道：「你看這上面的幾道傷痕，是擦著股骨中央過去的，在上面留下的痕跡淺顯並且有抖動的跡象，也就是說，這是一把刀刃很厚、很小的刀，卻又非常有力，因為只有這種刀具，才會在骨頭上留下這些痕跡。我們法證微痕那邊可以根據刀的彈性所產生的痕跡弧度來計算出刀刃的具體厚度，從而判斷出刀的確切種類。」

「多久能有結果？」

章桐放下股骨，一臉苦笑：「這個要小九那邊才能做，我這邊沒這種儀器。一週後能出來就已經很不錯了。我通知他們優先處理吧，但是我不

故事一　菊祭

保證有結果。因為這個實在是做得不多，缺乏這方面的經驗。」

童小川的臉上流露出了感激的神情，說道：「那死者的死亡時間有結果了嗎？」

「有關屍體周圍的土壤檢驗報告還沒有拿到，從手頭的證據來看，死亡時間應該是在三年前。因為我們這裡地處南方，空氣比較溼潤，溼度大，再加上屍體處於淺坑中，沒有被深埋，所以，屍體受到氣候和外部條件的影響就更加顯著，屍體腐敗所需要的需氧菌活動越發頻繁。死者雖然並不肥胖，但是也屬於中等體型，所以屍體腐敗速度不會很慢。」

童小川飛速地把章桐話語中的要點一一記錄下來，臨了，抬頭不甘心地問：「章醫生，還有什麼要補充嗎？」

「有件事，對你們尋找屍體來源應該有一定的幫助。」說著，章桐又一次拿起了死者的顱骨，伸手指著牙床說，「死者生前的生活肯定有過一定的變故，有可能是經濟上的。這些牙齒曾經整過，還是正規醫院的牙醫做的，所做的烤瓷非常精緻，但是現在看來，周圍又有一定的缺損跡象，也就是說，死者後來任由其磨損，並沒有每年去修補檢查。還有就是，死者補過門牙，缺了5顆臼齒。牙齒上遍布黑斑，很顯然，死者生前有吸菸的嗜好，而且有上下牙齒咬合無力的症狀。」

章桐示意陳剛把裝有現場找到的那對圓形耳環的證據袋遞給了童小川：「這是從死者顱骨邊上的泥土中發現的，目前還不能完全確定就是死者的物品，因為死者被埋時應該是赤裸的狀態，也有可能是凶手在脫去死者身上的衣物時，遺漏了她的耳環。而耳環背後的那部分人體組織，因為時間太長了，做DNA提取已經沒有太大的意義。你們確認屍體來源時可能會用得上。等等我會把相片傳過去給你。還有，就是現場發現的一個用

第二章　無法遺忘

過的保險套，我個人覺得可以參考，但是沒必要列為重點。原因很簡單，第一，它是在離屍體比較遠的地方發現的，在土層表面，按照常理推斷，如果凶手侵犯了死者的話，不會隨意丟棄留有自己生物檢材樣本的保險套。第二，因為已經受到了汙染，保險套保護層也有破損，裡面有效的生物檢材樣本早就失去了檢驗的價值，所以，只能作廢。說實話，在案發現場這樣的環境下，我根本就無法提取到完整的可以用來進行比對的DNA樣本。針對這個在案發現場周圍發現的證據，我的結論是，死者在生前可能遭受過性侵害，也可能沒有。」

童小川無奈地點點頭：「那地方，我知道，現在的大學生精力旺盛的有許多，可以理解，走訪的時候我備註一下吧。」

「再結合前面我跟你說過的死者患有嚴重的腰椎間盤突出症來看，死者在後半生中，肯定為了生計四處奔忙或者是做過大量的伏案工作。她受過很大的打擊，以至於有一段時間非常低沉，沒心思去繼續做牙齒的修補和養護。」章桐神情嚴肅地說道。

＊　＊　＊

提著沉重的旅行袋，順著幽暗狹長的小巷子轉出來的時候，他的心情很不好，甚至覺得自己有些殘忍，因為他又開始殺人了。

女孩的屍體現在就在自己的旅行袋裡，在屍體變得徹底腐爛發臭之前，他迫切地想要尋找一個安置的地方，至少不要那麼快就被人發現。

小巷子的盡頭是一片早就已經荒廢了的土地，從四處散落的建築垃圾可以看出，已經被廢棄很久了，周圍更是雜草叢生，廢棄物被拋得滿地都是，發臭的河水在的河灘上肆意橫流。

這是塊被人遺忘的地方，足夠安靜。

故事一　菊祭

　　他必須把她放在這裡，因為再換個地方的話，時間上已經不允許了。屍體已經開始腐爛腫脹，逐漸散發出的濃烈的腥臭味會在不經意間從旅行袋的縫隙中湧出來，讓他作嘔。

　　穿過垃圾堆，他走到盡頭的雜草叢中，輕輕拉開旅行袋，忍著惡臭把屍體抱了出來，解開裹在女孩身上的毛毯，然後把她平放在地面上。

　　毛毯雖然很廉價，但是吸水性很好，可以防止屍體在腐爛過程中體液外流。

　　如血的夕陽，在天邊漸漸逝去，最後的陽光為女孩腫脹變形的臉塗抹上了一層詭異的血色。

　　撫摸著那早就已經冰冷的面頰，他喃喃自語，目光中充滿了莫名的傷感。

　　臨了，他把用來裹屍體的毛毯重新疊好，塞回旅行袋，然後站起身，頭也不回地又一次走進了那幽暗狹長的小巷。直到身影消失，他都沒有再回頭朝拋屍體的地方看上一眼。

第三章　重啟「雛菊案」

　　公車緩緩停了下來。男人走下車，輕輕鬆了口氣，然後抬頭看了一眼灰濛濛的天空。

　　他從隨身帶著的挎包裡掏出一本黑色的筆記本，打開，仔細核對了一下地址，確定無誤，這才又放了回去。然後一臉凝重地走進了警局大門。

　　「您好，我找章桐，章醫生。」男人衝著值班員禮貌地笑了笑。

　　「你找我們的法醫？」

　　男人點點頭，重複了一遍自己的要求：「是的，請問她現在還在這裡工作嗎？是不是已經調走了？」

　　「那倒沒有。」值班員鬆了口氣，順手拿過案頭的訪客登記簿，同時瞥了一眼牆上的掛鐘，「她還在我們這邊工作。但是現在可能沒時間，這幾天都很忙。你找她有什麼事嗎？有沒有事先打過電話？我先幫你登記一下。」

　　「是嗎？」男人的臉上露出了一絲失望，「我找她有急事。我沒有她的電話。麻煩你，能不能幫我打電話通知一下？」

　　值班員又一次打量了一眼面前站著的這個頭髮花白的男人，點點頭，伸手抓過桌上的電話，邊撥打分機號碼邊順口問：「你叫什麼名字？」

　　「劉東偉。」

　　「哦，好的。」在等待法醫處電話接通的間隙，值班員和劉東偉攀談了

故事一　菊祭

起來,「我看你有點眼熟,以前是不是來過這裡?」

「今天是我第一次來你們這個地方。」劉東偉輕輕一笑,頓了頓,他又說道,「不過,我弟弟在本地的檢察院工作過,你可能是見過他吧,我比他早出生一刻鐘。」

「哦,原來如此。」值班員若有所思地點點頭。

＊　＊　＊

「你和他長得真的很像!」章桐的聲音微微有些顫抖,「但是他從來都沒有跟我提到過他還有一個哥哥。」

劉東偉聽了,嘴角露出一絲苦笑。他輕輕攪動著手裡的小湯匙,棕黑色的咖啡液體在杯子裡不停地打轉。

咖啡館離警局不遠,僅僅隔著一條馬路。步行的話,最多只要幾分鐘的路程。正好是午休時間,章桐在給陳剛交代了一下工作後,就把劉東偉帶到了這裡。

中午的咖啡館裡並沒有多少人。

「三年了,時間過得真快。」提起殉職的劉春曉,章桐的心裡充滿了傷感。

「是啊。」劉東偉輕聲說道,「我弟弟活著的時候,我們倆因為工作的原因不能經常見面,後來他走了,我現在只要有機會,就會去他墓地看看,不想把他忘了。」

「你來找我有什麼事嗎?」章桐問。

「我弟弟活著的時候曾經不止一次提到過妳,說妳的性格很好,看來所言非虛。」劉東偉有些走神。

第三章　重啟「雛菊案」

章桐看了看眼前的這個男人，心突然痛了一下。

劉東偉收回回憶，嚴肅了起來，他打開隨身帶著的黑色拎包，取出一個棕黃色資料夾放到桌上，輕輕推到章桐面前：「你先看看這幾張相片再說。」

章桐打開資料夾，心頓時一沉。這幾張相片所呈現出來的場景她太熟悉了。冰冷的屍體，不鏽鋼的驗屍臺，整齊的工具盤，而最後一張，是一個老人斜靠在公園椅背上。

「你怎麼會有這些資料？」章桐驚訝地抬起頭看著劉東偉，「這些相片是從哪裡來的？」

劉東偉並沒有回答這個問題，他伸出右手食指，敲了敲資料夾，小聲說：「下面是案件的所有資料，包括屍檢報告在內。至於這東西是怎麼來的，章醫生別擔心，那邊有我的同學，我只是覺得這個案件很可疑，所以，我需要妳專業上的幫助。請相信我，我不是壞人。」

章桐還是難以打消內心的疑慮，她毅然合上了資料夾：「不行，你不把事情原委告訴我，我就不能看這個案子的相關資料，這是違反規定的。還有，」章桐看著他，目光中滿是疑惑，「為什麼他從未提到過你？」

劉東偉伸出雙手，在自己的脖子上來回摸索著，當他再次伸出手在章桐面前打開時，掌心中多了一根帶有吊墜的銀色鏈子。他輕輕打開弔墜，裡面是兩張年代久遠、已經有些許發黃的小相片：「這是我媽媽留給我的。我父母很早就離婚了，弟弟跟了媽媽，我被父親帶走了。左邊的是我，右邊的就是我弟弟。」

章桐看著墜子上的小相片，點點頭，沒有再說話。

「長大後，我們偶爾會聯絡，但是因為父母的緣故，見面的次數並不

故事一　菊祭

多。我父親很早就去世了，我離婚後去了別的城市工作，漸漸斷了聯繫。直到半年前，我出差回來後，我的朋友才跟我說，弟弟已經不在了⋯⋯」劉東偉的聲音越來越小，最後幾乎變成了耳語。

「對不起。」

「沒事，我能接受。」劉東偉強擠出一絲笑容，「現在還有什麼疑慮嗎？」

章桐搖搖頭：「為什麼這個案子會讓你大老遠跑來找我？」

「死者是我前妻的父親，生前是物理老師，他是個好人，對我有恩。」劉東偉平靜地說道。

「那跟我說說這件案子的經過吧，還有你心中的疑慮。」章桐的口吻變得緩和了許多。

「案子發生在一年前。我前妻因為家中有事，所以就叫了自己的母親前去照料，家裡也就只留下岳父一個人。出事的那天，老人被人發現死在街心公園的長椅上，嘴裡有條蛇。」

「蛇？」章桐驚訝地張大了嘴，「活的死的？」

「活的。」

「這不可能。他的死因是什麼？」章桐一邊說著一邊翻看手中的屍檢報告，「出血及凝血障礙所致的循環衰竭？他是被蛇咬死的？」

劉東偉點點頭：「而且警察趕到現場的時候，那蛇還活著！」

「事情後來怎麼樣了？」章桐皺眉看著手中薄薄的屍檢報告，「為什麼沒有做完整的屍體解剖？」

「我前妻的母親堅決不同意解剖屍體，所以，只是在當地的縣城火葬場附屬殯儀館做了一個初步的屍體表面的檢查。除了屍檢報告中妳看到的

第三章　重啟「雛菊案」

那一段，警方結合現場出警時見到的情況，判斷出沒有命案的可能，當地的警察很負責，用了4個月的時間來調查這個案子，但是因為始終都沒有找到有效的線索，老人為人又很好，人際關係也簡單，所以，上個月，這個案子被正式定性為意外。」

「意外？」

劉東偉點點頭：「是的，意外。最後說是，老人因為疲憊，在回家的途中坐在街心公園的長椅上休息，結果睡著了。老人是張開嘴呼吸的，無意間毒蛇鑽進了嘴裡，老人因此中毒死亡。」

「那你的看法呢？」章桐問。

「案發的時候，雖說是四月分，蛇這一類型的冷血動物也甦醒了，但是蛇一般不會主動攻擊人類，除非牠受到了刺激，才會做出一定的應激反應。」劉東偉向後靠在沙發的椅背上，雙眉緊鎖，神情凝重，「我懷疑老人是被害的，但是我找不到證據。所以，我就透過在那邊工作的同學幫忙影印了案件卷宗資料。希望妳能幫我解開這個謎團。」

「那你有沒有想過，有可能你現在看到的就是案件真相呢？」

「那我也會接受，畢竟我盡力了。」劉東偉平靜地回答。

章桐看著手中這份只有薄薄的一張紙和不超過一百個字的屍檢報告，陷入了沉思。屍體沒有了，光靠幾張屍體表面的相片，自己又能做什麼呢？

劉東偉有些擔心地看著她：「情況怎麼樣？」

章桐搖搖頭，合上卷宗：「光憑這個不行，我還需要別的證據。有沒有X光片？一般屍體表面檢查的時候，都會拍攝全身各個部位的X光片以備留檔，這是操作規定，還有屍體上發現的蛇的類別樣本。」

故事一　菊祭

「這個沒問題，我可以馬上通知我同學快遞過來給你。」說著，劉東偉從口袋裡掏出了手機。

章桐站起身：「我要回去工作了，你留個聯絡方式給我，我一有消息就打電話給你。」

劉東偉點點頭。

「章醫生，我知道妳很忙，現在妳們處裡的人手又嚴重不足，可是……」童小川語速飛快地說著，就像打了雞血似的，章桐卻沒耐心了：「有話快說吧，別繞來繞去，我忙著呢，沒那閒工夫。」

能很明顯地感受到電話那頭的尷尬，童小川連連咳嗽了兩下，接著說道：「章醫生，張局和我剛才在商量，基於妳收到的那兩個物證，我們是不是應該著手重查13年前的那個案子了？」

一聽這話，章桐立刻停下了手中的筆：「13年前的案子？你說的是明山國中女學生歐陽青被害的那起案子？」

「沒錯，就是『雛菊案』，聽檔案組的方姐說，死者還是我們一個前警員的家屬，案子至今未破。章醫生還記得那起案子嗎？那時候我和張局還沒有來這邊工作，不是很清楚。」

「我當然記得，」章桐回答，「我是當班法醫之一，雖然不是主檢法醫，但是驗屍報告是由我親自填寫的。」

「能跟我說說死者父親的事嗎？」童小川問。

「他叫歐陽景洪，原來是禁毒大隊的。死者就是他的獨生女兒歐陽青。他女兒被害後，有很長一段時間，他整個人的精神完全變了樣。後來在一次行動中，據說是因為精神恍惚，槍支走火錯殺了自己的搭檔。他為此被判了13年有期徒刑。」章桐輕輕嘆了口氣，「自從13年前歐陽青的屍

第三章　重啟「雛菊案」

體被發現以後，他就再也不是他自己了。」

電話那頭一片寂靜。許久，才傳來童小川的聲音：「他可是禁毒大隊的名人。有一次我師傅無意中提到了他的名字，但是很快就把話題岔開了，看樣子大家都在迴避啊。對了，章醫生，13年前的那件案子，為什麼會成為懸案？難道就找不出哪怕一丁點有用的證據嗎？」

「我們已經盡力了，但是死者的社會關係非常簡單，也沒有結仇，唯一的發現就是死者的屍體被發現時，渾身赤裸，沒有穿衣服，我們懷疑她在死前遭到了性侵害。雖然說在死者的體內並沒有發現生物檢材樣本，但這並不能夠排除凶手曾經使用過工具一類的東西。而發現屍體的地方處於城郊。那裡的流動人口非常複雜。你也知道這種流竄性的性犯罪，臨時起意的較多，基本上是沒有規律可循的。」章桐回答。

「死者的具體死因是什麼？」

章桐想了想，說道：「機械性窒息死亡。她是被人用繩子給活活勒死的。至於繩索，是很普通的捆紮帶，沒有什麼特別之處，在市場上隨處都可以買到。」

「那屍體上缺失的部分，後來找到了嗎？」

「你是說死者的眼球？沒有，一直沒有找到過。大家幾乎搜遍了屍展現場周圍兩平方公里內的每一寸空間，一無所獲，我想，應該是被凶手故意帶走了吧。」

結束通話電話後，章桐靠在椅背上陷入了沉思。性侵案自己見得多了，性侵殺人也並不意外，但是雛菊到底意味著什麼？這時候，她想起了李曉偉，此刻他要是能在自己身邊就好了，至少能告訴自己這個問題的答案。

她下意識地抬頭看了看辦公桌上的日曆，還有217天這傢伙才會從山

故事一　菊祭

區支教回來，那個地方連手機訊號都沒有，章桐不免有些沮喪。

傍晚回到家，章桐打開房門的那一刻，三分鐘熱風吹來，她不由得打了個哆嗦，陽臺的門不知道什麼時候開了。風瞬間灌滿了整間屋子。

她趕緊關上陽臺門，伸手拉窗簾的時候，目光無意中閃過樓下社區便道對面的電線桿。此刻，正有一個人站在電線桿旁邊，抬著頭向自己房間所處的位置張望著，時不時還低頭看著什麼。天快黑了，社區的燈還沒有完全打開，看不清對方的臉。

樓下，他輕輕嘆了口氣，轉身，向社區門外走去。

第四章　只有一次機會

　　歐陽景洪正在餐廳樓下的停車場等人，他已經換掉那身滿是油漬的廚房工服，穿上了乾淨的牛仔褲和深藍色寬鬆襯衫。他身上的這身衣服已經穿了很長時間，洗得發白不說，褲腳和袖口都被磨破了。

　　劉東偉看得出來歐陽景洪的日子過得並不寬裕。50多歲了，卻還要在外面為了生計而四處奔忙。

　　歐陽景洪並沒有見過劉東偉，但是劉東偉很輕易地便把他約了出來。劉東偉只用了一句話，歐陽景洪就一口答應了赴約。

　　「我在調查你女兒歐陽青被害的案子！」

　　這是13年以來，歐陽景洪第一次從別人嘴裡聽到自己女兒的名字，所以，他並沒有再多說一個字，只是記下了約會地點和時間，然後就結束通話了電話。

　　「你是歐陽景洪？」劉東偉問。

　　他點點頭，面無表情。

　　「我叫劉東偉，我在調查你女兒被害的案子。」

　　他的臉上依舊沒有一點反應。

　　「你不想問問我為什麼要調查這件案子嗎？」劉東偉繼續問道。

　　「我早就已經把這件事忘了。」歐陽景洪平靜地說道，「人都已經死了這麼多年，還要再提起她做什麼？」

故事一　菊祭

　　雖然時間可以讓人忘記一切，但劉東偉確信眼前的這個男人是一個例外。

　　「你怎麼會知道我的電話號碼？」歐陽景洪瞥了劉東偉一眼。

　　劉東偉微微一笑：「我在警局有朋友，查一個人的下落很容易，再加上你是坐過牢的。」

　　「你不是警察？」歐陽景洪有些詫異。

　　劉東偉沒有回答他的問題：「和我談談你女兒吧，好嗎？」

　　歐陽景洪眼神中的亮點消失了：「沒興趣。」

　　「可是……」

　　歐陽景洪再次抬起頭看著劉東偉，目光如炬：「我不管你是誰，也不管你的動機到底是什麼，我警告你，不要碰我女兒的案子，這件事情已經過去了，我再也不想提起了，你明白嗎？」說著，他轉身離開了，可是沒走幾步，又停了下來，背對著一臉詫異的劉東偉，一字一頓，語氣依舊冰冷，「你和劉春曉檢察官是什麼關係？」

　　「他是我弟弟。」

　　「我之前雖然在監獄裡，但是我也天天看報紙，劉檢察官是個好人，所以，我希望你也是。還有，別再來找我了，明白嗎？記住，歐陽景洪13年前就已經死了！」可以聽得出來，歐陽景洪的口氣比起先前已經明顯緩和了許多。說完後，他一瘸一拐地走向了停車場旁的小門，直到身影最後消失在門後，他都沒有再回過一次頭。

　　看著他的背影，劉東偉的神色變得越發凝重了。

　　　　　　　　　　＊　　＊　　＊

第四章　只有一次機會

「章醫生，妳的快遞。」陳剛推門進來，順手把一個紅藍相間的快遞盒子擺在了章桐的辦公桌上，然後低著頭向自己的辦公桌走去，一邊走，一邊不停地在手機上輸入著什麼。

快遞上蓋著警察系統專用檢驗章。自從上次收到那個來歷不明的盒子以後，市局所有的信件包裹都會經過專門的掃描檢驗，以防再有什麼嚴重事件發生。

寄件人是 S 市警局一位姓趙的工作人員。薄薄的信封中是兩張 X 光片和一份說明。「說明」是手寫的，蓋著鮮紅的警局印章，簽字的人是當地的法醫師。這份說明的內容非常簡單，只有一句話──該 X 光片所拍攝對象是案件編號【S-XA932880】的死者全身。

章桐知道，這個案件編號代表的就是劉東偉曾經對自己提到過的那個案件，死者是他前妻的父親。她站起身，拿著 X 光片來到燈箱旁，把它們一一插在了燈箱的卡口上，然後伸手打開開關，仔細查看了起來。

沒過多久，她臉色一變：「陳剛，你過來看。」章桐指著左邊那張死者頭部和區域性上身的 X 光片，「注意看顱骨下方的部位。你看到什麼了沒有？有沒有什麼地方不對勁？」

過了一會兒，陳剛皺起眉頭，嘴裡嘀咕：「這是男性的 X 光片，但是他的舌骨好像斷了，我沒有看到碎片。」

章桐點點頭，肯定地說：「你看得沒錯。但是，你注意到舌骨的斷裂面沒有？」

陳剛伸手從工作服口袋裡摸出放大鏡，上前一步認認真真地查看了起來，許久，他一臉的驚愕：「章醫生，斷裂面怎麼會那麼整齊？我見過斷裂的舌骨，這，不太可能啊！」

故事一　菊祭

「如果凶器是一把特殊而又鋒利的刀的話，那麼，一切就都變得可能了。」章桐的語氣顯得很無奈。

「可是東大那個，是女性屍骨才對。」陳剛有些糊塗，「這又是什麼案子？」

「一個外地的案子，請我幫忙看看罷了。」章桐順手關了燈箱，「土壤檢驗報告還沒有出來嗎？」

陳剛趕緊從章桐辦公桌上的檔案筐裡找出一份薄薄的檢驗報告，轉身遞給了她：「剛送來的時候，妳不在，我就放在這裡了。」

章桐沒有吱聲，打開檢驗報告，掃了一眼後又合上：「記下要點：通知童隊，就說東大發現的女屍，根據土壤中的揮發性脂肪酸含量顯示，確定死者已經被埋葬了三年的時間。他們要找的是一個在三年前失蹤的年輕女性，具體特徵是年齡不會超過35歲，身高163公分，長髮，中等體形，有過抽菸史，沒有生育過。」她又從列印機上抽出一張顱骨復原成像圖，連同檢驗報告一起給了陳剛，「把成像圖掃描一下，突出那對耳環，然後馬上給重案組發過去。檢驗報告也要給他們送一份備份的。」

陳剛點點頭。

正在這時，章桐隨身帶著的手機響了起來，電話是劉東偉打來的。她一邊按下接聽鍵，一邊向辦公室門外走去：「劉先生，你怎麼會有我的電話？」

電話那頭傳來了劉東偉的輕笑：「章醫生，在警察系統，妳的所有聯絡方式都是公開的。」

「我正好要找你，X光片我收到了。」章桐順手帶上了辦公室的門，聲音在空蕩蕩的走廊裡迴響著。

第四章　只有一次機會

「是嗎？我的猜測正確嗎？」劉東偉急切地追問。

「沒錯，他是被害的。但是我並沒有看到蛇的樣本。」

「這個不是很重要，我只要確定他是被害的就行。別的，我會拜託我同學繼續跟進這件事。章醫生，方便出來見個面嗎？」

章桐一愣：「現在？」

「對，我就在上次見面的咖啡館等妳。如果妳方便的話，我想我們見面談會比較好一點。還有，我這邊有一件東西和妳曾經辦過的一個案子有關，妳會很感興趣的，相信我。」電話那頭，劉東偉的語氣顯得很肯定。

章桐反應過來，還想再說什麼的時候，對方早已經結束通話了電話。

走出警局大院，章桐來到馬路邊。綠燈亮起，她低著頭，匆匆走過面前的人行橫道。

又是紅燈了，在跨上安全島的那一刻，章桐抬起了頭，已經可以看到咖啡館了，劉東偉就坐在靠窗的那個位置上，正低頭翻看著什麼。在綠燈亮起的那一刻，她便加快了腳步，走向不遠處的咖啡館。

＊　＊　＊

他站在大街上，環顧四周，緊接著，目光落在了馬路對面牆上貼著的一張海報上。在布告欄五花八門的眾多海報中，它並不出眾，白色的底，鮮豔的大字，但他一眼就認出了。

他沒有再猶豫，直接穿過馬路走向那張海報。一輛計程車在離他不到一公尺遠的地方猛地煞車，憤怒的司機打開窗子就是一通怒吼：「不要命啦！有你這麼過馬路的嗎？撞死了誰負責啊……」

他充耳不聞，眼中只有那張海報。

故事一　菊祭

　　海報上寫著──著名女雕塑家司徒敏女士作品展會。地點：S市體育館。時間：4月24日至28日。

　　他面無表情地伸手揭下了海報，小心翼翼地捲起來，然後夾在腋下，旁若無人般地揚長而去。

＊　＊　＊

　　章桐走到咖啡桌邊，拉開椅子坐了下來。

　　劉東偉的個子比劉春曉略高，將近185公分，所以，小小的咖啡桌與他高大的身軀多少有些不匹配，他窩在咖啡椅裡，顯得很不舒服。

　　抬頭看見章桐，劉東偉的嘴角露出了一絲淡淡的微笑：「妳好，章醫生。」

　　「我沒有太多的時間。」章桐點點頭，算是問候過了，她順手把裝有X光片的信封遞給了劉東偉，「死者的舌頭是被一把鋒利而又小巧的刀給強行割去的，無法判斷凶器的具體類型。舌骨雖然是我們人體最柔軟的骨頭，但是它畢竟是骨頭，咬痕和切割痕跡一下子就能分辨出來。所以，死者的舌頭不是被蛇咬的，而是被人用刀子直接從根部割去了。凶手即便沒有醫學背景，也是非常熟悉人體構造的。我所能幫你的，就是這些了。」

　　「什麼樣的刀子？能分辨出來嗎？」

　　「如果光從手頭證據來看的話，死者的面部，尤其是口腔部位邊緣，沒有受到明顯的損壞，而這把刀又能在死者的口腔內部實施切除行為，可以推測，這把刀的長度不會超過15公分，我是指刀刃和刀柄加起來。至於別的，我就不清楚了，因為我沒有看見屍體，不好下結論。」她想了想，又補充了一句，「凶手是個非常慣於用刀的人。」

　　劉東偉雙眉緊鎖，一臉愁容：「司徒老師是個脾氣性格都非常好的人，

第四章　只有一次機會

在我印象中他沒有與人結怨過，為什麼會有人要殺他？他的隨身財物也沒有丟失。」

「這種作案手法確實不符合搶劫殺人犯一貫採用的手法，但我是法醫，不是偵探，幫不了你。如果你有需要的話，可以請案發當地的警局向我們這邊提出申請，我會按照程序出具一份鑑定報告給你來推翻死者是意外死亡的結論。」

劉東偉看了章桐一眼，沒有吱聲，點點頭。

「你可以和我說說你電話中提到的那件東西嗎？」

「當然可以。13年前的明山國中女生被害案，至今未破，是嗎？」劉東偉問。

「你的消息很靈通。」章桐嘀咕了句。

劉東偉從口袋裡拿出一本已經發黃的筆記本，裡面寫滿了字，字跡透印出來，可以看得出用力之深。他把筆記本平放在咖啡桌上，然後一頁頁地翻過去，很快，兩張紙片出現在了書頁間。他並沒有拿起紙片，而是連同筆記本一起，輕輕推到章桐面前。

「這是兩張車票，還有一篇日記，妳看一下。」

章桐這才意識到在自己到之前，劉東偉翻看的應該就是這本日記。這是同一車次的兩張來回車票，只有票根，上面顯示的時間分別是2001年的10月22日和10月29日。日記很短，只有幾十個字，並且字跡非常凌亂，有好幾處因過於用力而把紙張戳破了。

「這是誰的日記？怎麼會到你的手裡？」章桐一臉疑惑。

「寫日記的人是我的老師，他已經死了，這是他的遺物。」劉東偉輕輕嘆了口氣，補充了句，「留給我的。」

故事一　菊祭

　　章桐沒再多說什麼，她把注意力重新集中到了自己面前的日記本上。

　　2001 年 10 月 28 日　雨

　　我終於鼓足了勇氣來到這個城市。開始的時候，我相信，我這麼做是值得的。可是，當我終於知道了事情的真相，我突然發覺自己好無能，我沒有勇氣去面對，我是個懦夫。我猶豫了，面對無辜被害的人，我什麼都做不了，我恨，我好恨我自己。如果能下地獄的話，我願意下地獄，如果再給我一次機會的話，我寧願替那個女孩去死，她畢竟只有 15 歲啊。但是我做不了，我連去死的勇氣都沒有……明天，我就要離開這裡了，下午的時候，去明山為那女孩送了束花，希望她的靈魂能夠得到安息。

　　章桐的心頓時被揪住了：「這個日記本的主人到底是誰？你為什麼不早點拿給我看！」

　　「你別多心，這就是我老師的日記，我可以肯定他不是凶手，而且，他就是之前我讓你幫我看 X 光片的死者，他叫司徒安。13 年前案發的那一段時間，他因為心臟病，在醫院住院。」劉東偉回答。

　　章桐倒吸了一口冷氣：「13 年前歐陽青一案的每個細節，我都記得清清楚楚。也就是說，你的老師司徒安在案發後將近一週多的時間內來到這裡。如果說已經排除了他是凶手的嫌疑的話，難道說他知道誰是凶手？他是凶案的目擊證人嗎？」想起實驗室無菌處理櫃裡的那對眼球和雛菊，章桐的心情就很糟糕，「還有那朵雛菊，到底是什麼意思？」

　　「他的日記我都看過了，並沒有提到雛菊。」劉東偉感到很訝異，「難道說當時案發現場還有一朵雛菊？」

　　章桐點點頭：「死者的眼球被挖去了，雙眼的位置被蓋上了一朵雛菊。不過 13 年前，按照上面要求，我們並沒有對外公布案情細節。」

第四章　只有一次機會

「我也不知道雛菊代表的是什麼意思。章醫生，我前兩天找過13年前被害女孩的父親，但是他拒絕了我的幫助。我想，你們出面和他談談的話，他或許會有所改變。」

「不一定，歐陽景洪這一生經歷的事情太多了。」章桐輕輕嘆了口氣。

「聽說他是因為失手用槍打死了他的搭檔而被判刑的，是嗎？」劉東偉問。

「是的，那場事故的屍體鑑定雖然不是我做的，但是事後我看過那份報告，上面寫著一枚××公釐口徑的手槍子彈直接貫穿頭部，救護車還沒有到的時候，人就沒了。即便服了刑，他心裡也定不會好受。」一提起當年的這件事，章桐的內心就格外沉重。

「但是我會把你的意思轉告給童隊，他的想法與你不謀而合。對了，你的日記本能給我嗎？」

出乎章桐的意料，劉東偉伸手合上了日記本，然後從容地把它塞回了自己的包裡，抬頭看著章桐，他的臉上露出了一絲調侃的神情：「對不起，章醫生，這個，我現在還不能給妳，因為有些事情我沒有弄清楚。不過妳放心，我答應妳，有機會我會讓妳看這些日記的。我弟弟說過，妳是一個聰明的女人，沒有什麼能夠瞞得住妳的眼睛。還有啊，說不定不久後，我還會需要妳的幫助的！我們保持聯絡吧。」

說著，他站起來，轉身離開了咖啡館。

＊　＊　＊

夜晚很冷，她穿得並不多，逃出那個地方的時候，她只來得及在身上套一件風衣。她不停地奔跑著，慌亂中不知逃向何處，卻一步不停，只顧向前，好像只要停下一步，身後的野獸就會她吞沒。

故事一　菊祭

　　四周漆黑一片，夜空中看不到一星半點的光亮。冬日的夜晚本就是這麼空曠淒涼，偶爾聽到遠處高速公路上傳來的呼嘯而過的車輛聲。但很快，四周又恢復了一片死寂。

　　她害怕黑暗，身體也疲憊不堪，但是她知道自己不能夠停下來，本能驅使著她拚命奔跑。她已經記不清自己究竟摔倒過多少次，也不知道自己選擇的這個方向到底通向哪裡，不知道距離高速公路還有多遠。

　　只要跑到高速公路上，她就能夠得救。她很想停下來，仔細看一看，哪怕只有一兩秒鐘的時間，但是她不敢，因為在她的身後，魔鬼的腳步一直未曾停止過。

　　茂密的灌木叢把她的手臂割破了，她氣喘吁吁、大汗淋漓，到最後，她實在沒有力氣了，雙腿就像灌足了鉛一樣沉重。可是，求生的慾望讓她努力支撐著自己不要倒下。

　　看到了！終於看到了！高速公路上的車燈，雖然渺小，但是，那意味著生的希望。她還年輕，她不想死！

　　心臟彷彿就要跳出胸口，她頭痛欲裂，雙眼也漸漸地被汗水和淚水模糊了。

　　就要到了！可是，她開始渾身發冷，模模糊糊出現在眼前的一幕，讓她又一次陷入了絕望。要想上高速公路，她必須爬過一段將近60度角的陡坡。陡坡是由堅硬的石塊堆砌而成，她實在沒有足夠的力氣去攀爬了。

　　一想起身後那步步逼近的死亡，她就不由自主地渾身哆嗦。

　　不行！只有一次機會，必須爬上去！

　　有時候，命運如同死亡一般冷酷無情，當她的雙手剛剛夠到最頂上的那塊凸起的石塊時，一陣劇痛襲來，她再也撐不住了，眼前一黑，跌了下去。

第四章　只有一次機會

　　只有一次生的機會，但是可悲的是，偏偏這次機會並不屬於自己。躺在冰冷的泥地上，她哭了，絕望的淚水從眼角滑落，落到地上，無聲無息。她認輸了，到現在她才明白，在自己最初看到那雙冰冷的眼睛時，自己的命運就已經注定是這樣了。

故事一　菊祭

第五章　討厭的女人

綽號叫黑皮的人，似乎皮膚都很黑。所以，當皮膚黝黑的黑皮比約定時間晚了五分鐘出現時，前任警局禁毒組組長齊志強還是一眼就在人群中把他認了出來。他隨即招招手，示意黑皮到自己身邊來坐。

黑皮是一家精神病院的護工。為了賺更多的錢來滿足自己在賭桌上的小小嗜好，休息時，他會接盯梢的活，專門替人收集各式各樣見不得光的消息。

黑皮曾經是齊志強在職時的線人。齊志強辭職離開警局後，黑皮依舊為齊志強工作，用他的話來說，那就是──「給我錢，我什麼都做！」由於少了一層警服的威懾，黑皮在齊志強面前顯得更加自在了。

「我遲到了！對不起啦，齊──大──警──官！」

已經年過半百的齊志強顯然不想和他計較，權當沒聽見。女服務生過來打招呼，齊志強點了兩杯奶茶。因為是工作日，茶餐廳裡的人並不是很多。

「黑皮，東西搞到了嗎？」齊志強問。黑皮得意地點點頭，掏出一個信封，放在桌面上，用手指壓著，並不急著給齊志強。齊志強當然懂他的意思，隨即從口袋裡摸出一個信封，兩人心領神會地互相交換。齊志強並不急著打開信封。他一邊喝著奶茶，一邊低聲問：「你這個東西拿出來，確定沒有人發現？」

「那是當然。我工作的地方就是我的地盤，那幫官老爺可不會到精神

第五章　討厭的女人

病院來發神經，一年來一次就很不錯了，走走過場罷了。」

「對了，那個人的情況，你跟進得怎麼樣了？」

黑皮眉毛一挑：「你說那個『廚工』啊，我跟了三天，沒什麼異常，按時上班按時下班，就是有一次，很奇怪，這傢伙就跟丟了魂一樣穿過馬路，差點被撞死，我嚇了一跳，剛想著打電話給你，結果你猜他想幹嘛？」黑皮賣了個關子，故作神祕地看著齊志強。

「說！」齊志強瞪了他一眼。

「就為了一張海報！腦子有病。就為了一張海報，這傢伙跟瘋了一樣，真他孃的活見鬼……」黑皮嘀嘀咕咕，一通發牢騷。

「那你看到那張海報了嗎？」

「那張海報，誰不知道啊，現在大街上到處都是！」

說著，黑皮從牛仔褲口袋裡摸出了一張疊得皺皺巴巴的海報，把它打開，推到齊志強面前：「就是這個，我還真看不出，這傢伙還有這方面的雅興。」

齊志強愣住了，海報上寫著——著名女雕塑家司徒敏女士作品展會。地點：S市體育館。他的目光落在了司徒敏身後的那尊少女雕像上，雙眉緊鎖。也不知道過了多久，齊志強抬起頭，黑皮早已經走了，既然拿了錢，他肯定會立刻去賭。不過對於這一切，齊志強都不在乎。他把海報放到一邊，隨手拿出了那個信封，迫不及待地撕開封口，從裡面倒出了幾張相片。他等這些相片已經等了好幾年，現在終於拿到手了，儘管拿到的方式有些不光彩，但他必須這樣做。因為激動，齊志強布滿皺紋的嘴角微微顫抖。

相片一共有四張，已經有些發黃，拍攝的地點在房間內，相機的畫素

故事一　菊祭

雖然不是很好，但一點都不妨礙相片的成像效果。

房間裡的牆壁是白色的，牆上塗滿了血紅的眼睛，除了天花板以外，繪畫者幾乎塗遍了所能夠到的每個角落。光是看照片，都讓人感覺快要窒息了。難以想像，繪畫者是在怎樣一種近乎痴狂的狀態下畫出這些眼睛的，一個套一個，密密麻麻，有些地方還重疊了起來。

齊志強不敢再繼續看下去，他感覺到自己的呼吸正在變得越來越急促。他終於明白，這些相片為什麼會被精神病院作為機密醫療檔案而永遠封存，也終於理解了女兒為什麼會選擇跳樓來結束自己年輕的生命。因為這些眼睛，是女兒親手畫的，也是她留給這個世界的最後的畫作。齊志強的腦海裡颳起了狂風暴雨。

一片雲霧飄過，天空變得有些昏暗。陽光下一架飛機似銀針般穿過天空，拖著一條長長的白線漸漸地消失在雲端盡頭。司徒敏仰頭看著那條凝結的白線慢慢擴散，直至消失。良久，她的嘴角露出了一絲淡淡的微笑。

在她的身後，是雜亂無章的工作間。在房子正中央，一座一人多高的雕像被一塊紅色的天鵝絨布整個覆蓋著，以至於根本就看不到雕像的真正面目。

這是她一週以來不眠不休的勞動成果，司徒敏雖然感覺到了難以言表的疲憊，但是此刻的她是如此興奮。難得的晴朗天氣，雖然沒有下雪，但還是有些寒冷。

她伸手關上了窗，沒多久，那股熟悉的咖啡香味瀰漫了整個房間。司徒敏走到雕像前，伸手拉下天鵝絨布，用驕傲的目光開始欣賞起了自己的作品。她知道自己的付出是值得的，因為她給予了這座雕像真正的靈魂。而在這個世界上，沒有第二個人能夠做到！

第五章　討厭的女人

過了一會兒，司徒敏伸手按下了桌上電話的擴音鍵，接通後，沒等對方開口，她就興奮地說：「成功了，媽媽，太完美了。這一次，肯定會引起轟動！」

＊　＊　＊

槍指著自己的時候，時間並不會因此而停止不前。相反，它會走得更快，快到自己根本就沒有時間去思考如何逃脫。歐陽景洪本能地伸出雙手高舉過頭頂，用這個最原始的手勢來表明自己內心深處的恐懼。他心跳加速、呼吸急促，腦海裡只有這黑洞洞的槍管緊緊地抵著自己的額頭。他沒時間去做任何反應，更沒有辦法去問一問對方為什麼要殺了自己。

他的耳邊安靜極了，以至於能夠清晰地聽到扳機扣動的「咔噠」聲。

完了，自己就要死了。

就在這個時候，耳邊傳來了敲門聲。歐陽景洪一聲驚叫，從床上猛地坐了起來，這時候，他才意識到剛才發生的那可怕的一幕，只不過是自己的夢罷了。雖然很多年前就不當警察了，但是這內心深處的對死的恐懼仍然深深地纏繞著自己，並且隨著時間推移愈演愈烈。

歐陽景洪為自己的懦弱感到羞恥。他伸手拽過床頭一塊髒兮兮的毛巾，一邊擦汗一邊心有餘悸地閉上了雙眼，試圖不去理會那不斷響起的敲門聲。但是對方不依不饒，非常確定歐陽景洪此刻就在家裡似的，一邊敲一邊還隔著門大聲地叫了起來：「歐陽，快開門！聽到沒有，我知道你在家！快開門！」是大樓管理員。歐陽景洪不再猶豫，他跳下床，隨便披上一件衣服，趿拉著拖鞋走到門口，伸手把門打開。

他不想去招惹管理員，因為現如今願意把房子租給像他這樣剛出獄沒多久，並且允許拖欠房租的大樓管理員幾乎沒有了。歐陽景洪可不想在這

故事一　菊祭

一年中最冷的日子裡被毫不留情地掃地出門。

房門被打開了一條縫，但已經足夠把門口站著的人看得一清二楚。

歐陽景洪感到很訝異，因為門口站著的不只有那胖胖的大樓管理員，還有兩個陌生的年輕人。

「丁老大，有事嗎？」大樓管理員姓丁，他很喜歡別人叫他「丁老大」，這樣一來可以顯得身分尊貴許多。「歐陽，把門打開，這是警局的人，想和你談談。」丁老大的神情有些說不出的尷尬。

歐陽景洪點點頭，一聲不吭地伸手卸下了門上的安全鏈，弓著背，轉身向裡屋走去。進裡屋坐下後，其中一個年輕人掏出自己的證件亮明了身分：「我是市局刑偵大隊的童小川，這是我的同事小陸。」

歐陽景洪的心不由得一顫：「你們不是監獄的？」

童小川搖搖頭。

「刑偵大隊來找我做什麼？」歐陽景洪的目光漸漸黯淡了下去，他在一張油漆斑駁的椅子上坐了下來。

童小川看了一眼身邊的小陸，小陸解釋說：「你別擔心，我們是為了13年前你女兒歐陽青被害的案子來的。希望你能配合我們調查。」

房間裡一片寂靜，許久，歐陽景洪淡淡地說：「事情早就已經過去了，人沒了也都已經13年了，還提她做什麼？我都已經忘了。」

「目前我們手頭有線索可以證實，當年殺害你女兒的凶手又出現了。歐陽先生，在來這裡拜訪你之前，我們找過你以前的上司 —— 禁毒大隊的齊志強，他從來都沒有忘記過你。從他那裡得知，案發後你曾經自己調查過，所以，我們需要你的幫助，因為目前來看，最了解這個案子的人就是你了。」童小川誠懇地說道。

第五章　討厭的女人

歐陽景洪布滿皺紋的臉上依舊看不到任何的表情變化。他站起身，默默地走到門口打開門，沒有回頭，說道：「你們走吧，你們的好意我心領了，但是請原諒我幫不了你們，我年紀大了，記憶和身體都不如以前了。再說，我還要去上班，像我這樣的人，能找到一份工作來養活自己，是很難的。」

童小川呆了呆，雖然來之前，他已經預想到會有這種情況，但沒想到他會如此堅決，顯然短時間內是沒有辦法改變的。他重重地嘆了口氣，決定不再勉強，點頭示意身邊站著的小陸一起離開。

臨出門的時候，童小川注意到臥室門口的那個空狗籠子，便隨口問道：「歐陽先生，你家養狗是嗎？」

歐陽景洪尷尬地笑了笑：「以前撿過一條流浪狗，但是因為我對狗毛嚴重過敏，所以後來就不得不把狗送走了。籠子空著也是空著，捨不得扔了，留著以後裝東西。」

走到樓下，小陸打開車門鑽進了駕駛室，童小川卻並沒有馬上上車，他抬頭看了看七樓臨街那個狹小而又破舊的窗戶，心裡很不是滋味。

「童隊，你不上車嗎？」

「你覺得歐陽景洪會忘了他女兒這件事嗎？」童小川伸手抓著車頂，若有所思，「我覺得他是在迴避我們。」

「童隊，你別想那麼多了，我聽禁毒大隊的人說過，歐陽景洪當年可是出了名的『勇探』，疾惡如仇不說，還曾經單槍匹馬對付過販毒組織的七八號人。你要想從一個曾經執行過多年臥底任務的警察臉上看出什麼破綻來，那簡直就是白日做夢！」

童小川點點頭，迅速拉開車門鑽了進去：「趕緊回局裡。」

故事一　菊祭

　　警車駛出小巷，飛速拐上對面的高架橋，疾馳而去。

　　歐陽景洪站在窗口，看著警車開走後，他輕輕地嘆了口氣，放下窗簾，轉身離開了。

＊　＊　＊

　　傍晚，雨停了。章桐走出警局大門，剛要轉身向公車站走去，迎面就和一個人撞了個滿懷。

　　是劉東偉。此刻，他正面帶笑容地看著章桐。

　　章桐皺眉：「你有什麼事嗎？」

　　「我找妳！」劉東偉伸手指了指章桐，依舊一臉笑容。

　　「我下班了，明天再說吧。」章桐沒再搭理他，繼續向前走。

　　「公事。」

　　章桐停下了腳步，看著他：「你把Ｓ市的申請函帶來了？」

　　劉東偉搖搖頭，他把早就準備好的一份檢驗報告塞給了她：「我知道這不是你的案子，這是蛇的樣本檢驗報告。我請我同學幫忙做的檢驗。我們去咖啡館談吧。妳慢慢看，我也正好請妳吃晚餐。」

　　章桐點點頭，一聲不吭地向馬路對面走去。就在這時，一輛迎面開來的黑色奧迪在兩人面前突然急煞車，輪胎與地面摩擦發出了尖銳刺耳的煞車聲。章桐本能地閃在一邊，她還沒有反應過來，一個打扮入時的年輕女人迅速打開車門，繞過車頭，走到兩人面前，毫不客氣地伸手指著劉東偉的鼻子發起火來。

　　「都過去這麼多年了，你還是改不了這老毛病！狗拿耗子，多管閒事。你還有完沒完啊？我和你早就離婚了，我家的事與你無關！你給我能

第五章　討厭的女人

滾多遠就滾多遠，別再讓我看見你！不然的話，下次我就不會這麼客氣了！」

章桐驚得目瞪口呆，她注意到劉東偉陰沉著臉沒有還嘴，自己也就不好多說什麼。

年輕女人丟下這幾句話後，怒氣沖沖地坐回車裡，「嘭」的一聲用力關上車門，駕車揚長而去。

「剛才那女人就是你的前妻？」在咖啡館坐下後，章桐依舊一臉詫異。

劉東偉並不否認：「她就是我前妻，叫司徒敏。我們離婚三年了。」

章桐揚了揚手中的檢驗報告，皺眉說道：「你也不徵得她的同意就著手調查她父親的案子，怪不得她會生氣。要不，你和她好好談談，或許她會改變態度，畢竟你所做的一切也是為了她的父親。」

「和她？」劉東偉不由得苦笑，「章醫生，要是能和她談，哪怕只是心平氣和地說上一句話，我想我們倆就不會離婚了。她腦子裡除了她自己，根本就聽不進去別人的話。沒辦法的，我比誰都了解她。」

「那好吧，這是你們之間的私事，我就不過問了。」章桐尷尬地清了清嗓子。等待咖啡端上來的時候，她打開了手中的檢驗報告掃了一眼，「上面寫得很清楚，基因序列組合與烙鐵頭蛇相似，確實是毒蛇。這與死者的屍體所呈現出來的中毒狀態相吻合，但是我不太明白凶手為什麼要把死者的舌頭割了？這不是多此一舉嗎？」

劉東偉聽了，臉上露出了凝重的神情。

章桐接著說道：「屍體沒了，我就只能做這麼多了。但是靠那張 X 光片，應該可以申請立案。」

劉東偉點點頭：「我回去後會找她談談。」

故事一　菊祭

「她」指的就是司徒敏。雖然劉東偉並不願意再去面對那張臉，但是他也很清楚，沒有直系親屬的同意，這樣的調查不可能在法律程序上得到認可。

他的心情糟糕透了。

＊　＊　＊

司徒敏怒氣沖沖地把車鑰匙丟給了酒店的門僮，然後直接穿過大堂，走向電梯口。對早就守候在大堂裡的娛樂週刊記者，她連看一眼的興趣都沒有。回到房間後，司徒敏一邊甩掉腳上的高跟鞋，一邊掏出手機撥通了遠在Ｓ市的母親的電話。

「媽，到底怎麼回事？劉東偉那傢伙怎麼跑到這邊來了？他還找了警局的人……沒錯，我今天路過警局附近的時候看到他了，他還不死心啊！這麼東打聽西打聽有什麼好處……我跟妳說過多少遍了，我沒看錯，後來我還問了警衛，那人是法醫！他煩不煩啊……好吧，妳自己處理，展會就快開始了，我可沒這個閒工夫來陪他玩！」

結束通話電話後，司徒敏重重地倒在了席夢思床上，看著天花板，臉上露出了厭惡的神情。

「假惺惺的傢伙！」

她嘟囔了一句，因為這幾天十分勞累，很快就進入了夢鄉。

＊　＊　＊

看著眼前一桌子的相片，童小川毫無頭緒。他一根又一根不停地抽菸。希望能夠藉此讓自己的頭腦保持清醒。

東大屍骨案，雖然說模擬畫像和相關特徵早就已經公布出去，但是想

第五章　討厭的女人

要尋找一個在三年前失蹤的女性，就如同大海撈針，真的很難。章桐在把模擬畫像交給自己時，曾經提到過可能在死者體重方面會有些偏差，因為在現場並沒有發現死者的衣物，而死者的衣物是最能直接拿來判斷死者體重的標準了。

童小川感覺這就像是一場賭博。

東湖大學作為東部沿海最大的一所國際性大學，每年來自全國各地乃至全世界的學生和訪問者有很多，在冊的和沒有記錄的，更是無法清點。學校的花名冊早就查過了，畢業後還能聯絡上的只是一小部分，剩餘的，杳如黃鶴。而隨著時間一天天地推移，童小川越來越擔心這個案子也會像13年前的明山國中女生被害案那樣，最終變成一件冰冷的懸案。

這時，門被敲響了，專案內勤小陸探頭說道：「童隊，我接到個電話，對方說他知道東大的死者是誰！」

真是絕渡逢舟啊！童小川咧嘴一笑。

雨過天晴，陽光燦爛。

章桐接到了劉東偉的電話。

「我已經買了一個小時後回S市的高鐵車票。我是來向妳告別的。如果司徒老師的案子能順利立案的話，我有可能會需要妳的幫助，因為妳的鑑定證詞非常關鍵。」

「你前妻不是在這裡嗎？」章桐問。在她面前的辦公桌上放著一張當天的報紙。頭版頭條就是劉東偉前妻司徒敏的一張相片，旁邊寫著——著名女雕塑家司徒敏女士作品展會將在本市隆重舉行。標題下的簡介中，出現了「原籍S市」的字眼，還有她下榻在凱賓斯基酒店的消息。

「還有不到一週的時間，她的作品展會就會展出，報紙上都已經登出

057

故事一　菊祭

來了。她現在就住在凱賓斯基酒店。」

「是嗎？」劉東偉似乎並沒有太在意，「那就祝賀她了。但是這和我一點關係都沒有。我也不想見到她。再見，章醫生。」說著，他結束通話了電話。

＊　＊　＊

細雨無聲，郊外，一道悠長的小巷子盡頭，寬闊的場地上高低起伏堆滿了各式各樣的垃圾。濛濛細雨中，誰都不會知道那裡面究竟藏著什麼樣的祕密。

然而此刻，一條正處於青春躁動期的阿拉斯加犬掙脫了牽引繩，正一路飛奔穿過小巷子而來。身後，牠可憐的主人一邊跌跌撞撞地追趕，一邊大聲怒吼著。

沒多久，主人欣慰地停下了腳步，他看到自己的狗正跑向自己，他很驚喜，因為這條阿拉斯加犬很少如此向他示好。牠嘴裡明顯叼著東西。由於興奮，阿拉斯加犬不停地朝自己的主人晃動著粗大的尾巴，鼻孔「呼哧呼哧」地喘著粗氣，喉嚨裡發出驕傲的低吼聲。

這是狗捕獲獵物時特有的動作。只不過平時撿回的，是訓練時自己扔出去的飛盤罷了。

主人心滿意足地一邊撫摸著狗的腦袋，一邊俯身去拿狗嘴裡的東西，可是這一次，狗卻露出了本能地保護自己食物時的那種吠叫。

主人急了，他摸出隨身帶著的火腿腸，和自己的狗做了個「以物換物」的交易。當他終於看清楚自己換到手中的那凍得堅硬的灰黑色不規則物體竟然是一塊人類殘缺的手掌時，他頓時感到自己胃裡一陣翻江倒海，立刻扔掉手掌殘肢，轉身彎下腰嘔吐了起來……

第六章　我知道她是誰

　　車停在案發現場的小巷子入口處便再也開不動了，章桐提著工具箱走進了小巷子，陳剛跟在身後。迎面風一吹，凍得他渾身發抖。

　　寒潮是突然降臨的，而這寒冷的天氣對於死去的人來說，或許是一件好事。

　　屍體就在小巷子盡頭的那片空地上，說是空地，其實就是由各種垃圾堆積起來的無數個小山坡。章桐必須小心翼翼地在其間穿行，防止一不小心就會被地面上的垃圾絆倒。

　　她在屍體邊彎腰蹲了下來。

　　「章醫生，情況怎麼樣？」專案內勤小陸不知道從哪裡鑽了出來，臉凍得通紅，眼睛裡布滿血絲，雙腳不停地來回踱步，發出了輕微的撞擊聲。章桐注意到在他的腳下，有一塊被凍得硬邦邦的海綿墊子，髒兮兮的，根本看不出它原來的顏色。

　　被凍得硬邦邦的不只是小陸腳下的海綿墊子，還有眼前這具全身發黑的女屍。死者呈現出仰臥狀，除了面部有明顯的被齧齒類動物啃咬過的痕跡之外，其他的身體部位基本上還是保持完整的，唯一殘缺的左手手掌殘肢在離自己不到 10 公尺遠的地方。痕檢組的工作人員已經在它旁邊擺放了醒目的證物標記。

　　屍體關鍵部位的關節韌帶還連線完好。幸好是冬季，如果是在夏天的話，室外 40 攝氏度的高溫，這具屍體沒多久就會膨脹腐爛得根本不可辨

故事一　菊祭

認。雖然說人體的肌肉組織、韌帶和軟骨都是相當頑強的，要想輕易折斷有些不太可能，但是對於蛆蟲而言，只要有充足的時間和合適的溫度，就會把這些東西吃得一乾二淨。

「按照現在季節的溫度來推算，她在這裡躺了已經有一個星期以上的時間了。」章桐小心翼翼地檢查著屍體的腐爛程度，「死者身材嬌小，是典型的南方女孩的體形。沒有衣物。具體死因還要回去解剖後再說。」

「那死亡時間呢？」小陸問。

章桐注意到死者尚且完好的雙眼緊閉著，她伸手去檢查死者的眼瞼部位。可是，死者的雙眼眼皮根本就翻不開。被凍僵的屍體章桐不是沒有見過，她隨即用右手食指依次觸控死者的眼球，但從指尖傳來的異樣感覺讓她心中一驚。

「章醫生，怎麼了？有什麼不對嗎？」細心的小陸注意到了章桐臉上所流露出來的詭異的神情。

「屍體的眼睛有異樣，我懷疑她的眼球被人替換走了！」說不清楚是寒冷，還是內心深處隱藏著的一絲恐懼心理在作怪，章桐渾身起了一層雞皮疙瘩。

「難道說又是……」小陸沒有說下去，但是臉上的表情已經顯露無遺。

章桐搖搖頭，站起身，一邊和陳剛一起把屍體裝進運屍袋，一邊神情凝重地說：「還不知道，因為屍體眼球部位有異物，我需要回去打開後看了才能確定兩起案子之間是否有關聯。」

「童隊呢？」章桐這時候才注意到小陸是獨自來到現場的。

「他啊，走不開，東大女屍案，有人打電話來說知道死者是誰，他親自跑去東大了。章醫生，回頭我派人過來拿屍檢報告啊。」說著，小陸縮

第六章　我知道她是誰

著脖子，頭也不回地一溜小跑鑽進了巷子口。

難道說「東大女屍案」的屍源找到了？這是最近幾天裡自己聽到的最好的消息了。

天漸漸黑了，抬著運屍袋的警員在昏暗中小心翼翼地一步步走著，厚重的靴底和地面接觸，時不時發出了「擦擦」的聲響，章桐默不作聲地緊跟在身後。很快，一行人就來到了巷子口，陰冷的風幾乎讓所有人都忍不住打了個哆嗦。

新買的法醫公務車停靠在馬路對面，裡面設備齊全。這是局裡剛剛配置的，遇到突發情況時，可以隨時在車上進行必要的屍檢工作。這對需要盡快提取保全生物樣本證據的案子是非常有幫助的。但是眼前這個案子不需要，因為在這種條件下發現的屍體，需要有足夠的時間讓屍體的肌能復原到最初的狀態，這得在解剖室裡那可以控制的溫度下才能夠實現。

法醫公務車後尾板上的扣環能夠扣緊運屍袋上的扣子，保證屍體在車輛運輸的過程中不會受到二次傷害。把這一切都處理好後，陳剛用力拉上了不鏽鋼的後車門，然後和章桐一起鑽進了前面的車廂，繫好安全帶，準備啟動車輛。

車窗外，扛著「長槍大砲」的攝影師和記者早早就等候在這裡了，一見到有人在巷子口出現，他們立刻聚攏了過來。刺眼的閃光燈下，章桐看到了其中一臺攝影機上的標識——電視一臺。這是本市最大的一家電視臺，也是以真實報導各種犯罪案件出名的電視臺，收視率極高。章桐皺眉，她催促陳剛趕緊開車。就在這時，兩個記者模樣的人拿著採訪本和麥克風擋在了車前頭，後面的攝影師寸步不離。「你們是這個案子的法醫嗎？能不能簡單給大家說說這個案子？聽說死者是個妓女，是嗎？」

故事一　菊祭

「無可奉告！」章桐冷冷地回答。

雖然隔著厚厚的車窗玻璃，但是那讓人窒息的問題仍然一個接著一個，其中一名長相秀麗的年輕女性記者竟然直接拉開了陳剛那一側的車門，衝著他激動地大喊：「請說說這個案子，你們作為警方，不要逃避！應該讓大家知道真相！你們有這個義務！」

陳剛尷尬極了，他趕緊強行關上車門，然後迅速啟動車子，繞過幾個水坑，終於衝出了記者的包圍圈。

「真是一群討厭的人！」章桐嘟囔了一句，「他們到底是怎麼知道這裡出了人命案子的？竟然還來得這麼快！」

「應該是報案人提供的新聞爆料吧，據說現在一條爆料一百塊錢。」陳剛有一句沒一句地說著，臉頰微微泛紅。

章桐看了陳剛一眼，沒有再說話。

行駛了十多公里後，車終於開進了警局的大院。由於是下班高峰期，路上的車非常多，為了避免塞車和引起不必要的圍觀，本來半小時不到的路程，卻花了兩個小時才到達目的地。

章桐下車打開地下通道的後門，按下內牆上的紅色按鈕。現在正好是吃晚餐時間，沒有人在這裡值守，所以運送屍體的工作就只能靠自己。捲簾門在打開時發出了「吱吱嘎嘎」的聲響，伴隨著捲簾門的上升，裡面雪白的走廊燈光逐漸顯現出來。章桐走回車旁，打開後車門的擋板，拉出擔架，放下輪子，然後把運屍袋移到上面，扣緊，這才放心地用力向斜坡上推過去。

「章醫生，妳來得正好，局長找妳，讓妳馬上去一趟辦公室。」剛從電梯裡走出來的痕檢組技術員向章桐打招呼。

第六章　我知道她是誰

「謝謝你，我馬上過去。」章桐點頭答應。她小心翼翼地推著活動擔架，生怕撞到迎面而來的兩個技術員。她安靜而又快速地在通道上行走著，終於來到了解剖室，她用擔架撞開了解剖室的門，穿過房間，走到了冷凍庫門口。她拿出一把鑰匙打開了不鏽鋼門上的扣鎖，然後把屍體推了進去，在屍體的腳趾上掛了一個釦環，填妥資料後，鎖上門，摘下櫃門旁邊的紀錄本，簽上自己的名字和時間以及屍體編號。今天的任務就算是暫時完成了。

簡單換了一身衣服後，章桐這才坐電梯去八樓的局長辦公室。

*　*　*

經過多番問路打聽，童小川終於推開了東大教工宿舍底樓車庫最盡頭的一間小房間。這裡本來是不住人的，連窗戶都沒有，狹小陰暗的空間裡瀰漫著刺鼻的中藥味，空氣混濁嗆人。他難以想像這竟然就是一個人每天生活的空間。

房間裡亮著一盞只有15瓦的老式燈，昏黃的燈光下，屋子一角傳出了一個男人蒼老而又微弱的聲音：「是警局的人嗎？」

「是我，請問是趙老伯嗎？」童小川盡量使自己的嗓音聽上去很柔和，「您打過電話給我們是嗎？」他一邊說著，一邊朝發出聲音的地方走去。

眼前出現了一張歪歪扭扭的床，床腳堆滿了各種雜物，從看過的廢舊報紙雜誌到空礦泉水瓶，一應俱全。床上，一個滿頭白髮的老人正蜷縮在髒兮兮的被窩中，背靠著床頭坐著，神情倦怠地看著童小川。

「對不起，我老毛病犯了，出不了門。」老人很過意不去，言語中充滿了歉意，「還要麻煩你們特地跑一趟。」

故事一　菊祭

「沒事，趙老伯，我姓童，這是我的警官證。」童小川在床邊一張堆滿了衣服的椅子上勉強找了一塊空地坐了下來，「和我談談您電話中提到的那件事吧。」

老人輕輕嘆了口氣：「我就知道是她，肯定是她！但是怎麼也沒有想到，她會死得這麼慘！」

「趙老伯，您說的是誰？」童小川抬頭看著老人。

「她叫李丹，我們都叫她李博士。她是一個交流學者。在東大待了有四個月的時間，後來就失蹤了，再也沒有見過她。」

「您是怎麼判定她就是李丹的？」童小川問。

「你們的畫像，和她的面貌幾乎一模一樣！」說著，老人顫抖著雙手，從自己的枕頭底下摸出了一張疊得四四方方的紙，遞給了他，「這是我前天去教工樓領薪水的時候，無意中在布告欄裡看到的。除了頭髮有些不太一樣以外，別的都像！還有就是那副耳環，我記得她說過，是她母親去黃山旅遊買回來的紀念品，送給她的。很特別的圖案！」

老人說得沒錯，那對並不是很值錢的耳環背後，就印著「黃山旅遊紀念」六個小字。「您對她的印象怎麼會這麼深呢？」童小川將信將疑地接過那張模擬畫像。

「警官先生，她是個好人。我因為薪水不多，又常年患有腿疾，所以經常入不敷出。一次在校醫院看病時，我帶的錢不夠，沒辦法買藥，這小女生看見後就主動幫我付了藥錢。在知道我的境遇後，她幾乎每週都會來看我，陪我聊天，還幫我買藥。我之所以一直記得她，不只是因為她幫我買藥，更主要的是，她好像有心事，因為她一直抽菸。我勸過她，說我年紀大了，抽菸沒關係，反正很快就要死了，但是她還很年輕啊。可是，她

064

第六章　我知道她是誰

好像根本就沒有聽進去。直到最後一次，她來看我的時候，突然變得很開心，說自己終於下定決心了，要戒菸，還要去做一件非常重要的事情。她說在臨走前會來跟我道別，結果……她再也沒有出現過。」老人顯得很落寞。事情雖然過去這麼久了，但是對他來說，這份溫暖會一直留存心底，「這三年來，我一直都在等她。」

看著這一幕，童小川的心裡突然感到很悲哀。

「她失蹤一個多月後，我覺得不對勁，就去她所在的宿舍周圍打聽。結果人家說她早就走了，因為是交流學者，本來就沒有什麼條件上的限制，有人中途離開也是再正常不過的事情。我知道她是一個有身分的女孩，能來照顧和關心我這個老清潔工，我已經很知足了。我做不了什麼來回報她對我的善意。只是我做夢都沒有想到，再次聽到她的消息，竟然是這樣一個噩耗！」

「您為什麼會覺得不對勁？」童小川小心翼翼地問。

「因為這個小女生非常守信用，只要她答應的事情，她就會去做。她說過來看我就一定會來看我，絕對不會不守信用！」老人突然哭了，「老天不長眼啊！多麼好的孩子就這麼沒了！是哪個殺千刀的做的缺德事啊！」

童小川想安慰一下老人，卻又不知道該怎麼開口，也就只能靜靜地看著老人哭。

臨走時，他從口袋裡摸出幾百塊錢塞在老人的手裡，指著一張名片：「老人家，以後有什麼困難，打這張名片上的電話找我。」說著，便頭也不回地離開了小屋。

窗外，已是一片漆黑。童小川一邊開車一邊伸手從儀表板下摸出了一包菸，想了想又丟了回去。在他身旁的副駕駛座椅上放著一個薄薄的卷宗

故事一　菊祭

　　袋子，裡面裝著為數不多的有關李丹的介紹資料以及其家人的聯絡方式。雖然說還需要進一步透過DNA來考核死者的身分，但是童小川的直覺告訴他，樹林中的死者就是李丹。

　　只是他不明白，為什麼有人要殺害李丹，她只不過是一個做學問的人罷了。

　　曾經和李丹接觸過的同事都一致表示，這女孩人好、心好、善良、溫柔，而且可愛，工作時尤其認真。在李丹的身上似乎找不到任何缺點。

　　但是這個世界上沒有完美無缺的人，難道不是嗎？

　　而且，她的家人呢？三年來，難道就沒有尋找過她嗎？李丹最後要做的事情究竟是什麼？會不會和她的死有關係？

　　童小川恍過神來，前面車輛停滯不前，應該是一起事故，隱約可見兩個男人正站在場地中央爭論著什麼，公路巡警站在一邊。童小川皺眉，他騰出右手，從座位底下摸出無線警燈，同時打開車窗，把警燈用力按在了車頂上。

　　刺耳的警報聲驟然響起，前面的車輛紛紛靠向兩邊，童小川猛踩油門，公務車頓時如離弦之箭，把事故車輛遠遠地甩在了後面。童小川不想再等了，今晚還有好多電話要打。

第七章　凝固的生命

　　週一早上，齊志強來到歐陽景洪工作的小飯館。這時候，飯館還沒有開店營業，但是後廚那邊早已經忙得腳不沾地，切菜配菜聲和廚師的吆喝聲不絕於耳。齊志強站在門口背陰處，耐心地等著。終於，歐陽景洪滿身油汙地走了出來，他一抬頭看到齊志強的剎那，表情頓時凍結，眼睛睜得大大的，驚訝得說不出話來。

　　「……你，什麼時候來的？」

　　「我終於找到你了。」齊志強說，「歐陽，能談談嗎？」

　　歐陽景洪剛想開口，齊志強微微一笑：「放心吧，我已經和你們老闆說過了，給你十分鐘的假。」歐陽景洪便不再言語，兩人一前一後走向對面的小巷子。直到僻靜處，齊志強才停下了腳步，轉身看著歐陽景洪。

　　「歐陽，小麗沒了。」

　　小麗，也就是齊小麗，是齊志強的女兒，曾經是歐陽青最好的朋友。

　　歐陽景洪抬起頭：「什麼時候的事？」

　　「一年前。不過，她是自殺的，從七院的樓頂跳了下去。」

　　「是嗎？」歐陽景洪當然知道七院的另一個名字——精神病康復中心。他緩了緩，說：「老齊，節哀順變！」

　　齊志強苦笑：「都走了一年了，最困難的時候都已經過去了。」

　　「你找我有什麼事嗎？」

故事一　菊祭

　　齊志強默不作聲地掏出一個信封，從裡面倒出兩張相片，遞給了歐陽景洪。

　　「這是在小麗的房間裡拍攝的，醫院裡一直封存，我想辦法找人弄了出來。告訴我，你能看出什麼嗎？」

　　「我看不出來。」

　　「當初你家青青和我們小麗是最好的朋友，兩人形影不離，後來青青遇害，緊接著小麗發病，難道你就真的看不出其中的關聯？」齊志強走近了一步，雙手緊緊地抓著歐陽景洪瘦弱的肩膀，追問著。

　　歐陽景洪默默地搖頭。

　　「十年啊，小麗在精神病院裡住了整整十年。精神分裂，這該死的病害了我們全家整整十年啊。小麗是解脫了，可是我呢？我老婆呢？整個家都垮了啊！歐陽，我也對你不薄，我就不信你不知道凶手是誰！那天，她們倆是一起出去的！結果一個死了一個瘋了。我家小麗膽子小，整天就是跟在你家青青屁股後面轉。你敢說你不知道凶手是誰？」齊志強終於爆發了，歐陽景洪卻自始至終都沒有說一個字。

　　末了，齊志強終於放棄了，他面如死灰，稍稍抬起手，便頭也不回地向小巷外面走去。

　　歐陽景洪看著他的背影，心裡默默地念叨著什麼，眼角的淚水無聲地滑落了下來。

＊　＊　＊

　　和司徒敏不同，劉東偉不喜歡雕塑，其程度甚至達到了厭惡，尤其是那些人類的雕像。他也說不清楚為什麼，只是每次看到那被定格在或痛

第七章　凝固的生命

苦、或喜悅、或躁狂的一瞬間的扭曲變形的人類的臉，他都會有一種說不出的噁心感，然後立刻把頭轉開。

劉東偉曾經為此去看過心理醫生，得到的結論也模稜兩可：沒病，心理原因，或許是小時候受過刺激。可是劉東偉就是想不起自己小時候究竟是在哪裡受過刺激，以至於見了雕塑，他就渾身難受。

此刻，他正站在 S 市藝術中心的門口，猶豫著自己究竟要不要進去。司徒老師雖然已經下葬，但是他的死亡事件還沒有被立案。劉東偉是絕對不會去找司徒敏的，但除了司徒敏以外，他就只能去找師母丁美娟了。

丁美娟是這家藝術中心的負責人，她曾經是一個著名的雕塑家，現在退休了，只是負責一些簡單的教學工作。如果說司徒敏的成功有天賦的因素的話，那麼，這天賦絕對是來自她的母親丁美娟。

丁美娟的辦公室並不大，房間裡到處都是人體雕塑的半成品，還有一些不知名的瓶瓶罐罐。辦公室的門開著，一股濃重的石膏味撲面而來，還夾雜著一股說不出的土腥味。劉東偉輕輕敲了敲身旁的門。

丁美娟抬頭一看：「你怎麼來了？有事嗎？」很顯然，老太太並不歡迎這個前女婿的到來。

「我……師母，我是為了司徒老師的事……」

話還沒有說完，丁美娟一下子從椅子上站了起來，幾步走到門口，用力把劉東偉推了出去，然後一臉不客氣地說：「你和我們家已經沒有關係了，請你不要再出現在我面前。我再一次警告你，我老公是死於意外，根本就沒有人要害他。你這樣做，只會敗壞他的名聲和清譽！」話音剛落，她就要關門。

見此情景，劉東偉急了，他趕緊用腳擋住門：「師母，妳聽我說，我

故事一　菊祭

已經找到了足夠的證據，司徒老師就是被人害死的。我剛從安平過來，那裡的法醫找出了證據，能夠證實司徒老師的死絕對不是意外！」

或許是「安平」二字觸動了丁美娟，她的口氣緩和了一些，但依舊充滿了敵意：「小敏打電話給我了。請你不要再去騷擾她！」丁美娟在遺傳給司徒敏高超的藝術天賦的同時，也把自己高傲和目中無人的個性遺傳給了她。

劉東偉有些意外，他的目光停留在了丁美娟殘缺的右手上，就是這隻右手，如果不是意外失去了三根手指的話，現在報紙上出現更多的將是她丁美娟的名字，而不是司徒敏。

「師母，妳能和我好好談談嗎？我真的沒有惡意。小敏和妳肯定誤會我了。再說了，我對老師留下的遺產沒有絲毫的興趣，如果妳實在不放心的話，我可以簽署放棄宣告。」

丁美娟抬頭看了看劉東偉：「算了，進來吧，就五分鐘，我等等有個講座！」劉東偉連忙跟著走進了辦公室。

「師母，請您一定要簽這個字，不然的話警方沒有辦法立案的。只有死者的直系親屬提出來才能立案。」

「你為什麼要緊追著這件事不放呢？老頭子走了這麼久了，死了都不讓他安寧嗎？」丁美娟看都沒看一眼劉東偉手中的立案申請書，只是煩躁地問他。

「司徒老師雖然死於蛇毒，但是他的舌頭被人割掉了！師母，蛇不會割人的舌頭，只有人才會。而且毒蛇不會主動攻擊人類，絕對不會。再說了，那天老師也只是在長椅上休息而已，我見過那條後來被警方打死的蛇，牠不可能自己鑽進老師的嘴裡去的，除非有人刻意把牠放進去。師

第七章　凝固的生命

母，這麼多疑點我再視而不見的話，我後半輩子都會受良心的譴責！」劉東偉的情緒有些激動。

丁美娟沉默了，她轉過身，背對著劉東偉，口氣堅定地說道：「我已經知道真相了，小敏她爸就是被蛇咬死的，那就是一場意外。他一輩子都沒有得罪過人，老老實實過日子，誰會想要害死他？更何況現在屍體都沒有了，怎麼查？所以，你走吧，不要再來了。你和小敏都已經離婚了，你以後也不要再叫我師母，走吧。知道嗎？別再回來了！」

劉東偉腦袋有些蒙，情急之下，他突然想到了日記中的兩張車票，趕緊從書包裡拿了出來：「好吧，師母，我可以不打擾妳，但是我有最後一個問題，只要妳回答我了，我就走，並且以後再也不會回來了。」

「你問吧。」丁美娟冷冷地說道。

「老師生前應該很少離開S市對嗎？」

丁美娟有些詫異，她轉過身看著劉東偉，點點頭：「沒錯，他心臟不好，40歲那年動過手術，不適宜坐車外出。所以他一直都沒離開過。」

「不，他13年前離開過這裡！」劉東偉把日記本和兩張車票遞給了丁美娟，「老師的死或許和13年前發生在安平的一起案子有關！」

看著發黃的日記本中那熟悉的筆跡，丁美娟的臉色漸漸發白。

「師母？」

「我不知道這件事。這日記本，你到底從哪裡拿來的？」丁美娟問。

「是老師的一個老朋友給我的，他說老師生前有一個木箱子寄存在他那裡，現在老師走了，他便按照老師當年的囑託，特地打電話找到我，然後通知我去拿的。」劉東偉回答。

故事一　菊祭

「那他……還留下了什麼？」丁美娟的聲音微微有些發顫。

就在這時，劉東偉的手機響了起來，他剛接起電話，那頭就傳來了警局朋友的聲音。對方只說了一句話，通話就結束了。劉東偉抬頭看著丁美娟：「師母，妳知道李丹嗎？」

「李丹？」丁美娟想了想，「是不是那個女孩？和小敏年齡差不多的？瘦瘦高高的，好像還曾經是你們的同班同學。」

「師母，你的記性真不錯。」

丁美娟笑了：「有特長的好孩子我都會記得的，就說丹丹吧，她在繪畫方面很有天賦，不輸於小敏，就是性格有些太內向了，也很倔強。她怎麼啦？」

「她死了！」劉東偉若有所思，「被人發現死在一所大學校園裡！這時候她的親戚正趕過去。」

笑容一點一點地在丁美娟的臉上消失了。

＊　＊　＊

走出Ｓ市藝術中心的大樓，劉東偉走到馬路邊上等計程車。在右手邊的布告欄裡，他又一次看到了司徒敏的作品展廣告。相片中，這個曾經是自己妻子的女人正驕傲地站在最得意的作品面前，臉上流露出自豪和目空一切的笑容。

劉東偉很熟悉司徒敏這招牌式的笑容，也深知那笑容背後只有輕蔑和高傲。如果不是司徒老師對自己有恩，劉東偉也不會有那段讓他痛苦不堪的婚姻。所以，後來離婚的時候，劉東偉特地前去向司徒老師致歉。可是老人一點都不責怪他，相反還拉他去小酒館喝了個酩酊大醉。第二天，劉東偉就帶著簡單的行李離開了。

第七章　凝固的生命

　　離開之後，劉東偉去了外地工作，雖然還和司徒安保持著聯繫，但是因為工作忙碌，打電話的次數也越來越少。如今想來，這成了他心中最大的遺憾。

　　司徒敏長得很漂亮，家境在當地也是數一數二的，但是直到劉東偉答應婚事的那一天，他才知道司徒敏一直嫁不出去的原因是什麼。她的尖酸刻薄和目中無人，讓身邊的所有人都對她敬而遠之。

　　劉東偉感覺自己曾經的「婚姻」生活就像一場噩夢。

　　他的目光落到了相片中司徒敏身旁的那座雕像上，他很熟悉這座雕像——一個正在沉思的少女，手中捧著一束菊花。據說雕像的模特兒就是司徒敏自己。劉東偉記得，她曾經不止一次地在他面前抱怨說自己總是塑不好雕像的面部表情，為了這個，她幾天幾夜不回家，吃住全都在工作室。

　　這座雕像有個名字，劉東偉有些記不清了，只是印象中，司徒老師曾經說起過一次，好像是叫「愛人」。

　　他那時候只是覺得很奇怪，因為在周圍人的眼中，司徒老師的女兒如此出名，作為父親的他應該感到很驕傲才對，但是不只是別人，哪怕劉東偉自己，只要在他面前偶爾提起她女兒的名字，老人立刻就會拂袖離去。而這樣的情況，直到自己離婚後，才發生改變。

　　「我早就想叫你離婚了……沒錯，離婚……早……早就該這麼做了……對不起，小偉，是伯伯不對，伯伯害了你……」記憶中，在小酒館裡老人語無倫次，藉著酒勁兒時而高歌，時而低語，幾乎到了瘋癲的地步。

　　可是事後，老人卻什麼都記不得了，劉東偉也只是模模糊糊地有一星半點的印象。

故事一　菊祭

　　他也好奇為什麼老師會這樣想，但是想著自己已經離婚了，也就不想知道了。

　　時間過得真快啊！

　　身邊響起的計程車喇叭聲打斷了劉東偉的回憶，他沒再猶豫，轉身打開車門鑽了進去。

　　「司機，去 S 市警局。」

＊　＊　＊

　　局長辦公室並不大，尤其是擠滿了人的時候，更加顯得擁擠。和身邊這些身材高大的偵查員們相比，章桐的身軀尤其顯得嬌小柔弱。在這群男人堆裡，不仔細看，很容易忽視她的存在。

　　大家討論的議題很簡單——新發現的屍體是否也是 13 年前的凶手所為？

　　其實大家都很清楚，不管是不是，都是一件棘手的事。局長一邊翻看著章桐加急做好的屍檢報告，一邊頭也不抬地問：「章醫生對這個問題有沒有什麼看法？」

　　「我認為不是，至少從手頭證據來看，凶手應該不是一個人。因為 13 年前的屍體，死者的眼球被人挖走了，眼眶內無填充物。但是這一具屍體，死者原來的眼眶部位空了，但被填埋進了沙子。像這樣的凶手一般不會改變自己的作案手法，這一點，我覺得不太可能是同一個人做的。而這種沙子，痕跡鑑定那邊已經有結果，是市場上非常常見的用來養熱帶魚的細沙，三塊錢就可以買一大包，沒有具體來源可以追蹤，要知道花鳥市場這種沙子每天的進出交易量都有好幾百斤。」章桐回答。

第七章　凝固的生命

「凶手為什麼要在死者的眼眶中放沙子？」

章桐回答：「只有一種解釋，那就是不想讓死者的眼窩部位變得空蕩蕩的，據我所知，死者的這一特徵是和13年前的案子唯一不同的地方。而凶手用來固定這些沙子的，是普通的強力膠水，市面上也是隨處可見的。」

「死者身分確定了嗎？」有人問。

童小川搖搖頭：「還沒有，但是臉部復原畫像已經發出去了，應該很快就有結果，畢竟死亡時間沒有很長，死者周圍的人應該對她還有印象。」

「那有沒有可能是『模仿犯』？畢竟13年前的那個案子，為了尋找線索，對外公布了大部分案件細節。」痕跡鑑定組的工程師小九問道，「我總覺得這個凶手肯定知道13年前明山的那起案子。章醫生，妳前段日子收到的那個包裹，可不可以認為是凶手傳遞出來的一個訊息？」

章桐並不否認：「13年前經手那起案子的法醫，除去退休或者調動的，還在局裡的就只剩下我一個了。如果確定是這個凶手做的，那這13年，他究竟去了哪裡？他突然改變作案手法，把眼球寄給我，又代表著什麼？如果是模仿犯，為什麼是在13年後？13年了，誰會想要重新提起這個案子呢？」

這些話讓在場大部分人的心都「咯噔」了一下。他們心照不宣地想到了一個人，可是，卻又很快打消了這個念頭。因為他是最不可能作案的人，根本沒有作案動機。

「而且寄包裹給我的人，非常熟悉我們警方辦案的程序，尤其是法醫物證的轉交和配合檢驗步驟。我擔心的是這個人我們可能認識！」章桐皺眉，她雙手插在工作服的外套口袋裡，神色凝重。

故事一　菊祭

「不可能是歐陽，禁毒組的警察不可能殺害無辜！」童小川深吸了一口氣，「大家有沒有想過，既然13年前的死者在生活中沒有什麼仇怨，也沒有被人劫財，那有沒有可能那個凶手是個連環殺手？」

「理由呢？」局長合上了屍檢報告，饒有興趣地看著童小川。

「以我接觸過的罪犯來看，如果只是劫財劫色，他們一般不會殺人，並且挖去受害者的眼球，這種行為太過殘忍。而受害者眼球上所覆蓋的植物，我贊成章醫生的觀點，還有一種可能就是心理學中所說的『後悔和補償』。我記得民間有種說法，人的眼睛是可以通往陰間的橋梁，而死者生前最後看到了凶手的樣貌，就會把他帶到陰間。所以，我大膽推測，之所以覆蓋住死者的眼眶，很有可能就是凶手不希望死者記住自己的樣貌。我查看過資料，死者歐陽青，國中生，單純天真，對他人不存在威脅。而脫去死者的衣服，並不表示就是對死者進行了性侵害。這很有可能是混淆我們警方辦案的一種反偵察手段，甚至可以理解為是一種羞辱。所以，我覺得這個凶手挖去她的眼球，肯定另有所圖！」童小川一口氣說完了自己的看法。

屋裡一片寂靜。

「那照你所說，凶手還會作案？」局長不解地問。

童小川點點頭：「迷信歸迷信，殺人動機方面是我最擔心的事，我覺得凶手很有可能再次犯案。所以，我對周邊的兄弟發出了協查通報，看看有沒有類似的案件發生過。」

「見過形形色色收集各種東西的罪犯，這收集人類眼球的傢伙，還真是頭一回遇到。」專案內勤小陸在旁邊嘟囔，「但是童隊，郊外廢棄工地發現的這具女屍和這兩個挖眼球案件也有關聯嗎？」

第七章　凝固的生命

「在這一點上，我持保留意見。連環凶手改變自己的犯罪模式的可能性也是存在的，畢竟我們只是將 13 年前發現的那具屍體作為參照物，我擔心會有我們沒發現的死者。」童小川心事重重。

「那最快的話，你們刑偵大隊多久能把屍源確定下來？」

「我下屬走訪過那邊周圍的居民，由於大部分已經拆遷走了，剩下的人並不多，也沒有目擊證人。現在正在查看案發時間段廢棄工地附近的監控錄影。目前對我們有用的線索就是，據說案發現場是街頭流鶯經常出現的地方，再加上死者被發現時並沒有穿衣服，所以不排除是娼妓的可能。這種因為嫖資糾紛而被害的可能性非常大。」童小川回答。

章桐突然想到了什麼，她緊鎖眉頭。

「你們那邊一有結果立刻彙報給我。對了，章醫生，那對隨著包裹一起寄來的眼球，有沒有可以匹配上的 DNA 樣本？」局長問。

章桐搖搖頭：「和廢棄工地的女屍暫時還沒有辦法匹配上，因為資料鏈有缺損，所以還需要一段時間。我會嘗試另外的方法。」她想了想，繼續說道，「有一點我覺得很奇怪，那就是屍體身上雖然有腐爛腫脹的痕跡，但是並不和死亡時間所對應的腐爛程度相匹配，我懷疑屍體被做過特殊處理。也就是被用驅蟲消毒水一類的東西擦拭過，尤其是在臉部和隱私部位，那裡是我們人體最先腐敗的地方，卻沒有發現相同程度的蛆蟲的卵。這樣一來，廢棄工地就不可能是第一現場。我會盡快對屍體做進一步的檢查。」

局長點點頭：「也就是說，還有一個受害者我們沒有找到。童隊，你找人盡快重新打開對 13 年前那件案子的調查，我們總該是要向死者家屬交代的。」說著，他站起身，環顧四周，嚴肅地說道，「最後，我有一句

故事一　菊祭

忠告，大家一定要對外保密有關廢棄工地這件案子的各個細節，尤其是媒體，一定要密不透風，誰要是洩露出去，就處分誰！」

章桐的腦海中又一次出現了案發現場那神速出現的電視一臺記者和攝影師，這些人真是太煩人了。

散會後，童小川在走廊裡叫住了章桐：「章主任，死者李丹的家屬馬上就到，妳能安排一下匹配嗎？」

匹配就是DNA配對，也是確定死者身分的最後一道工序。

章桐點頭：「沒問題，快的話，一個多小時就能出結果。」

那具在東大校園小樹林裡發現的屍骨雖然只剩下了散亂的骨架，但是牙齒還在，並且一顆不少。因為牙釉質的保護，牙髓完好無損地被保留了下來，這也是提取死者DNA最好的管道。很多年代久遠的骸骨都是採用這種方式來進行DNA匹配，從而確定死者身分的。

下午，檢驗報告出來了，雖然是意料之中的結果，但是看著滿頭白髮、面容憔悴且哭成淚人的死者母親，章桐的心裡還是很不好受。因為屍體檢驗和屍源確認工作都已經完成，死者骸骨也不用再作為人體物證被留存了。而自己下一步要做的，就是整理遺骨，然後轉交給家屬好拿回去安葬。

章桐回到無菌處理櫃旁，用力拉出長長的抽屜，然後把它放在工作台上。裡面裝著的是李丹留在這個世界上唯一的東西了：一堆不到三斤重的凌亂的骨頭。

對照著登記簿上的紀錄，章桐一塊塊清點，雖然說死者家屬不知道遺骨的數量，但是仔細核對也是對死者的一種尊重。

骨頭上布滿了刀痕，一道道，怵目驚心。這不可能是死後留下的。雖

第七章　凝固的生命

然刀痕裡面的顏色因為外在環境而發生了改變，並且改變的程度與骨頭表面完好處改變的程度相同，但是章桐深知這些刀痕絕不可能發生在死屍骨頭上，只有砍在活的骨頭上，這些刀痕開口才可向內彎曲，而死屍不行。

也就是說，在凶手一次次傷害死者的時候，死者還活著。究竟是什麼樣的仇恨，才會對一個人下如此狠手？

死者李丹身高163公分左右，在最初受到凶手攻擊時，死者肯定是站著的，最初一刀是背對著凶手，所以在鎖骨處才會出現兩道小於45度角的刀痕，如果死者是俯臥或者是別的姿勢，那麼，角度肯定大於90度。想到這裡，章桐看著手中有些發黃的鎖骨，陷入了沉思。

凶手是個身高和死者差不多的人？

幾乎遍布死者骸骨的刀痕顯示出這是一樁典型的激情殺人案。也就是說，出於對死者的極度憤恨，凶手臨時起意，拚命地揮舞手中的刀刺向死者。

可是，死者只是一個普通的學者，並不富有，也沒有感情上的糾紛，相貌也極其普通。凶手怎麼會找上她？

除了善良。

突然間，章桐似發現了什麼，她臉上閃過一絲狐疑，隨即又嚴肅起來。

就在顱骨左右眼眶部位的眶下裂和眶上裂位置處，分明可以看到幾處刀痕。刀痕不是很深，且因為陰影的緣故，自己先前竟沒有注意到。

她趕緊放下顱骨，抬頭對站在對面的陳剛說：「你馬上通知門外的家屬，這遺骨，我們暫時不能移交，因為有新的證據出現！」

陳剛點點頭，轉身快步走出了解剖室，門外很快傳來了低聲議論的聲音。

故事一　菊祭

　　章桐俐落地摘下了手套，丟進腳邊的垃圾桶，然後撥通了童小川的手機，電話很快接通了。

　　「章醫生？」

　　「李丹的遺骨上發現了新的證據，她的眼球也被人挖走了！」章桐的語速飛快。

　　「該死的！」童小川小聲咒罵了一句，「妳可以確定是那個混蛋做的嗎？」

　　「差不多，我在現場帶回來的泥土樣本中並沒有發現填充物的痕跡！」章桐對自己的草率懊悔不已，如果早一點發現的話，或許案件就不會這麼被動。

＊　＊　＊

　　早上，市體育館門外熙熙攘攘，有人早早地就開始排隊，等著進去參觀雕塑展。雖然說正式的展會要過幾天才會舉行，但隨著展品的陸續布置，已經有很多人慕名前來。

　　跟著隊伍走進展廳後，大家就自然地解散了。周圍的人三三兩兩，圍著自己喜歡的雕塑觀賞著，小聲地討論著。只有他，顯得有些格格不入，他倚著鐵鏈條，鬱悶地向大廳望去，卻並沒有走下樓梯到展區中去。這次展會的規模不小，少說也有 20 座雕塑。

　　他的目光在大廳中轉來轉去，目光搜尋著自己所要尋找的目標。終於，他看到了，那是一尊沉思的少女雕像，就在展廳的東北角，周圍圍了很多人。

　　那種窒息的感覺又來了。因為缺氧，他的心跳加速。於是，他加快了腳步，快速走下樓梯，向那尊少女雕像走去。

第七章　凝固的生命

他滿腦子就只有一個念頭——靠近它！好好看看它！

雕像前圍了很多人，據說這座雕像是作者的處女作，價格不菲。但是這一切對於他來說，都是次要的。

他的注意力都集中在了雕像的身上。

他看著那張臉，略微帶點憂傷的臉，這是一個年輕的女孩，長髮飄逸，臉龐秀美，輪廓鮮明。她身著一襲長裙，雙手捧著一束鮮花，眼神中流露出一絲讓人愛憐的憂傷。女孩的明眸皓齒和動人姿態被毫無保留地展現在了眾人眼前。作者用心之深可見一斑。

毫不誇張地說，那層層泥坯包裹著的分明就是一個被永遠凝固的生命！

兩行熱淚滑出眼眶，他下意識地伸手緊緊握住了雕像前的鐵鏈，忍不住低聲抽泣。

「先生，您沒事吧？」身邊的保全注意到了他的失態，上前輕聲詢問。雖然說痴迷於司徒敏作品的人實在太多，在現場失態的人也見過不少，但是眼前這個其貌不揚、神情頹廢的男人還是讓保全感到有些擔憂。

「沒……沒事……對不起，我失態了，這作品太棒了！我太感動了！」他囁嚅著，擦了擦眼淚，趕緊轉身離開了展區。臨走到門口的時候，他停下了腳步，回頭依依不捨地看了一眼少女雕像，長嘆一聲，這才悻悻然離開了。

第二天一早，前來開門的工作人員驚訝地發現，少女雕像的頭部竟然不見了。他趕緊打電話報警。

面對趕到現場的警察，工作人員肯定竊賊是一個藝術品慣竊，因為司徒敏女士的作品曾經不止一次被偷過。黑市上那些被偷的雕塑雖然被以成倍的價格出售卻還是備受追捧，而一座人體雕像的精華部分就是頭顱。對

081

故事一　菊祭

於整座沉重的雕像來說，頭像也更加便於攜帶，所以，頭顱失蹤一點都不奇怪。

還好這座被命名——「愛人」的少女雕像早就已經投保，不然對於公司來說，損失就大了。

末了，工作人員尷尬地表示因為正式展出要在幾天後才進行，所以監控錄影還沒有完全安裝好。

盜搶組的偵查員在結束供詞筆錄時忍不住嘀咕，對於這種有錢的藝術家作品被竊案件，他真心提不起半點興趣，辦案時還要看對方的臉色，再說了，自己手頭還有很多案子。這個嘛，既然保險公司已經參與了，按照以往經驗來看，保額也不會低於作品本身的價值，所以，他按照規定記錄在案就可以了。於是，在填寫完厚厚的一份筆錄後，偵查員便輕鬆地離開了。

第八章 「愛人」的頭顱

　　技術員阿莊下週舉行婚禮。一早，他就樂滋滋地跑去每個科室派發請柬，但是唯獨法醫處，他只按照人數留下了兩包喜糖。

　　章桐很有自知之明，所以對此也就一笑而過，並沒有因此而不快。她明白像自己這種成天和死人打交道的人，遇上這種嫁娶的喜事，即使人家邀請，自己也應該找藉口禮貌地回絕。

　　都已經下午了，章桐盡量把自己的注意力都集中到面前的顯微鏡下。這份樣本是剛從廢棄工地的女屍鼻孔中採集到的，需要盡快辨別出那些毛髮狀的東西究竟是什麼。

　　時不時地，她抬頭掃一眼桌上的辦公電話，死者李丹眼眶上的劃痕已經送去小九那裡了，和先前的樣本一樣，遲遲都沒有結果出來。章桐心中有些不安。

　　「哐啷」，耳邊傳來工作盤掉落在水泥地面的聲音，手術器具也隨之灑落了一地。章桐皺起了眉頭，她感覺到陳剛最近一定發生了什麼事，平時老成穩重的他這幾天跟丟了魂一樣，不是砸破了實驗試管，就是把工作托盤掉在地上，還把屍檢報告歸錯檔，這些低階錯誤，他之前可從沒犯過。

　　再怎麼忙，也該抽時間好好跟他談談，畢竟人家還是新手。

　　想到這裡，章桐順手摘下護目鏡，剛要站起身，陳剛卻猶豫著來到了自己身邊。

　　「章醫生，我……」他欲言又止，神情顯得很尷尬。

故事一　菊祭

「怎麼了，出什麼事了嗎，小陳？」

陳剛的臉色很差：「我今天能不能請個假？章醫生，我身體不舒服。」

「是嗎？去吧，好好休息，這邊我能應付。有事就打電話給我。」章桐一口答應，她總覺得如果因私事影響到了工作的話，那麼，還不如靜下心來好好調整一下。

陳剛感激地點點頭，離開了辦公室。

陳剛走後，法醫處的工作還算順利，傍晚臨下班的時候，樣本終於匹配上了。章桐長長地出了口氣，就在這時，辦公室的電話突然響了。章桐一手推開顯微鏡，伸手抓過電話機，摘下聽筒。電話是上司辦公室打來的，說是有新的情況公布，需要和各個部門負責人馬上進行溝通。

章桐很快就趕到了樓上的會議室。會議室裡無一例外地已經坐滿了幾個部門的頭頭，章桐點點頭，算是打過了招呼，隨後默不作聲地在門邊的靠背椅上坐了下來，順手把資料夾平放在自己的雙腿上。

童小川示意下屬關上會議室的燈，然後打開了投影機。機器「沙沙」地轉動著，出現在大家面前的是一段監控錄影的畫面。因為背景是晚上，所以畫面並不是很清晰。只是看到一個人轉出了小巷，提著個大袋子，一步步地向不遠處的街道走去。很快，這個人就消失在了拐角。

「根據法醫處提供的屍檢報告，我們把近一個月以來所有的案發現場監控錄影都看了一遍，3.5G的東西，總算逮住了這個傢伙。所有經過那個巷子的人中，只有這個人最可疑。」

「遇害者已經排除是娼妓了嗎？」

童小川有些尷尬：「我的下屬走訪了所有在那條街活動過的娼妓，都說天氣太冷，現在還在外面活動的人幾乎沒有。而在所有的監控錄影中，

第八章 「愛人」的頭顱

也沒有看到帶著客戶前去那裡交易的人。法醫屍檢報告中已經明確指出，那個地方是拋屍現場，並不是案發現場。這傢伙進去的時候，袋子很沉，他半個身子都傾斜了，但是出來的時候，就輕鬆多了。」

「等等，這個人有點跛足。」雖然說監控錄影並不是十分清晰，但是眼尖的章桐還是一眼就看出了那人行走時的異樣，「進去的時候不明顯，但是出來的時候就能分辨出來了，你們注意看他的左肩，傾斜度在 35 度～40 度之間徘徊，我推斷，這個人的右腳有殘疾。」

「我知道他是誰。」突然，一個蒼老、陌生的聲音從門口發出。會議室的燈立刻亮了，大家驚愕之際，紛紛朝門口看去。本來是虛掩著的門不知道什麼時候被打開了，門口站著一位年過半百的男人。眼前的男人頭髮幾乎全白了，胸口戴著「訪客」的牌子。章桐立刻認出了他。雖然 13 年未見，但是他犀利的目光與消瘦的身形一點都沒有變。

「你是誰？」有人問，「怎麼進來的？」

來人並沒有回答問題，他只是輕輕嘆了口氣，伸出手指指螢幕：「他曾經是我的下屬，也是我的工作搭檔，他的名字叫歐陽景洪，你們去查吧。」說著，他放下抬起的手，默默地轉身，離開了會議室。

章桐注意到，從出現到離開，齊志強自始至終都沒有踏進過會議室一步。

齊志強根本就沒有想過自己還能夠有機會回到這個地方來，雖然已經相隔了十多年的時間，房子也翻新過了，以前的老同事留下的沒有幾個，擦肩而過的，都是陌生而又年輕的面孔。但是這裡的一切，包括空氣中的味道，對於他來說依舊是那麼熟悉。當初，在自己事業最巔峰的時候，他毅然選擇辭職，而如今，為了同樣的一件事情，他又不得不回到了這個讓

故事一　菊祭

他傷心的地方。齊志強此刻的心裡有著一種說不出的酸楚。

「齊警官，請坐！我們童隊馬上過來。」小陸給齊志強倒了一杯熱水。

「我早就已經不是警察了，叫我名字吧。」齊志強尷尬地笑笑，「還是年輕好啊！能夠做很多事情。」

正說著，童小川推門走進房間，在齊志強面前的沙發上坐了下來：「對不起，讓你久等了，是我打電話給你的，齊先生，謝謝你能抽空過來。」

齊志強點點頭：「沒事，我知道遲早都會有這麼一天的。」

「那就和我們說說 13 年前的那件案子吧，說說歐陽景洪，因為牽涉到你曾經的下屬，所以，你應該比我們更加清楚曾經發生的事情，對嗎？」童小川看了小陸一眼，小陸便伸手打開了正對著齊志強的那架小型攝影機的開關。

齊志強嘆了口氣，說：「其實，歐陽不願意配合你們的調查，我是完全可以理解的。歐陽曾經是個好警察。當時我的手下總共有 14 人，他是我的副手，專門負責臥底行動。和你們刑偵大隊不一樣，我們禁毒人員承受的心理壓力相對要大許多。歐陽的妻子在一次車禍中意外去世，只留下了一個女兒給他。他父母早亡，也無兄弟姐妹，女兒是他唯一的親人。歐陽是個很重感情的人，女兒被害，他就徹底垮了。」

「案件卷宗中說歐陽青的社會關係非常簡單，對嗎？」

齊志強點點頭，神情黯然：「我見過那孩子，她是個很有愛心的女孩，平時的愛好就是畫畫，和我們家小麗是好朋友。說是國中畢業後，要去考藝術系的。她平時也很聽話，不用父親操心。我之前經常聽歐陽講起他女兒的事。」

童小川突然想到了什麼，問：「死者歐陽青據說是在從繪畫班回來的

第八章 「愛人」的頭顱

路上失蹤的，對嗎？是個怎樣的繪畫班？」

「就是現在很常見的那種專門針對藝術類考生所設定的考前培訓提高班。」齊志強回答，「我家小麗沒出事之前也在上這種培訓班，據說經常還會有一些業內有名的藝術家前去做任課老師，就是費用貴了點。但都是為了孩子，做父母的嘛，辛苦一點也值得。」

注意到童小川和小陸一臉迷惑不解的樣子。齊志強輕輕嘆了口氣：「小麗是我女兒，十年前得了精神分裂症，去年過世了。」

「對不起。」小陸有些尷尬。

齊志強擺擺手，輕輕一笑：「沒事，都過去了，至少，她不用再受病痛的折磨了，有時候想想，這何嘗不是一件好事。」

「歐陽對你們有所牴觸，你們也應該理解，畢竟他經歷了這麼大的變故，後來又坐了這麼多年的牢。我辭職後，也曾經去探望過他，但是被他拒絕了。給他點時間吧，我相信歐陽會走出來的。」齊志強說。

「齊先生，最後一個問題，你真的確定那影片中的人就是歐陽景洪嗎？」童小川認真地看著齊志強。

「是他，他走路的樣子，我永遠都忘不了。他踝骨上的子彈，本來應該是在我的身體裡的！」齊志強低下了頭，若有所思，「我欠他的太多了。」

「是你把齊志強找來的？」警局食堂裡，章桐攔住了童小川，兩人在靠窗的座位上坐了下來。

童小川點點頭：「他是最了解歐陽景洪的人。」

這句話他沒有說錯，他們曾經是同事，又是上下級關係。

「現在這個案子是否是歐陽景洪做的，還是個未知數。」章桐感到疑惑不解。

故事一　菊祭

「不只是這個案子，還有13年前的歐陽青案，他說死者歐陽青曾經參加過一個繪畫培訓班，我也派人過去查訪了，但是因為年代過於久遠，還沒問線索。」

「你看新聞了嗎？」童小川突然問。

「新聞？」

童小川隨手從口袋裡拿出一張今天的報紙放在桌上，然後推到章桐面前：「你看第二版，社會新聞那一欄。」

「你什麼時候有閒工夫看報紙了？」章桐嘟囔了句，可是當她看完標題後，臉色頓時陰沉了下來。13年前受害者歐陽青的相片赫然在目，照片有著膠片的顆粒感。記者用「悲劇」、「無能」、「震驚」、「變態」等字眼大肆渲染，言辭直指因為警方13年前未能及時抓住凶手，導致凶手現如今又犯下可怕罪行。而旁邊則是廢棄工地案發現場的相片，三張不同角度的快照，其中一張照片上還有章桐，甚至可以看到章桐坐在公務車上時臉上不悅的神情。

如果只是這些的話，章桐還不會太在意，畢竟現在的媒體記者幾乎無孔不入。回想起案發現場那個對自己大聲叫喊著要求公布真相的女記者，雖然已經記不起她的長相了，但是對方尖利刺耳的聲音深深地刻在了章桐的腦海裡。

緊靠著這篇報導下面，有一篇追蹤報導，裡面對廢棄工地案發現場的屍體描述得非常詳細，而且還不斷地提到，消息是由警方不願意透露姓名的人士提供，絕對可靠⋯⋯

「我想妳一定會感興趣的，所以特地帶來給妳看看。我一個同學的姐姐在那邊當編輯，她曾經說過這份報紙訂閱率非常高，不光是我們市，就

第八章 「愛人」的頭顱

連相鄰的城市都有人訂閱的。所以爆料給報社的話，報酬絕對不會低，尤其是這麼重要的版面。而且這個聰明的記者竟然把廢棄工地的女屍案和13年前的明山國中女生被害案件連繫在了一起，還出示了這麼多的內部證據，甚至提到了眼球和菊花。我想這份報紙熱賣是很肯定的了。」童小川長嘆一聲，放下了手中的筷子。

「上頭知道這件事嗎？」章桐頭也不抬地問。

童小川的臉上露出了苦笑：「我想這個時候，這份報紙應該已經傳遍了幾個局長的手吧。」

章桐的心中生出一種不祥的感覺。

＊　＊　＊

在回辦公室的路上，她不斷地回想著從案發現場回來以後，陳剛那異樣的神情和舉動，尤其是向自己請假的時候。難道是他向媒體透露了案件的詳細情況？不然的話，又怎麼解釋那篇報導中那麼詳盡的屍體描述和現場情況？最要命的是，屍體眼部被塞進了填充物的這條線索也被洩露出去了。而其中的一張死者面部眼眶部位的特寫相片，自己記得很清楚，因為尺寸太大，所以開會之前根本就沒有放進上交的屍檢報告中去。童小川雖然沒有直接說出來，但是他一點都不笨，他讓自己看這篇報導的目的就是讓自己意識到，就在她的身邊，有人洩露了案件資訊。而從以往的經驗來看，這樣的後果往往是不堪設想的。這很有可能會讓這件案子就此陷入僵局，從而也變成一樁懸案。

章桐停下了腳步，掏出手機，剛撥通了陳剛的電話，電話立刻就被接入了語音留言信箱。

「我知道你在聽我說話，陳剛，你為什麼要把案件資訊透露給報社？」

故事一　菊祭

章桐極其憤怒，「你如果缺錢花的話，我可以借給你。你難道就沒有考慮過這麼做的後果嗎？我等你給我解釋！」

玻璃門就在她的面前，走出電梯的時候，她就已經想好了，這件事的後果必須由她來承擔，雖然事情不是自己做的，但是自己的下屬犯了大錯。逃避並不是解決問題的正確方法。

章桐伸手在局長辦公室的門上輕輕敲了兩下。

「章醫生，妳知道我為什麼單獨把你叫過來嗎？」局長問道。他坐在辦公桌後面，案頭堆滿了各式各樣的檔案和報表審核單。

他並沒有叫章桐坐下。

「因為今天報紙的事情，」章桐艱難地說道，「我會為這件事情負責的，請放心，如果要處分的話，我願意接受任何處分。」

「他在哪裡？」局長的聲音異常嚴厲。

「他說不舒服，請假回家休息了。」章桐回答。

「找！如果確定是他，馬上開除！」

走出警局大院的時候，已經是深夜了，章桐拖著沉重的步伐向路邊走去。這個鐘點公車早停了，除了計程車，她沒有別的選擇。突然，一輛黑色轎車在她面前停了下來，章桐一愣，童小川探頭打招呼：「章醫生，我正好順路，送妳回家吧。」說著，他打開了副駕駛的門。

鑽進車，章桐這才發現車後座上坐滿了人，只不過大家都沒有說話。

「你們這是去哪裡？」

童小川說：「去『拜訪』一下歐陽景洪，他就住在你家後面的社區。屍體來源剛剛確認了，是一個街頭的娼妓，根據治安大隊的臥底提供的線

第八章 「愛人」的頭顱

索，歐陽景洪曾經和這些娼妓做過交易，出手還很『闊綽』。」

「怎麼可能？」章桐脫口而出。她沒有辦法把歐陽景洪和嫖客連繫在一起。

「章醫生，廢棄工地的屍體有進一步的檢驗結果嗎？」他又問。此時，前方出現了一輛搶道行駛的紅色皮卡，童小川很俐落地一扭方向盤，避開了皮卡車。

章桐點點頭：「真抱歉，我本來打算打電話給你的。我檢驗了屍體的鼻孔，從裡面發現了幾根狗毛，但是是什麼樣的狗毛，屬於哪一種類的狗，還需要進一步判斷才能知道結果。」

「狗毛？」童小川有些意外，他瞥了一眼章桐，「妳確定？」

「沒錯，狗毛。我比對過了，數量還不少，應該是她被囚禁的地方有狗，而且是那種會掉毛的狗。現在是犬類動物的換毛季，所以在和牠們生活在一起的人類鼻孔中發現一定量的狗毛很正常。」

「那就有點說不過去了。」童小川突然踩下了煞車，他的目光緊緊地盯著車窗前面的柏油馬路，「我去過歐陽景洪的住所，他曾經提到過他對狗毛過敏，程度很嚴重，還因此把收養過的流浪狗送走。妳確定沒看錯？」

「我相信質譜儀的檢驗結果！」章桐肯定地回應。

童小川一愣，趕緊鬆開手剎，繼續開車：「章醫生，這一點要是確認的話，歐陽景洪在這件案子上的嫌疑就減少了一部分，我必須搞清楚是否有第二個凶手存在的可能。」

車子在社區門口停了下來，章桐下車，看著黑色的車很快消失在馬路的盡頭，她沮喪地轉身，拖著沉重的步伐向社區裡面走去。

故事一　菊祭

＊　＊　＊

　　第二天一大早，市局報警臺的值班電話突然響起，值班員還沒來得及開口，對方就火急火燎地吼道：「頭……頭找回來了！但是眼睛不見了！你們快來！」

　　值班員被嚇了一跳，他迅速記下對方的報案地址，並分別通知了最近的派出所和刑偵大隊專案組。

　　很快，終於弄清情況的體育館派出所值班員就把盜搶組值班室的宿舍大門敲得震天響，把前天出現場的偵查員叫了出來：「快去，你的案子。」

　　盜搶組偵查員感到非常意外，他一邊穿衣服，一邊嘴裡嘟囔著：「這麼快就找回來了？」

　　值班員回頭瞪了他一眼：「你動作快一點，市局專案組的人已經過去了。所長叫你趕緊去！」小夥子立刻清醒了，麻溜地穿好外套衝了出去。

　　章桐看著幾個偵察員蹲在地上正圍著一個殘破不全的泥塑頭像發呆。

　　「你們在幹嘛？」她伸手指著地上的泥塑頭像問。

　　「『受害者』。」對方嘀咕了一句。

　　「這不是開玩笑嗎？為什麼通知我們法醫過來？」章桐有些不滿。

　　「我想是因為值班員沒有弄明白報案者的意思，還有，就是這個。」說著，他伸手指了指泥塑頭像的臉部，「眼睛沒了。」

　　「這是泥塑，不是人，無論它丟了什麼，我都沒必要來，即使要叫，也是小九他們的事。浪費時間，以後確認清楚了再來找我！」章桐拉著工具箱，轉身就走。

　　就在這時，身後傳來一陣騷動，緊接著一個女人發出憤怒的聲音：「放開！這是我的東西，你們沒資格碰！」

第八章 「愛人」的頭顱

　　這聲音章桐太熟悉了，雖然她只聽到過一次。她轉身看過去，沒錯，就是司徒敏——劉東偉的前妻。此刻，這個怒氣沖天的女人從幾個偵察員手中奪過那個泥塑頭像，然後狠狠地砸在地上，緊接著，就在眾目睽睽之下，她揚起手就對著身邊跟著的工作人員的臉打了下去。

　　「啪！」

　　被打的工作人員是個年輕的小女生，最多不會超過 25 歲。她低著頭不敢吱聲。這一巴掌讓在場的所有人都呆住了。

　　「誰叫妳報案的？多此一舉！妳就等著被開除吧。」丟下這句話後，這個氣焰囂張的女人就揚長而去了。看著眼前發生的一幕，章桐隨口問一邊站著的偵查員：「這個泥塑是不是很貴重？有名字嗎？」

　　「有，對外正式的名稱叫『愛人』，市場估價在 50 萬左右。」想了想，他又補充了一句，「這個雕像的頭顱，應該不值錢。」

　　「什麼意思？」

　　「這道理很簡單啊，就說羅浮宮的〈蒙娜麗莎〉吧，整幅畫，很值錢，但是我要是把畫撕下一個角，那就和廢紙沒啥區別啦！」說起自己專業的東西來，盜搶組偵查員的臉上露出了驕傲的神情。

　　「『愛人』的頭顱……」章桐喃喃自語。看著一地的碎片，她不由得皺起了眉頭。

　　「只是偷這個東西有什麼用？又不值錢。費盡心機偷了這麼個不值錢的玩意兒，現在又丟回來，想啥呢？」

　　「誰知道，或許也是為了尋求刺激。現在有些人，就是吃飽了沒事幹。」偵查員埋頭做著筆錄，「不管怎麼說，謝天謝地，總算結案了。」

　　章桐的心中卻起了一絲警覺。

故事一　菊祭

＊　＊　＊

　　司徒敏回到辦公室，狠狠地關上門，就像一頭發怒的公牛一般，在房間裡來回踱步。看著房間正中央那個已經被毀了的雕塑，她氣得臉色發白。

　　「這到底是誰做的？」

　　丁美娟並沒有回答女兒的問題，她坐在沙發上，神情淡漠：「事情都這樣了，除了彌補，妳還能做什麼。」

　　「可是時間不多了，『愛人』又是重推作品，我怕到時候完成不了。妳也知道的，人像的面部塑造是最馬虎不得的！」司徒敏愁眉苦臉，「媽媽，妳說，到底是誰做的？」

　　「是誰做的，或者為什麼，對妳來說，答案有那麼重要嗎？」丁美娟瞥了女兒一眼，顯得很不以為然。她站起身，來到牆邊，摘下兩條皮圍裙，把其中一條丟給了司徒敏，「別愣著，我來幫妳。我們時間不多了。以後小心點就是了。」

第九章　我別無選擇

　　劉東偉鑽出計程車，轉身付過車費並示意計程車司機不用找零。在來這裡的路上，劉東偉想了很多。此刻，他抬頭看著眼前這棟已經有些老舊的居民樓，心裡五味雜陳。

　　李丹的父母就住在三樓，公寓並不大，兩房一廳，房屋很久都沒有整修過了，一到下雨天，半面牆都會長滿黴菌斑。這樣的公寓在高樓林立的城市是屬於最低檔的公寓樓了，有錢的住戶早就搬離了這裡，如今剩下的都是一些像李丹父母這樣的老年人。

　　走在陰暗的樓道裡，劉東偉好幾次都想轉身離開，但是自從在朋友那裡得知李丹的死訊後，他總覺得自己應該過來看一看。

　　朋友在電話中不無遺憾地告訴劉東偉，這三年來，李丹的父母一直都沒有放棄過對女兒的尋找，如今老兩口年紀大了，身體也不好，再加上生活拮据，兩個老人一直在這裡住著，等女兒回來。

　　敲開了房間門，李丹父親蒼老而又憔悴的面孔出現在劉東偉面前。「你找誰？」老人歪著頭囁嚅道，因為有些偏癱，老人的嘴角有點歪斜，右手在不停地微微顫抖，右半邊身體也有些不太俐落。

　　「伯父，我是阿偉，李丹的國中同學，你還記得嗎？那個經常來你家借書看的阿偉？」劉東偉的臉上努力擠出了一絲笑容。

　　「阿偉？」老人似乎想起來了，臉上終於露出了欣喜的笑容，「快進來坐！丹丹還沒回來。難得你還特地跑來看我。」

故事一　菊祭

　　劉東偉突然明白了什麼，心裡酸酸的，顯然李丹父親還並不知道自己的女兒已經不在了。

　　此刻，李丹的母親從另一個房間裡走出來，因為事先已經通過電話，所以李丹母親對劉東偉的到來並不意外，只是用眼神示意劉東偉不要說出李丹的死訊。

　　李丹母親隨後支開了自己的丈夫，在劉東偉身邊的沙發上坐了下來，神情落寞而又悲傷：「阿偉，謝謝你來看望我們，大老遠地還要跑一趟，難為你了。」

　　「伯母，是什麼時候得到的消息？」

　　「就是前幾天，現在還在辦手續，本來可以領回來了，可是，法醫說什麼發現了新的證據，就只能繼續留在那裡，繼續等通知。我真的很想接丹丹回家，都這麼多年了，一直都沒有她的消息。不瞞你說，阿偉，半年前，丹丹托過夢給我，說她很冷很冷，想回家，我那時候就知道這丫頭已經凶多吉少了。」李丹母親長嘆了一聲，抬起右手輕輕擦去了眼角的淚水。

　　「她爸爸年紀大了，身體不好。我都不敢把這個消息告訴他，就說丹丹被派到國外進修學習，現在在那裡工作很忙，回不來。她爸爸年紀大了，坐不了飛機，自然也就打消了去看女兒的念頭。」

　　「伯母，您節哀。」劉東偉小聲勸慰道，「身體要緊！」

　　聽了這話，李丹母親的臉上露出了無奈的微笑：「其實，能知道丹丹的下落，我就已經很滿足了。我只是希望她走的時候不是太痛苦。」

　　「對了，伯母，我聽說李丹是在東大的校園裡被害的，那她失蹤的時候是不是就在東大進修？」劉東偉刻意把話題引開了。

第九章　我別無選擇

　　李丹母親點點頭：「沒錯，我親自送她走的，記得她走的那天，天氣很好，社區門口的山茶花開了，我本來想幫她拍照的，畢竟要去那麼久，我捨不得她，可是時間來不及了，要趕車，她就直接搭計程車走了……現在想想，我可真後悔啊。」

　　老太太的嘴唇微微顫抖著，竭力壓抑著自己的喪女之痛：「丹丹是個好孩子，還沒有交男朋友，一心只知道讀書、讀書，人都快讀傻了。」

　　「伯母，您也別太難過了，保重身體，以後，家裡的事情你們不要擔心。我通知了這邊的同學，我們大家約好了，不管是誰，只要是留在這裡的，每週都會抽空來看望你們的。這是他們的電話，要不，我幫你直接存進電話簿裡去。」說著，他從口袋裡摸出了一張寫滿電話號碼和人名的紙。

　　聽到這話，老太太的眼淚頓時流了下來：「你們都是好孩子，尤其是你，阿偉，你的心很好，可惜，丹丹沒有這麼好的命，不然的話，我真的很希望你們能走到一起啊。」

　　劉東偉輕聲說道：「伯母，我明白您的苦心，但是我也沒有辦法，司徒老師對我有恩。那時候，我那個混蛋父親經常喝醉了酒就打我，我實在忍不住了，就偷了司徒老師辦公桌裡的錢買飯吃。後來被老師抓住了，他沒有送我去派出所，也沒有到我父親那裡去揭發我，他只是請我吃了頓麵條，然後告訴我說，只要我以後不再偷東西，我的一日三餐都歸他管了。阿姨，在這個世界上，誰的話我都可以不聽，但是司徒老師的意願，我卻沒有辦法違背。」

　　「阿偉，你別怪伯母多嘴，可是你後來為什麼又要選擇離婚呢？」老太太好奇地問。

故事一　菊祭

聽了這話，劉東偉沉默了，許久，他才小聲說道：「那個女人，她的眼中只有她自己。而離婚，也是她最先提出來的。」

「你是說小敏啊，她以前確實和丹丹關係很不錯，國中的時候，還經常在一起玩，小學也是同班同學，都是司徒老師教的。但是後來不知道為什麼，畢業了反而不來往了。而且丹丹似乎還不願意提起小敏，一提起就生氣，我也覺得奇怪。因為丹丹很少生氣的。可惜的是，我永遠都不可能知道發生什麼事了。」老太太一邊說著，一邊站起身為劉東偉倒了一杯茶水，轉身遞給了他。

「你喝口茶吧，也沒有什麼好東西招待你，真的很抱歉。」

「伯母，您見外了，國中的時候，我經常來這裡借書看，您對我就像對自己的兒子一樣，我離開這裡這麼多年，沒來看您，該是我向您說對不起才是。」

「丹丹失蹤後，幾乎沒什麼人來看過我們。除了司徒老師，只是沒想到，他竟然也出了意外，先走了。」李丹母親忍不住長嘆一聲。

「司徒老師來過？」劉東偉感到有些意外，在他印象中，司徒安是一個清心寡慾、很少串門的人，除了教書，他的生活中似乎很少有別的東西存在。

「是啊，他來過好幾次，問起丹丹。他是個好人，真的很可惜啊！」說著，老人伸手指了指窗臺上的花盆，「還送了一盆雛菊給我們，丹丹她爸爸就一直把這盆菊花當孩子一樣照料。」

劉東偉的心猛地一沉，他回想起司徒安的日記和那兩張車票，不由得皺眉：「雛菊？」

老人點點頭：「是啊，司徒老師知道丹丹爸爸喜歡養花，就特意送過

第九章　我別無選擇

來的,說孩子不在身邊,我們也好有些事情做做。有什麼問題嗎?」

「沒什麼,我只是問問。」劉東偉努力在臉上擠出了一絲笑容。

「伯母,除了您和伯父以外,還有誰知道李丹去東大進修了?」

李丹母親想了想,然後肯定地說:「丹丹是個性格內向的孩子,很少主動和別人說起什麼,我想,除了她的導師、我們、司徒老師,應該就沒有別的人了。」

「司徒老師?」

「沒錯,司徒老師,因為進修的名額很少,丹丹好不容易爭取到,這孩子一直念著司徒老師的好,所以取得什麼成績都會跟司徒老師說……」

老太太還在不斷地訴說著什麼,劉東偉卻幾乎什麼都聽不到了,只看見老人的嘴唇在動。一陣莫名的寒意從心頭湧起,他的目光轉向了窗臺上那盆長勢喜人的雛菊。

*　*　*

辦公室裡,章桐朝前傾斜著身體,兩隻手緊緊地握住椅子的金屬扶手,一臉怒氣地看著陳剛。

「對不起,章醫生,」陳剛停頓了一下,他低下了頭,「是我的錯,你處分我吧。」

就在五分鐘前,陳剛主動找到章桐,坦白了事情的全部經過。其實說起來真的是太簡單了,寫那篇報導的是他的女朋友,因為太愛這個女孩了,陳剛不想失去她,所以,當女孩以是否繼續交往為前提來要挾他的時候,他妥協了。有過掙扎嗎?當然有過,所以前段日子陳剛才會在工作中總是出差錯。可是相比女朋友來說,陳剛還是選擇了後者。儘管事後他一再努力彌補,可是,大錯既然已經鑄成,後悔也來不及了。看著鋪天蓋地

故事一　菊祭

的報導，陳剛幾乎無地自容。

「對不起！真的對不起！我願意承擔所有責任！」

「所有責任？你背得起嗎？你這樣就相當於把所有的線索都公之於眾了，你讓我們處在了多麼被動的地步啊，你知道嗎？凶手很有可能又會沉寂很多年，也很有可能再也沒辦法把他抓住！如果是『模仿犯』的話，又有多少人會因此而被害？你對得起那些人嗎？」章桐氣得渾身哆嗦，「你白讀了這麼多年的書了！怎麼是非好歹都分不清楚啊！」

「對不起……」陳剛低著頭，悔恨不已，「我不知道後果會這麼嚴重！」

章桐咬著牙揮揮手：「算了，算了，我也有責任，沒好好教你。這裡你不能再繼續待了！你走吧，走前記得把所有工作都交接一下。」說著，她低下了頭，再也不看陳剛一眼。

「可是……」陳剛急了，眼淚瞬間流了下來，卻不知道說些什麼才好。末了，他只能重重地嘆了口氣，朝著章桐鞠了一躬，面如死灰般地轉身離開了辦公室。

耳邊傳來了輕輕關門的聲音，章桐無力地癱坐在辦公椅上。本來，法醫辦公室就非常安靜，這樣一來，就顯得格外空寂起來。也不知過了多久，房間裡幾乎暗得看不見了，也沒有開燈，電腦螢幕發出微弱的光芒，章桐一個人默默地沉思。

又只剩下自己一個人了。

她打定主意不再去想陳剛的事情，目前要做的，就是在下一個死者出現之前，趕緊抓住凶手。

章桐伸手撐開了辦公桌上的檯燈，屋裡的黑暗頓時被鵝黃色的光芒驅散，她準備繼續剛才的工作。「叮咚」，手機上突然跳出了一條訊息。

第九章　我別無選擇

「章醫生，我想確認一下 13 年前在明山的案發現場發現的植物，是不是雛菊？」

發件人顯示是劉東偉。章桐趕緊撥打了對方的電話。等聽完劉東偉簡短的描述後，章桐的臉色有些發白：「你真的打算去找你前妻？可是你沒有證據啊！」

劉東偉想了想，說：「我確實沒有直接的證據，司徒敏雖然說脾氣壞了點，人也很自私，但是真要是殺人，我覺得不太可能。而且目前還沒有作案動機的推論，我想，就先走一步看一步吧。」

「你老師的日記不能幫你什麼嗎？要不，你去報案吧。」

「報案？就憑這些東西？」劉東偉有些哭笑不得，「沒有人會接受我的報案的。人都已經死了，屍體也火化了，死無對證。」

章桐沉默了，許久，她小聲說：「無論你做什麼，務必小心一點，注意安全。」

隔著玻璃看著坐在審訊室裡的歐陽景洪，童小川若有所思，半天沒有說話。小陸在一邊坐不住了，他朝著自己的上司看了好幾眼，見對方仍然一點動靜都沒有，忍不住小聲問：「童隊，你到底問不問啊？」

「你還記得嗎，我們第一次去他家的時候，臨走時，我問的那些話？」童小川突然轉頭問小陸。

小陸點頭：「狗籠，你問他是不是養狗了。」

「他說自己對狗毛過敏，所以，養的狗送人了。」

「沒錯，他是這麼說的。我們後來也證實了他的說法。童隊，那你還猶豫什麼呢？」小陸問。

故事一　菊祭

「死者王家琪，就是廢棄工地發現的女屍，章醫生在她的鼻孔裡發現了狗毛，位置不是很深，屍檢報告中說狗毛是在鼻翼大軟骨的位置發現的，可以推斷應該是死前不久才接觸到，很有可能是吸入的。」說著，童小川咧嘴一笑，隨即以閃電般的速度從懷裡掏出一塊手帕摀在了小陸的鼻孔上，同時神情嚴肅地說道：「你別動！」

小陸只能乖乖地站著，可是隨即而來的刺鼻的清涼油味道讓他忍不住重重地打了個噴嚏。童小川立刻把手帕拿開了，他仔細看了看手帕表面，然後立刻掏出手機。電話只響了一聲就被接了起來，那頭傳來了章桐的聲音。

「章醫生，你在屍體鼻孔中發現的狗毛有沒有毛囊？」

章桐很肯定地回答：「沒有，所以一直沒有辦法提取到完整的生物DNA圖譜來做比對。」

「謝謝你！」結束通話電話後，他推門就往外面走。

「童隊，這人怎麼辦？」小陸追了出來。

「你好好看著，等我回來，陪他聊天，請他吃飯，隨你便，只要別給我把人弄丟了就行！」童小川頭也不回地直接朝著辦公室外走去，一路經過幾個隔間的時候，他大聲叫著下屬的名字，「安子，小趙，快跟我走，補一張搜查證，再叫上一個痕跡鑑定那邊的人，叮囑他別忘了帶上工具，越多越好！」

兩個下屬趕緊放下手中的檔案，一邊打電話，一邊跟著上司向樓梯口快步走去。幾分鐘後，一輛沒有標誌的警車從警局大院停車庫迅速開走了。

再次回到辦公室的時候，已經是兩個小時以後的事情了。童小川手裡

第九章　我別無選擇

提著兩個最大號的證據袋，手套也沒有來得及脫。

「小陸呢？」他問身邊經過的一個下屬。下屬指了指緊閉著的審訊室大門，示意就在裡面。

他點點頭，然後大步流星地向審訊室走去，沒敲門，直接就把門推開了。在小陸疑惑不解的目光中，童小川用力把兩個證據袋放在了桌面上，雙手撐著桌面，身子向前傾，彷彿不認識歐陽景洪一般。他瞪著歐陽景洪面無表情的臉，一字一頓地說道：「一個人要堅強地活下去，是很難的吧？戰勝心裡的不安，也是很辛苦的吧？活著的人要承受死去人的痛苦，那更是很不公平的吧？既然你知道痛苦，那麼，你為什麼還要這麼堅持呢？歐陽先生，我突然很好奇，你究竟想從中得到什麼？」

房間裡死一般的寂靜，童小川見歐陽景洪依舊沒有任何反應，便用力撕開了面前的紙質證據袋，然後「嘩啦」一聲把證據袋中的東西全都倒在了桌面上。看著這些東西，小陸突然明白了他剛才為什麼要把一塊手帕按在自己的鼻孔上。其中一個塑膠袋裡，裝著一條厚厚的毯子，毛很長，毯子上沾滿了汙穢物，使得它本來的顏色無法辨別清楚。而另一個塑膠袋裡，是一個四方形的靠墊，上面也是汙穢不堪。

「這些證據都是從你家裡搜出來的，你居然還留著，我真佩服你！它們馬上就會被送去進行檢驗，不過我相信結果已經毋庸置疑了。我只是不明白你的動機是什麼。對於你女兒的不幸遭遇，大家都很同情！但是，你如今的所作所為又有誰能夠接受？說實話，我崇拜過你，我最初加入警隊的時候夢想就是成為一名禁毒警察，而你曾經是整個禁毒大隊的傳奇，是你讓我明白了一個警察真正的職業操守和信仰是什麼，但是現在，我又怎麼能夠理解你的所作所為？被你殺害的娼妓難道就不是人了嗎？」

故事一　菊祭

歐陽景洪面如死灰，依舊一聲不吭。

此時此刻，童小川的心裡感到一陣陣難言的刺痛。

就在這時，急促的電話鈴聲響了起來，他一聲嘆息，伸手接過了小陸遞過來的內部無線電話。

「你好，我是童小川……好的，我馬上派人過去。地址是哪裡……明白了，我馬上通知法醫，她現在應該還在辦公室。」

結束通話電話後，童小川說：「我要馬上出現場，你這邊把人送到看守所後就趕緊過來吧。」

小陸點點頭：「哪裡？」

「大眾電影院。」

「城東的那個？」小陸怕自己聽錯了，重複了一遍。

「對，你等等多叫幾個人過去。」

「明白。」小陸轉身走回審訊室，門又一次關上了，他一邊整理桌上的訊問筆錄，一邊對歐陽景洪說，「跟我走吧。」

一直默不作聲的歐陽景洪突然開口了：「大眾電影院裡發現了屍體，是嗎？」

小陸一愣，隨即皺眉：「這與你無關。」

歐陽景洪乖乖地站起身，等著被戴上手銬。在這過程中，他的嘴裡不斷地嘟嘟囔囔說著什麼，小陸沒有聽清。只是在把歐陽景洪交給負責警員的時候，他突然回頭看了小陸一眼，嘴角竟然露出了一絲詭異的微笑。

「你笑什麼？」小陸感到很詫異。

可是歐陽景洪好像根本就沒有聽見一樣，再也不搭理他了，轉身慢悠

第九章　我別無選擇

悠地跟著警員走出了走廊。

　　直到警車開上通往郊外的高架橋，小陸才終於弄明白歐陽景洪在被戴上手銬時嘴裡一直嘟嘟囔囔地重複著的那五個字：我別無選擇。他不由得倒吸一口冷氣，狠狠地把手中的菸頭插進了車載菸灰缸裡。

　　警笛聲響徹大半個城市的上空。

故事一　菊祭

第十章　奪命的刀

　　眼睛所能看到的東西，是客觀存在的，但有時並不是真相。如果堅信自己的眼睛所看到的一切就是事實，那麼，只會離事情的真相越來越遠。

　　人死後，屍體的分解會是以下三種方式中的一種——腐爛、乾化和皂化，具體是哪一種，那就要看它被人發現的具體時間了。但是這三種狀況都會讓人覺得不堪入目。

　　這個已經沒有觀眾的大眾電影院包廂裡常年密不透風，再加上那個時不時還能運作一兩天的鍋爐供暖，所以，一掀開厚厚的門簾，一股熱風夾雜著撲鼻的臭味燻得章桐有些頭暈眼花。她不得不停下腳步，讓自己先適應一下這裡的空氣後，才繼續往裡面走去。

　　在溫暖又潮溼的環境裡，細菌、昆蟲迅速滋生，再愚笨的食腐脊椎動物都會被這頓大餐吸引過來。但是這個包廂裡，空氣乾燥，又因為是冬季，小蟲子和微生物並不是很多。正常情況下，屍體的水分蒸發殆盡，在內臟器官分解的同時，肌肉和皮膚由於蒸發作用而變得脫水、乾硬。

　　但是屍體分解有時候又會以組合形式出現，眼前的屍體就是處在一個獨特的微妙環境中。屍體斜靠在鍋爐供熱所使用的散熱片上，這種老式的鍋爐即使停機了，也會保持一定時間的餘溫，所以，溫暖的氣流透過散熱片傳遍了屍體的全身，雖然被包裹著屍體的衣物所阻擋，但是在屍體的臉部周圍形成了一個相對溫暖、溼潤的環境。於是，屍體臉部並沒有變得脫水、乾硬，相反，仍然保持著一定的溼潤度。頭髮還有，可以很明顯地看

第十章　奪命的刀

出死者是女性，容貌特徵也能看出個大概，臉部組織腫脹變形，薄薄的臉部皮膚下幾乎透明，而軀幹與四肢緊緊地縮排了一個堅硬的軀殼中去了。本該是眼球的位置，只剩下了黑洞洞的眼窩。

走進現場的時候，童小川就已經把大致情況告訴了章桐：屍體是大眾電影院的看門人發現的，由於經營不善，再加上周圍的城區居民搬遷，所以，這家曾經很有名氣的老電影院也走到了倒閉的邊緣。值錢的設備早就已經被轉移走了。剩下的，就只等著房產評估師前來估價，然後轉賣地皮和房屋了。看門人所要做的事情，就是維持一些基本設備的正常運轉，以確保將來轉手時，能多少提高一點價格。而鍋爐，就是其中之一。看門人每隔三天燒一次鍋爐，然後巡視一遍空蕩蕩的電影院。而屍體，就是在看門人巡視時發現的。

看門人用自己已去世母親的名義來不斷向天發誓說，眼前這個女人絕對不是自己殺的，還有就是，三天前，自己巡視電影院的時候，這個發現屍體的包廂裡還是很正常的。除了老鼠以外，沒有任何東西。當然了，他也說不清楚屍體究竟是怎麼出現在這裡的。

章桐輕輕地抬起死者的手臂，檢查她的後背。但是堅硬的皮膚表面使得這一舉動變得有些艱難。

給死者拍照後，章桐吃力地把屍體平放下來，解開了死者身上的風衣，露出了裡面粉紅色的毛衣。

她不由得一愣，因為鵝黃色的風衣沒有什麼異樣，但是這件毛衣，明顯穿反了。她把風衣脫下，然後翻轉屍體，眼前的一幕證實了自己的推斷：死者的毛衣確實穿反了。而一個打扮入時，非常注重自己形象的年輕女孩，是應當不會犯下這麼低級的錯誤的。

故事一　菊祭

　　她伸出右手的食指和中指，在死者胸部輕輕按壓了兩下，指尖傳來堅硬的感覺，彷彿毛衣裹住的軀體並不是人，而是一個塑膠模特兒道具。

　　屍體已經嚴重萎縮成這樣，要想做性侵檢驗的話，確實有些難度，不過也可以試一試。

　　「章醫生，有沒有可能就是那個人做的？」

　　章桐明白童小川話中所指的「那個人」到底是誰。她拿出強光手電，又一次仔細查看死者的眼窩部位，想了想，然後神色凝重地說：「按照屍體腐爛程度來看，她的眼珠確實是被人挖走了，眼窩周圍有刀痕，和李丹的痕跡分布差不多，但是具體死因還不知道。還有就是，我現在還不能確定她是否正是第四個死者。」

　　「死亡時間呢？」童小川不想放棄。

　　章桐站起身，環顧了一下整個包廂：「鍋爐最近一次運作是什麼時候？」

　　「從今天算起，三天前。」

　　她隨即伸手摸了摸散熱片：「根據面骨的腐敗情況，再加上這個房間的溫度和溼度，我想，應該就是這三天之內，她是被放在這裡的。至於死亡時間，因為環境和散熱片的緣故，會有一定的出入，所以具體要等我回實驗室進行解剖後才知道。」

　　「你覺得這個案子會不會也是歐陽景洪作的？」

　　章桐看了童小川一眼，憂心忡忡地說：「我們法醫只注重證據，不做沒有根據的推測。」

＊　＊　＊

　　雕塑展明天就要開始了。儘管已經是深夜，館內卻仍然燈火通明。工

第十章　奪命的刀

作人員來回忙碌，布置場地。因為有了上次的不愉快經歷，整個體育館的保安措施提升了許多。

司徒敏的辦公室在最裡面的小隔間。對於外面大廳的熙熙攘攘，她完全充耳不聞。這個辦公室被她當作了臨時的工作室和臥室。因為深知自己老闆的個性，幾個貼身的工作人員根本就不敢打擾她。

案發後，那具殘缺的「愛人」雕像被她安置在這個辦公室裡已經有好幾天了。能不能夠按時展出，沒有人知道，也沒有人敢問。

辦公室裡一片狼藉，各式各樣的工具和材料、報紙、空的飯盒被扔得到處都是。此刻，一人多高的雕像前，司徒敏正認真地做著雕像的最後面部修飾。她手中不斷地使用著各式各樣的雕塑刀，時不時地還後退一步，仔細端詳著自己的作品。看著「愛人」又一次煥發生機，司徒敏的臉上露出了難得的笑容。

終於，她放下手中的雕塑刀，走到辦公桌前，撥通母親丁美娟的電話。

「媽媽，我完工了。謝謝妳！沒有妳的話，我真的不知道該怎麼處理！妳說得沒錯，這樣做真的很值得……嗯，嗯，好的，再見！」

結束通話電話後，司徒敏依舊處於興奮中。她伸手拎起了一桶汽油，然後按照比例混合了滑石粉、樹脂、固色漆和雕塑專用液，最後，她眉飛色舞地開始粉刷重新製作的雕像頭部，因為只是部分，所以並不需要花費很多時間。刷子接觸到雕塑的眼睛部位時，她格外小心謹慎。刷完兩遍後，司徒敏放下刷子，開始俐落地準備起了玻璃纖維紙。這些瑣碎的工作雖然完全可以由自己的助手完成，但是司徒敏從來都沒有這個習慣，尤其是眼前這座自己最珍愛的作品。

她必須讓「愛人」重新活過來！

故事一　菊祭

＊　＊　＊

　　章桐從面無表情的值班員面前經過，乖乖地出示了自己的工作證，略做登記後，她的手裡多了一個小小的訪客證件。

　　別好訪客證，章桐輕輕地鬆了口氣，然後整理了一下外套和隨身帶的樣本盒子，向不遠處大廳左側的黃銅質地電梯走去。

　　她要去的地方在三樓。當經過那段長長的、經年累月籠罩在黃色燈光下的走廊時，兩邊直達天花板的保存櫃讓章桐感覺有些喘不過氣來。照理說，這個地方她再熟悉不過了，以前在醫學院上學的時候，幾乎每週都會來這裡比對樣本。這裡是國立博物館的哺乳類動物骨骼樣本區，除了動物外，還保存了一萬具以上的人體骨骼。所以，能在這邊配備的實驗室工作的專家自然也就成了業內的權威。

　　章桐在上次見到柯柯安博士的地方找到了她，這是一個到處堆滿了不鏽鋼手推車的實驗室。手推車中盡是各式各樣的骨骼，牙齒、股骨、顱骨、顎骨……架子上還有更多的骨頭和其他人體遺骸，像頭蓋骨、萎縮頭骨，等等。

　　柯柯安博士是一個嬌小玲瓏的女人，雖然已經年過半百，但是只要她一開口，嗓音仍然溫柔動聽，只可惜她工作的地方幾乎不需要她開口說話。

　　章桐把箱子打開，拿出李丹的腿骨和頭蓋骨。柯柯安看了章桐一眼：「這就是妳電話中說的？」她伸手接過了骨頭。

　　「是的，沒辦法，柯博士，儀器分析不出來，要能解開這個謎題，我就只能找妳了。」柯柯安拿起股骨，在燈光下仔細查看了起來。

　　「我可以馬上告訴妳的是，章醫生，這些傷口都是由同一把刀造成

第十章　奪命的刀

的，並且幾乎處於同一時間！」她說，「這刀痕裡面的骨頭顏色因為外界環境的改變而發生了改變，而且程度與其他幾處刀痕所在的骨骼表面完全相同，另外，妳注意到了嗎？這些刀痕都是向內彎曲的。所以說，應該是在活體的骨頭上產生的，死屍上根本就不可能產生這樣的刀痕。」

「妳是說死者在被刀刺和挖眼的時候還活著？」

柯柯安點點頭：「沒錯。心臟還在跳動。」停頓了一下，她繼續說，「根據腿骨的長度來看，應該是個年輕女性，年齡不會超過38週歲。」

「和我的結論一樣，柯博士。」章桐伸手拉過一把椅子坐了下來，「但是這一次我跑了大半個城過來找妳，不只是因為這個，我還需要知道的是，這把刀究竟是什麼樣子？我匹配過很多種刀具，但是在最後的傷痕比對上，總是會有一些不同程度的差距。」

柯柯安苦笑：「章醫生，有些東西，真的不是儀器能判定出來的。我盡力吧，但是我不能保證有結果。因為刀具種類實在太多了，而一旦走錯方向的話，很有可能會離真相越來越遠。妳要有足夠的心理準備。」

她站起身，向屋子一角的工具臺走去：「我們來看看吧。」

考古人類學的研究細節和工具總是能夠引起法醫的興趣。再說了，這本身就是兩門有著緊密關聯的學科。

柯柯安把頭蓋骨挪到一個解剖用顯微鏡的下面，正中央對準了頭蓋骨的眼窩部位，接下來的很長一段時間裡，她一直安靜地透過鏡頭檢查、比對著，時不時還在一邊的便條本上記下一些資料。然後，她說：「真是一把奇怪的刀。我以前從來都沒有見過。」

章桐耐心地等著。

「妳帶來的骨頭屬於同一具遺骸嗎？」

故事一　菊祭

「是的，」章桐說，「我想，由妳來檢查，應該會有新的發現。痕跡鑑定組的那幫傢伙已經徹底放棄了。」

「我在她的其餘遺骸中發現了更多的刀痕。痕跡鑑定組根據刀的彈性所產生的痕跡弧度計算出了刀刃的具體厚度，但是在判斷刀的確切種類上遇到了困難。要知道，我們以前從來都沒有用這種方式來反推過，再加上刀痕又是這麼淺，所以很難辨別。」說著，章桐拿出一張痕跡鑑定組今天早上剛給自己拿過來的檢驗報告單，以及李丹的遺骸屍檢報告副本，一併遞給了柯柯安。

柯博士沉思著，再一次轉向顯微鏡：「相當不尋常啊！章醫生，這是一把刀刃非常短的刀！妳看這裡，」說著，她指著頭蓋骨眼窩處，「不到5公分，這邊有一道細小的痕跡，我覺得就是刀刃和刀柄的銜接點。」

「不到5公分的刀，這應該不會造成致命的傷害啊。」章桐感到疑惑。

柯柯安搖搖頭，神情凝重地看著章桐：「凶手太用力了，以至於刀柄都進入了死者體內，所以才會在屍骨上留下傷痕。根據測算出來的痕跡弧度推算，刀柄應該也是不鏽鋼材質的。」

「難道說是解剖刀？」

「不，我們習慣用的解剖刀所產生的橫截面不是這樣的，解剖刀比它要薄許多，這樣才有助於我們切開屍體。這把刀很厚，根據你的報告顯示，應該有3～4公分，並且是稜形，類似於一把錐子。」

「這就是這個刀痕有趣的地方。」她說，「根據傷痕來看，這把刀的長度應該在15～18公分之間，不鏽鋼材質，刀刃非常短，不到5公分，但是厚度又很厚，足夠讓人發力穿透肌肉組織直達骨骼，刀刃為稜形，所以它造成的痕跡是向內彎曲的。」

第十章　奪命的刀

「那會是什麼樣的刀呢？」

「我們醫用手術中絕對不會用到，因為它並不是很鋒利，而且不適合切割。除非，是一把特殊的工具刀，妳可以參考一下建築行業用的工具。或者說，藝術類，比如──雕塑。」

章桐的心不由得一緊：「雕塑？」

柯柯安笑了：「沒聽過這麼一句話嗎？雕塑家的手不亞於外科醫生的手，他們的工具刀也有很多種。所以，我建議你朝這個方向先去試試看。」

章桐點點頭：「謝謝您，柯博士。」

走出博物館大門，章桐猶豫了一會兒後，毅然撥通了劉東偉的電話，把凶器可能是一把雕塑刀的推論告訴了他。

「不，這不可能。」劉東偉立刻否決了，「章醫生，司徒敏不可能做出這種傷天害理的事情！」

「我可沒說是她做的！總之，你自己小心點，注意安全。」

話音剛落，章桐就結束通話了電話。

＊　＊　＊

看守所的監室並不大，40平方公尺的空間，被不鏽鋼門隔成了四間，每間都有人。按照程度的輕重分類，小偷小摸的、醉酒鬧事的都關在一起，歐陽景洪的房間只有他一個人。

從進來的那一刻開始，他就一直蜷縮在牆角，面無表情，目光呆滯。

耳畔傳來了打開大門的聲音，夾雜著鑰匙串的叮噹作響聲，腳步聲在自己的門前停了下來。「歐陽景洪，出來一下。」拘留室的警員說。

故事一　菊祭

　　他抬起頭，然後乖乖地站起身，走出房間，跟在警員的身後，來到了外面的隔間。隔間並不大，也就三四平方公尺的樣子，裡面的陳設非常簡單，一張桌子，兩把椅子，為了安全起見，它們都是被固定在地面上的。

　　此刻，童小川和齊志強正在房間裡等他。

　　「歐陽，是我。」齊志強看到歐陽景洪後伸手打了一個招呼。

　　看到齊志強，歐陽景洪微微愣了一下，隨即與他們擦肩而過走到桌邊，在椅子上坐了下來，手銬也被銬在了一邊的扶手上。「你來這裡做什麼？」

　　「我來看看你，歐陽。」齊志強回頭看了一眼站在自己身後默不作聲的童小川，繼續說，「我們畢竟是一起出生入死過的兄弟，我比誰都了解你，你不是壞人。歐陽，你有什麼心事，完全可以告訴我的。沒有了結的事情，我也會去幫你完成，你放心吧，好好配合警方的工作，相信遲早有一天會還你清白。」

　　歐陽景洪沒有說話。

　　「我還帶來了你最喜歡看的書，你在裡面肯定會很無聊的。」說著，齊志強把早就準備好的用廣告紙包著的幾本書推到歐陽景洪面前，認真地說，「你放心吧，這些書，按照規矩，都檢查過了，都是我特地給你買的，你慢慢看。」

　　歐陽景洪的眼皮抬了抬，目光落在了書本上，老半天，才輕輕嘆了口氣：「我沒什麼遺憾，是我做的，我願意接受任何法律的懲罰，只求快一點！殺人償命，我這條命早就已經不屬於我了。你還是好好去養老吧，別再捲進這個是非中來了。」

　　此話一出，在場的人都愣住了。

第十章　奪命的刀

童小川問：「那 13 年前的案子怎麼說？」

「笨蛋！那當然不是我做的，天底下有哪個父親會去殺害自己的親生女兒啊！」一聲重重的嘆息過後，他接著說道，「我之所以殺了那個站街女，為的就是讓你們重新調查 13 年前我女兒的案子，不能就這麼算了！可惜的是，我不該往裡面塞沙子的，我只是不忍心看她就像青青那樣死無全屍。」

「你不知道她是無辜的嗎？」童小川冷冷地說道。

歐陽景洪的情緒突然低落了下去，他嗓音沙啞，低聲說道：「我已經做好了心理準備，一命還一命，我替她償命就是！只是希望你們能重新調查我女兒的案子，她也是無辜的啊！」

說完，他低下頭，肩膀上下抖動著，他努力壓抑著自己，卻還是能聽到他的啜泣聲。良久，他站起身，對身邊站著的警員說：「請帶我回去吧，我累了。」

警員把目光投向對面站著的童小川，童小川點點頭，他便伸手打開了連線著桌面的手銬鎖。

童小川注意到歐陽景洪離開隔間的時候頭也沒有回，和先前唯一不同的是他的腳步竟然有些踉蹌，最後跨出門檻的那一刻如果不是警員伸手扶一把的話，他早就已經摔倒了。

拿起桌上用廣告紙包著的幾本書，童小川轉身遞給了齊志強：「拿走吧，齊先生，你已經盡力了。」齊志強無奈地點點頭，抱起書一臉遺憾地離開了房間。

當晚，歐陽景洪便被人發現死在了拘留室，死因是上吊自殺。

故事一　菊祭

第十一章　黑色夢魘

　　午夜的街頭，狂風呼嘯，暴雨如注。

　　章桐縮在社區的門洞裡，凍得瑟瑟發抖，面對保全同情的目光，自己只能努力擠出一絲笑容。走的時候太匆忙了，她連厚外套都沒有帶，只是拿了包和手機就出了門。

　　此時剛過凌晨兩點，章桐打了十多分鐘電話後，計程車公司才終於有人願意前來接她去局裡。就在剛才，值班員的電話讓她簡直不敢相信自己的耳朵，在床上坐了好一會兒，她才終於清醒了過來。

　　死者是歐陽景洪，屍體已經運回了解剖室，驗屍工作必須立刻進行。

　　章桐到達目的地下了車，匆匆跑進大院。小陸站在門口等她，童小川卻不見蹤影。

　　「為什麼不經過我的勘驗就預設這是自殺事件？」章桐質問道。

　　「章醫生，妳別急，老大他已經查看過看守所監房的監控了，歐陽景洪是單獨關押的，前前後後只有他一個人在房間，門禁顯示，沒有人進入過他的房間。而監控中，也是他自己把床單撕碎了，綁在床頭柱子上，然後就這麼坐在地上勒住脖子上吊自殺的。」小陸緊鎖眉頭，伸手在自己脖子上比劃了一下。

　　「床頭柱子？看守所中的床都是單人床，床頭柱子是不鏽鋼的，固定在地面不能移動，高度不會超過一公尺，你確定他是上吊自殺？」

第十一章　黑色夢魘

「他死的時候，監控錄影中確實只有他一個人。前後過程沒有超過十分鐘！」小陸回答，「只是……」

「只是什麼？」章桐問。

「章主任，妳等下去看看現場就知道了。」小陸把頭轉開了，似乎在刻意迴避她，「我這就帶妳去。」

看守所和警局在相鄰的街面上，步行很快就能到，兩個單位之間用全包封的跨街道天橋連線著。

兩人穿過天橋，順著樓道來到看守所一樓的盡頭。一路上與好幾個神情沮喪的警員擦肩而過，畢竟出了事情，沒有誰的心情會好到哪裡去。他們都認識章桐，所以，只略微點頭表示打過招呼了。

怕引起恐慌，其餘的在押人員早就被轉移到了別的樓層。出事的這一層此刻只有歐陽景洪一個人。

透過半敞開的大門看進去，兩個急救醫療小組成員正在收拾散落一地的急救工具。此刻，屍體正面朝上被平放在冰冷的水泥地面上。頸部的布條被摘下來了，放在一旁的地上。離屍體不到一公尺遠的地方就是床柱子，總共四根，被牢牢地銲接在地面上，紋絲不動。而其中一根床柱子上，正拴著另外半截長布條。

看到章桐走進拘留室，急救醫療小組的人站起身，無奈地衝著章桐搖搖頭，然後拎著工具箱退出了房間。

章桐從挎包裡拿出一副隨身帶著的工作手套戴上，然後順手把挎包和手機遞給了一邊站著的小陸：「幫我拿著。」

死者身穿一套淺灰色的運動服，光著雙腳，面朝上躺在地上。胸口的衣服因為剛才的急救已被解開了，露出了青灰色的皮膚。他張大了嘴

故事一　菊祭

巴，瞳孔放大，無神的眼珠注視著空中。頸部，一條深深的紫色勒痕清晰可見。

章桐伸手觸控死者的胸腔和腹部，然後是雙手。屍體還是溫溫的，屍僵還沒有形成，死亡是在不久前發生的。

「章醫生，他的死因能確定是自殺嗎？」小陸在一旁問。

章桐伸手翻看了一下死者的雙眼瞼部位，角膜還沒有生成明顯的渾濁，而舌頭卻已經成了紫黑色。她雙眉緊鎖，死者的雙手有因用力過猛而導致的擦傷，赤裸的雙腳上，更是有明顯的床框摩擦的痕跡。

此時，章桐腦海裡再現了整個出事過程：歐陽景洪有條不紊地把撕碎的床單編織成了一條牢固的繩索，然後分別把兩端繫在床柱子上和自己的脖子上，雙腳死死地用力蹬踏床框，整個人用慣性的力量向後仰。漸漸地，他的意識變得模糊了起來，因為重力的緣故，他的身體沒有辦法往回收縮，十多分鐘後，體內血液停止流動，肌肉放鬆，歐陽景洪瘦弱的身軀轟然倒地，斜掛在了床框上。

凌晨兩三點鐘，是人一天中睡得最熟的時候，歐陽景洪當了多年的警察，這一點他不會不知道。看守所的值班員不可能 24 小時瞪大眼珠子瞅著監控發呆，人總有走神的時候。而歐陽景洪就是利用了這一點，巧妙而又決絕地安排了自己的死亡。

章桐輕輕一聲嘆息，站起身，頭也不抬地問：「你們發現他的時候，是不是身體斜掛在床框上？」

「是。」一邊的拘留室警員趕忙回答。

「他是自殺，可以下結論了。還有，如果你們早一點發現的話，他還是有救的。一個人要把自己活活勒死，整個死亡過程是非常漫長而又痛苦

第十一章　黑色夢魘

的，至少需要十分鐘時間。你們要對他的死負責！」

「我還以為一個人不可能就這麼把自己活活勒死，那要多大的體力啊。這個拘留室，就是怕出事，所以裝修的時候，頂上橫梁什麼的，都沒有安排，連床都是固定的單人床。我就是做夢都不會想到，自己把自己掛在床柱上也能自殺。」面色慘白的值班警員嘟嚷著，神情沮喪地低下了頭，「放心吧，章醫生，我會承擔責任的，是我的疏忽。」

「把屍體送往我的解剖室吧。我想，他在這個世界上，已經沒有活著的親人了。」說著，她默默地轉身走出拘留室，沒有再回頭看一眼。

那是一個被痛苦折磨了十多年的靈魂，現在終於可以得到真正的安息了。

＊　＊　＊

體育館展廳，人流如織，劉東偉站在人群中，默默地注視著自己面前的這尊雕像。

劉東偉並不是第一次看見這座雕像，當初自己還沒有結束那段可怕的婚姻的時候，就曾經不止一次地看到過這座雕像。那時候，他只是因為雕像動人的美而讚嘆不已，並沒有留下多麼深的印象。如今，隔了這麼多年，自己又一次站在這座雕像前，劉東偉的內心卻有一陣陣說不出的冰涼。

雕像正如其名——愛人，其塑造的是一個美得幾乎讓人窒息的女孩，看到它的人都會被它的美麗動人所深深吸引。雖然簡介中說，這座雕像是作者司徒敏以自己為原型創作的，但是劉東偉根本看不出兩者之間除了性別以外，還有什麼其他關聯。

司徒老師留下的日記，他已經看了不止一遍，幾乎每個字都能背出來

故事一　菊祭

了。而章桐的電話更是讓他心緒不寧。

司徒敏雖然性格脾氣都糟糕到了極點，但是殺人？他還是不能相信！但雕像手中的雛菊，李丹父母家中的雛菊，還有死者臉上的雛菊，這又怎麼解釋？難道都是巧合嗎？

劉東偉陷入了痛苦的思索中。

「章桐是一個非常聰明的女人，也非常理性，如果沒有十足的把握，她是不會做出任何判斷的，你要相信他。」弟弟劉春曉的話一遍遍地在自己的腦海中迴響著。

劉東偉舉起胸前的相機，對著雕塑的臉部，從各個角度拍了幾張，他的舉動和身邊的參觀者沒有什麼異樣，但是他並不是為了保留對這座雕塑的回憶。他要做的，就是找到一個糾纏了他很久的問題的答案。

做完這一切後，劉東偉收起相機，轉身離開了展廳。

很快，章桐的手機上出現了一條訊息：我想見妳，我有東西給你看，或許能解開 13 年前的謎題。

章桐關上手機。在她的面前是冰冷的解剖臺，此刻，歐陽景洪正躺在上面，身上蓋著白布。房間裡異常安靜。

屍檢過程非常順利，死因也很簡單，章桐摘下手套，把它們丟進腳邊的垃圾桶裡，然後拿起屍檢紀錄本，在上面認真地寫下了一句話：結論：符合機械性外力所導致的窒息死亡，是自殺。

一個生命就這樣結束了，並且是以一種常人無法想像的方式結束的。人們常說，哀莫大於心死。雖然歐陽景洪的死在理論上並沒有什麼可疑的地方，但是章桐想不明白，為什麼等了這麼多年，卻突然放棄了？真相或許不久後就會被揭開，歐陽景洪堅持了 13 年，經歷了牢獄之災和生活的

第十一章　黑色夢魘

艱辛，甚至不惜用激進的手段來促使警察為他尋找 13 年前的真相，為什麼不等到真相大白的那一天呢？

還是說，他的死也是他獲得真相的手段？

章桐突然感覺自己有些不寒而慄。

＊　＊　＊

局長辦公室內，童小川臉漲得通紅。

「好好一個人就在你的眼皮子底下自殺了，你怎麼向我解釋這件事情？」

「對不起，這是我的疏忽，我沒有多派人手，所以才會出現這樣的事情。我請求處分。」

「處分你有什麼用？難道死者就能活過來？」

一聽這話，童小川抬起頭：「局長，你放心吧。我會很快把事情弄清楚的。」

局長搖搖頭：「重點不在這裡，我打過電話給法醫處的章醫生，確認死因是自殺。而根據你們專案組之前交上來的報告，死者態度非常堅決，甚至不惜做出違法的事情，怎麼又會突然選擇自殺呢？」說著，他把右手邊的兩本厚厚的卷宗遞給了童小川，「這兩本卷宗，我剛從檔案室調過來，你仔細看看，或許對你的案子會有幫助。」

童小川伸手接過卷宗，上面的標記非常熟悉，一本是「明山國中女生被害案」，而另一本，嚴格意義上來講，並不是一個案件，應該說是一個「事故」，記錄的正是歐陽景洪失手殺死自己搭檔的詳細經過，包括證人證言和相關屍檢相片，以及彈道檢驗紀錄。

故事一　菊祭

「局長，你認為歐陽景洪身上有問題？」童小川感到很不理解。

「你仔細看看吧。」局長嘆了口氣，「我找過以前局裡的老警察，尤其是禁毒大隊曾經和歐陽景洪共過事的，他們都說歐陽景洪是一個為了搭檔的安危可以不要自己性命的警察。雖然都過去這麼多年了，可他們還是沒有忘記當年這個禁毒大隊的傳奇人物。」

他站起身，走到窗前，伸手推開了窗，一股寒冷的北風瞬間充滿了整個房間。

「不管怎麼說，他曾經是個警察，雖然經歷了很多，但是我想他應該不會背棄自己當初的誓言。這件事有太多的疑點了，你著手調查一下，對他、對當年的死者和局裡所有的同事也是一個交代。去吧。」說著，他揮揮手，便不再言語了。

＊　＊　＊

海灣不是很大，波濤聲陣陣傳來，海鷗從天空掠過，發出陣陣鳴叫聲。

「你這麼早就來了？」劉東偉的聲音在耳邊響起，章桐聞到了一股酒味。

他走到章桐的對面坐下。兩人坐在防波堤的柚木椅子上，中間隔著一張桌子。夏天的時候，這裡無疑是欣賞海景最好的地方，但是現在這個季節很少有人來。

劉東偉把手裡的罐裝啤酒遞給章桐：「要嗎？剛買的，這罐我沒喝過。」

看見章桐猶豫，他笑了笑，顯得很不以為然：「放心吧，我沒壞心。我弟弟喜歡妳，所以我也很尊重妳的。」

第十一章　黑色夢魘

「我沒有這個意思，只是不習慣喝酒。」章桐輕聲說道。

劉東偉輕輕嘆了口氣：「小時候，我父親就經常喝酒，一喝完就拚命打我們，往死裡打。母親就是因為這個，才帶著弟弟離開的。那時候我還不明白父親為什麼老要喝酒，現在呢，終於懂了，因為酒能讓人忘掉很多東西。」

「可是有些東西，是永遠都忘不了的。」章桐說，「你喝醉了。」

「我沒醉，」劉東偉咕噥了一句，「我清醒得很。這麼多年來，我一直在迴避，現在我才終於鼓足了勇氣。我也不怕妳笑話，我曾經發誓這輩子絕對不喝酒，因為我不想成為我那酒鬼父親的翻版，我不想我將來的孩子像我一樣去恨自己的父親。可是，我還是喝酒了，可是，我心裡難受。」

章桐靜靜地聽著，思索著劉東偉說的話。

「對了，我給妳看樣東西，」說著，劉東偉放下啤酒罐，從口袋裡摸出一個信封，遞給了章桐，同時還給了她一個強光手電，一臉的歉意，「不好意思，讓妳聽我嘮叨了。」

「沒關係。」章桐一邊掏出信封中的相片，一邊打開了手電筒。

信封中是兩張雕塑頭像的正面特寫。「告訴我，妳看到了什麼？」劉東偉小聲問。

「你想知道什麼？」章桐不解地問。

「這張臉，我想知道這張臉，為什麼司徒老師在看了這張臉後，就再也沒有去看過他女兒的雕塑展？甚至於都不願意提起他女兒的名字！」

章桐心裡一驚，她把手電光集中到了相片中雕塑的臉部，尤其是眉宇輪廓之間。仔細端詳後，她抬起頭，海風陣陣，劉東偉的臉在搖曳的路燈下忽隱忽現。

故事一　菊祭

「我知道這個問題只有妳才能找到答案。」劉東偉的聲音微微發顫，「妳是法醫，人體骨骼的結構對妳來說是最清楚不過的了。」

章桐點點頭：「我還需要經過測算才可以最終確認。不過，現在基本上可以肯定的是，這個模特兒應該就是歐陽青，因為她有著和歐陽景洪一模一樣的下顎骨，而且鼻骨的形狀也很相似。但是，這些還都只是間接證據，只能認為司徒敏當初是以歐陽青作為原型創作了這個雕塑，並不能和殺人連繫在一起，除非⋯⋯」

「除非什麼？」劉東偉急切地追問道。

章桐把目光投到了海上，說：「眼睛！」

「你說什麼？」劉東偉怔住了。

「我也只是猜測，你仔細看這張相片。人類的眼睛共由三個部分構成，分別是眼球、視覺通路和眼附屬器。它們就好似燈泡、電器和燈罩，彼此緊密相連，缺一不可。眼球的構造十分精緻，成人的眼球直徑約為24公釐，而包容著眼球內容物的眼球壁總共有三層，也就是纖維膜、葡萄膜和視網膜。」說到這裡，章桐深深地吸了口氣，「再怎麼高明的雕塑家，都不可能把人的眼球葡萄膜塑造得這麼逼真！上面的脈絡清晰可辨。」

「天吶⋯⋯」劉東偉雙手緊緊地抓著相片，嘴裡不斷地重複著這兩個字。或許是夜晚海風寒冷的緣故，他不由得渾身發抖。

「你也不要想太多，我這還只是推測。如果能讓我看見雕像就最好了。」章桐輕聲安慰，「很有可能是我錯了。」

劉東偉沒有說話，低著頭，一聲不吭。

章桐突然想起了一件事：「我差點忘了告訴你，前幾天，我接到出警通知，說是出現了分屍案，結果我到了現場才發現接警臺把情況搞錯了，

第十一章　黑色夢魘

是司徒敏的雕塑被盜了，確切地說應該是頭部被盜。我去的時候見到頭部被還了回來，但是眼睛，也就是雕塑的眼睛，不見了。最後，這個案子就被盜搶組按照程序結案了，因為沒有出現人命案，所以，也就不在我的職責範圍之內。」

「是誰報的案？」

「司徒敏的助理。」章桐不由得啞然失笑，「我當時還在想，你前妻確實很厲害，因為當她知道是自己的助理報案以後，還居然跑過來當著我們在場所有人的面，狠狠地搧了她一巴掌，那小女孩連吭都不敢吭一聲。」

「她就是這樣的人，一點都不奇怪。」劉東偉幽幽地說。

「後來，她當著我們的面，把那個失而復得的頭像給砸碎了。」略微停頓後，章桐站起身，把相片重新裝回了信封，遞還給了劉東偉，「我那時候只是覺得有點不可思議，並沒有往這個方向去想。目前還沒有直接證據可以證明司徒敏的雕塑有問題，我想重案組還不能夠僅憑藉你手中的這兩張相片就出具搜查令，畢竟那尊雕塑非常值錢。而從眼球部位取樣做化驗的話，就必須損壞原來的構造，風險太大，警局迫於壓力不會出面的，所以我想，目前我還真的沒有辦法來幫你。」

「是嗎？我知道了，謝謝妳。」劉東偉晃了晃手中的易開罐，抬手把最後一點啤酒倒進了嘴裡。

夜深了，一股寒意襲來，章桐趕忙裹緊外套。她起身打算走，想了想，回頭說：「你走嗎？都這麼晚了。」

「不，我想一個人靜一靜。妳先走吧。」劉東偉從口袋裡摸出香菸和打火機，趁海風還沒有來得及把火苗熄滅，趕緊點燃了香菸，然後深吸了一口，上身向後靠在椅子上，再無言語。

故事一　菊祭

　　章桐感到心裡酸酸的，但也不知道說些什麼：「那好吧，你自己也保重身體。再見！」說著，她迎著越刮越猛的海風，艱難地向防波堤的出口處走去。看著章桐的背影逐漸消失，眼淚從劉東偉的臉上默默地滑落下來，他嘆了口氣，把臉輕輕地扭了過去。

　　海風呼呼作響，在漆黑的夜空中穿梭肆虐著，彷彿無數個幽靈在夜空中拚命哀號。因為過於疲憊，在酒精的作用下，劉東偉無力地蜷縮在椅子上漸漸地睡去了。

第十二章　寒蟬悲泣

「章醫生，有人找妳。」值班員的聲音在耳畔響起。

章桐轉過身，眼前站著一個年輕的女孩，年齡不超過20歲，身材高挑，穿著一件淺咖色的風衣，黑色鉛筆褲，齊膝黑色長筒靴。她的雙手插在口袋裡，臉部上顎向外凸起的程度比較明顯，中切牙有些畸形。

「請問，妳是法醫嗎？」年輕女孩大聲地問。

「妳找我有事？」章桐反問。她感到有些詫異，難道校管處的研究生部這麼快又派人過來給自己了？

「我是來認屍的。」或許是擔心章桐想不起究竟是哪一具屍體，她特意又強調了一句，「報紙上的那則認屍啟事，就是妳們在電影院發現的那具屍體。我知道她是誰！」

女孩從口袋裡摸出一部大螢幕手機，右手食指快速地在螢幕上滑動了幾下後，點點頭，隨即把手機遞給了章桐：「我想，妳們要找的，應該就是她。」

沒等章桐有反應，女孩繼續說：「她叫曹瑩瑩，是我同班同學。我們一起報名參加了心語美術輔導班。我們算是閨密加死黨吧。她已經失蹤好幾天了，差不多一個禮拜的樣子。而在平時，她是絕對不會不和我聯絡的！」

章桐皺眉，手機上是一張生日時拍的照片。相片裡，一個年輕女孩頭戴生日皇冠，一臉興奮地在彎腰吹蠟燭。「她失蹤前有什麼異樣嗎？」章桐問道。

故事一　菊祭

「沒什麼啊，就是很高興，還去做了頭髮，說什麼到時候給我們一個驚喜！」

「她是不是談戀愛了，妳們都是成年人，她是不是跟男朋友在一起？」章桐一臉的疑惑。

女孩不樂意了：「她要是有男朋友的話，我肯定是第一個知道的。瑩瑩長得不漂亮，從初一起，就沒有男孩子追過她！」

「那妳為什麼就這麼肯定死者是妳的朋友曹瑩瑩？」

「很簡單，她身上穿的那件粉紅色毛衣，尺碼是七號的，胸口是星星圖案，後背是月亮圖案，是我送給她的生日禮物。一個月前，我們寢室剛為她慶祝完19歲生日！」女孩的眼神瞬間變得黯淡。她弓著背，穿著靴子的右腳開始一下一下地踢身邊的大理石柱子，「這件毛衣，是我親戚從國外帶回來的，瑩瑩很喜歡，她穿著又合適，我就送給她了。在這邊，應該不會這麼快就有第二件。所以我擔心死者是瑩瑩。」

因為死者的面部復原成像圖是電腦模擬的，為了更直觀地讓死者的親屬能夠辨別出屍體，按照慣例，還會在啟事中附上死者被發現時的穿著打扮，只是不會過於詳細。那具在電影院包廂中發現的女屍，章桐記得很清楚，專案組只展示了毛衣的一面圖案——月亮，而另一面的圖案——星星，沒有透露更多資訊了，更不用提毛衣的具體尺寸了。

「妳叫什麼名字？」章桐輕聲問，聲音溫柔，充滿了同情。

「任淑儀。」女孩努力在自己的臉上擠出了一絲笑容。

「淑儀，你跟我來吧。」

章桐衝著值班員點點頭，然後帶著女孩離開了大廳。

死者的身分很快得到了確認，看著毛衣和褲子，任淑儀失聲痛哭，嘴

第十二章　寒蟬悲泣

裡反覆唸叨：「就是這件衣服，就是這件衣服，這上面的星星缺口還是我不小心弄上去的……瑩瑩，瑩瑩……阿姨，我到底該怎麼跟她爸媽說這件事啊……」

女孩的哭聲讓章桐的心都快碎了。

*　*　*

那扇破窗子外面響起了「沙沙」聲，聽起來好像是有人在挖土。她急促地呼吸著，兩手高舉在頭上，努力去碰到破窗子上那似乎堅不可摧的不鏽鋼護欄，很顯然，那是後來加裝的。除了身後那道厚重的鐵門，這個破窗戶是房間裡的唯一出口。

幾天前，她也聽到了相同的聲音。她不記得是什麼時間，也許是在晚上。她聽到有人拿著鐵鍬在屋子後面剷土。

她坐著，蜷縮在床墊上，膝蓋和手腕陣陣抽痛，讓她難以入眠。破窗戶還透著風，她又熱又渴，額頭灼燙，腦袋發暈，幾乎無法思考。也許是發燒了，她知道自己肯定病得很重。或者說，自己會死在這裡，永遠都不會有人知道。

剛來到這個地獄一般的房間的時候，她努力掙扎，大聲呼救，可是，漸漸地，她明白了，自己要保存體力。現在，她已經筋疲力盡，就連站起來伸手去夠那個不鏽鋼護欄，都顯得那麼艱難。

「求求你，我不想死！」她的聲音小到只有她自己才能夠聽得到。她開始無助地哭泣。淚水滴落在那件她剛買了沒多久的粉色連衣裙上，她心儀這條裙子已經很久了，自從第一次在電視中看到自己喜歡的影星穿著同樣款式的連衣裙後，她就一直想買。所以，在聽說自己被選中做模特兒的那一刻，她第一個念頭就是能夠穿上這條差不多價值她整整一個月生活費

故事一　菊祭

的連衣裙了。如今，這條裙子早就已經面目全非。她傷心極了，可是她唯一能做的就是蜷縮在床墊的角落裡，不停地渾身發抖。

「求求你，我不想死！」她嘴裡來來回回地說著同一句話，可是她很清楚，除了自己，沒有人會聽見，也沒有人會在意。

她聽著窗外的剷土聲，隱約之間，似乎有人在交談，一股濃烈的腐臭味開始刺激她的鼻腔。她的眼淚流淌得更猛了。

剷土聲還在繼續，臭味也越來越濃，就好像一個化糞池的蓋子被突然打開了一樣。她有一絲不祥的預感：「求求你，不要殺我，我不想死。我想回家！求求你！求求你……」她拚命掙扎，想要坐起來，可是身體剛剛移動一點距離，一陣暈眩感襲來，她頹然跌坐了下去。

剷土聲變得愈來愈響，她害怕極了，本能地向牆角縮擠去，彷彿鑽進了牆角後，就再沒有人可以傷害到她。她後悔極了，想著如果自己能活著出去的話，以後一定會乖乖聽爸爸的話。

可是，自己真的能夠活著走出這個可怕的牢房嗎？她不敢去想。越想只會越絕望。她的頭髮早就被剃光了，雙手的十根手指指肚被硫酸擦拭過，讓她痛不欲生。她不明白為什麼要這麼折磨自己。

「哐啷」一聲，門鎖被打開了，腳步聲響起。她的心頓時提到了嗓子眼。這時候，她聞到了一股淡淡的香水味道。

「求求你，我不想死，求求你，我不想死……」

哀求是沒有用的，絕望頓時襲上了她的心頭。她閉上了雙眼，決定不再掙扎。一根冰涼的皮繩套在了她的脖子上，皮繩的頂端是一雙有力的手，它迅速地收緊皮繩。她太虛弱了，死亡真的來得很快。雙手雙腳輕輕抽搐了一下後，整個身體就再也不動了。

第十二章　寒蟬悲泣

　　十多分鐘後，她的屍體被扔進了屋外臭氣熏天的土坑，空蕩蕩的眼窩無助地凝視著黑暗的夜空。一鍬，一鍬……土不停地被剷起，然後灑落在她的身上，她的臉上，還有那件她心儀的粉色連衣裙上。坑被慢慢地填平了，就好像她從來都沒有在這個世界上停留過一樣，而她的眼睛，要幸運許多。

　　牆角陰暗的角落裡，傳來了一兩聲昆蟲臨死前的悲鳴。

　　很快，周遭又一次恢復平靜，死一般的寂靜。

＊　＊　＊

　　「……我再跟你說一遍，警官先生，歐陽是好人，他絕對不會殺人的！他已經夠可憐的了！女兒死了，工作丟了，又進了監獄。他已經做出補償了，雖然說歐陽失手打死了我哥哥，但是誰能無過，對不對？他也不是有意的。而且你們警局已經給了我們全家足夠高的榮譽和補償了，人都已經死了這麼多年，你們為什麼還要翻舊帳啊！難道你們就沒有別的事情要做了嗎？」

　　已經來了快半個鐘頭了，卻依然一點進展都沒有，看著對面的丁坤，童小川的臉上一陣紅一陣白，耳根子發燙。不過這一切他都忍住了，他還沒有忘記自己今天來的目的：「丁先生，我想，你是誤解我們警方的意思了。我們只是要查清楚事實真相。我們相信歐陽先生的為人。」

　　丁坤抿著嘴想了想，目光在童小川和小陸的身上來回轉了一圈。

　　「丁先生，我們沒有別的意思，你放心吧，我們只是想了解一下當初那起事故的過程，這也是最近工作調整，對老檔案都要走一遍程序。」小陸非常機警，他的一番安慰明顯讓丁坤放下了戒備。

　　「你們真的保證我說的話不會被記錄在案？」丁坤想了想，小聲說。

故事一　菊祭

　　童小川點點頭：「放心吧，我們警方說話算話的。你看，我們沒有帶任何錄音設備，也絕對不會做筆錄。」

　　丁坤這才平靜了下來：「我哥哥丁強這麼死了，其實對我們全家和他自己來說，都是一種解脫！」

　　丁坤脫口而出的話讓童小川和小陸很是驚愕：「丁先生，你為什麼會這麼說呢？」

　　丁坤搖搖頭，一臉的無奈：「我哥哥丁強雖然是個禁毒警察，但是，因為工作需求，在一次臥底行動中他染上了毒癮。後來，雖然說行動結束了，但是我嫂子和我們全家都明顯地感覺到了哥哥的變化。他偷偷地變賣家產去熟悉的線人毒販子那裡買毒品，並且一發不可收拾。」

　　童小川感到有些不可思議。他知道參加臥底行動的禁毒警有時候為了不暴露身分，不得不當著毒販的面吸毒，可能最終會染上毒癮。但是當他真的面對這樣的事情的時候，心裡還是難以接受。

　　「他不想去戒毒所，怕丟了工作，又怕被人瞧不起。有一次在街上喝醉了發酒瘋，我去把他接了回來，酒醒後，他就把事情都告訴了我，他說他不想活了。」丁坤的聲音越來越低。

　　「你說什麼？丁強曾經有過自殺的念頭？」

　　丁坤嘆了口氣，用沉默回答了童小川的問話。

　　「事發那段時間，歐陽景洪來過你們家嗎？」小陸問。

　　「是的，他來過我家。」丁坤把倒好茶水的杯子遞給童小川。

　　童小川注意到對方用的是左手：「丁先生，你平時習慣用左手做事，對嗎？」

　　丁坤點點頭：「是的，我們兄弟倆都有這個習慣，應該是遺傳的吧。」

第十二章　寒蟬悲泣

走出丁家大門，童小川皺著眉沒有說話，回到車上後，他坐到副駕駛位子上，示意小陸開車。他伸手從儀表板下的儲物櫃裡拿出了那份卷宗，抽出其中的屍檢報告，上面很清晰地寫著死者是死於貫穿式槍傷。

他隱約感到有些不安，撥通了章桐的手機：「章醫生，你還記不記得歐陽景洪是習慣用左手還是右手？」

章桐正好在解剖室，她拉開了裝有歐陽景洪屍體的冷凍櫃門，在仔細看過屍體的左右手後，她肯定地說：「從他的指尖磨損程度來看，可以確定是右手。」

「我現在馬上傳一張屍檢圖片給你看，你判斷一下這是子彈進入時造成的創面，還是出去時的創面，我需要盡快知道答案。」

「沒問題。」

很快，章桐的手機上顯示有圖片傳入，雖然畫素不是很高，但是也足夠用來進行辨別了。

章桐點開後，說：「這是近距離槍擊所造成的創面，是進入創口，在貼近太陽穴的地方開的槍，因為撕裂創面非常明顯。創口在死者頭部的左側。」

聽了這話，童小川忍不住長嘆一聲：「根據死者丁強的弟弟丁坤說，他的哥哥是左撇子，而我剛才給你看的那一面創口，就在頭部左面太陽穴。而丁坤向我們透露，他哥哥染上了毒癮，並且曾經多次有過輕生的念頭。所以，我懷疑丁強是自殺的。」

「如果丁強染上毒癮的事情被局裡知道的話，或者說丁強的死被確認為自殺，那麼，他的家屬的撫卹金就很有可能被追回！」章桐意識到事情的嚴重性，「這件事情，局裡知道嗎？」

故事一　菊祭

　　童小川一陣苦笑：「知道真相的人已經死了。」

　　「那為什麼歐陽景洪要背下這個黑鍋？」章桐問。

　　「我雖然不知道個中緣由，但我清楚歐陽景洪不只是個警察，更是一個為了朋友願意兩肋插刀的好兄弟。所以，我推測，當年歐陽景洪知道了丁強在臥底的時候染上毒癮的事情，很有可能這件事情還和歐陽景洪多少有點關係。所以，他覺得虧欠自己的搭檔。但是歐陽景洪也明白這件事情一旦被局裡人知道後，丁強所要面臨的處境。至於自殺，那可能是丁強一意孤行的抉擇，但是為了自己的搭檔，也為了他的家人，孑然一身的歐陽景洪就選擇了自己承擔後果，讓自殺變成了事故，從而讓丁強的家人領取到了一筆豐厚的撫卹金。這樣一來，歐陽景洪自己也會得到安慰。」童小川的聲音中充滿了悲涼，「你要知道，那時候歐陽景洪的女兒死後，他是萬念俱灰的。」

　　章桐的腦海中頓時出現了 13 年前那個在大雨中跪地哀號的男人。記得後來辦理認領屍體手續的時候，再一次見到歐陽景洪，他已經瘦得脫了相。女兒死了，他的心也死了，如果說還要活著的話，目的也只有一個，那就是為女兒報仇。章桐重重地嘆了口氣，結束通話了電話。如果只為了報仇而活著，那麼後面所有事情的疑問就都可以找到答案了，除了他的死！

第十三章　死者的祕密

第十三章　死者的祕密

　　伴隨著電話鈴聲響起，童小川從睡夢中驚醒，電話那頭傳來了一個男人不斷抱怨的聲音：「警察嗎？你們什麼時候來把封條拆走啊？都過去這麼久了，封條在那裡，你叫我怎麼做生意啊！別的住客看到了，都已經提出搬走了⋯⋯」

　　童小川有些糊塗：「你是誰？是不是打錯電話了，我這邊是專案組！」

　　「我找的就是你們，你是童警官，對嗎？那個身材瘦瘦的小夥子？」電話那頭依舊不依不饒，「趕緊過來，不然這些東西我可都要扔到垃圾堆裡去了！」

　　童小川突然想起來，打電話給自己的，就是歐陽景洪住處的大樓看門人，也是房東，好像姓丁。

　　他趕緊打圓場：「丁叔，你別急，我馬上派人過去收拾，你別急啊，是我們的不對，我在這裡向你道歉了！」

　　好不容易掛上電話，童小川懊惱地瞪了一眼電話機，這幾天都忙昏頭了。自從歐陽景洪出事後，他還沒有來得及申請對他房屋進行搜查的搜查令。想到這裡，他趕緊撥通了局長辦公室的電話。

　　這一趟確實沒有白跑，雖然說上一次在歐陽景洪的床上發現了可以指證他殺人的至關重要的證據，但是還有一些個人來往信函，還沒有過多地去搜尋和比對。童小川站在屋裡的書桌前，看著為數不多的電費單據、水費單據等生活雜物，他的心中不免有一種深深的失落感。東西還在，人卻沒了。

135

故事一　菊祭

小陸湊了上來：「老大，怎麼樣，這些還要查嗎？」

「那是當然。」童小川開始一張張地翻閱。

「人都死了，這些都是些雜七雜八的東西，還能有什麼用？」

童小川沒有說話。突然，他的手指停止了翻閱，開始有意挑選一張張特殊的紙片，然後把右手邊的雜物推開，騰出一個空間，把這些紙片按照時間順序細心地排列起來。

這些都是匯款單，數額都在五六百元左右，時間跨度卻有十多年。匯款單據的姓名一欄中填寫的都是一個人的名字──戴玉農。

真得感謝歐陽景洪有收藏東西的好習慣。

童小川抬起頭，對身邊站著的小陸說：「我們馬上按照這個地址，去會會戴玉農。」

「他和我們的案子有關嗎？」小陸不解地問。

「有關無關，去了就知道了。」

* * *

戴玉農是個殘疾人，他的殘疾程度還不是一般的嚴重，即使有輪椅，他也無法自己操作。所以，童小川看到他的時候，頓時像個洩了氣的皮球，臉上露出了沮喪的神情。

戴玉農卻笑出了聲：「怎麼啦？我這個樣子，可都是幫你們幹活落下的啊！」

童小川心裡不由得一動，他掏出了那一沓厚厚的匯款單放到戴玉農的面前：「這些，都是寄給你的，是嗎？」

戴玉農瞥了一眼：「沒錯，怎麼了？」他的目光朝童小川和小陸身後看

第十三章　死者的祕密

去,「歐陽呢?他怎麼沒來?」

童小川和小陸面面相覷,這才輕聲說道:「他死了,自殺。」

「這怎麼可能?」戴玉農的聲音頓時高了八度,「那你們以後誰負責我的養老待遇?」

童小川皺了皺眉:「戴先生,你是他的線人?」

「曾經是。」戴玉農撇了撇嘴,「如果不是給你們賣命,我的腳筋、手筋,還有第四根脊椎骨,都不會被那幫混蛋給活生生地挑斷、打斷,我的下場也不會這麼慘!也不至於厚著臉皮靠你們警察那些施捨過日子!我現在和死人相比,只是多了一口氣罷了。」

「你胡說,警察根本就沒有給線人福利待遇這條規定。」小陸實在看不下去了,他嚴肅地說道,「戴先生,這些錢,都是歐陽景洪用他自己賺的錢寄給你的,你好好給我記著,這不是施捨,這是承諾!十多年的承諾!你知道嗎?」

這一番話,猶如一記耳光狠狠地打在了戴玉農的臉上。他愣住了,滿臉驚訝的神情:「那傢伙為什麼要這麼做?他現在還在警局嗎?不不不,他到底是怎麼死的?是不是被那幫混蛋害死的?」那幫混蛋指的當然就是販毒團夥的人。

「他早就已經辭職了。」童小川說。

「是嗎?這到底是什麼時候發生的事?」戴玉農急了,追問,「那個內奸呢?他有沒有說出來?」

「內奸?」童小川一愣,「你什麼意思?」

「那還是13年前的事啦,我跟他說在你們警局內部有個內奸,販賣情報給販毒團夥,所以你們的行動才會有幾次落空啊。年輕人,你怎麼就這

故事一　菊祭

麼不開竅呢？」戴玉農越說越氣。

「沒有，我看過那段時間的督察報告（警局內部專門對警員設立的調查部門），沒有提到過有內奸。你是不是記錯了？」

一聽這話，戴玉農的臉色頓時變了：「難道說，他根本就沒有說出來？」

「你可以跟我們說。」童小川隱約感覺到了事情的嚴重性，「如果你所說的這個人真的是我們警察中的敗類的話，我答應你，我肯定不會放過他的，無論過去多麼長的時間，我一定會親手送他進監獄！」

可是，當戴玉農說出一個名字後，童小川的心都涼了──齊志強。

「怎麼可能是他？你確定嗎？」小陸忍不住追問。

「每次他從馬仔手裡拿錢，我都看到的，每一次，至少有這個數！」戴玉農伸出一根手指，「如果你不信，可以去監獄裡問『潮州幫』的人。當初，整個『潮州幫』被歐陽景洪抓進去的人不少，沒那麼快放出來。」

＊　＊　＊

走出戴玉農家，小陸問：「老大，你相信他說的話嗎？」

「他都這個樣子了，還有心思來糊弄我們？我看犯不著。」說著，童小川掏出手機，撥通了下屬小安的電話：「馬上給我查齊志強的財務狀況，越快越好，包括他名下和他妻子名下的所有帳目，一個都不能漏掉。」

「老大，接下來我們去哪裡？」

「回去。對了，先去一趟體育館，我要拿個東西。」體育館在有比賽時，它是體育館。而平時，它還是全市唯一的一個展覽中心。

在回警局的路上，小陸看見童小川懷裡緊緊地抱著一大堆有關各式各

第十三章　死者的祕密

樣展覽的海報廣告紙，正饒有興趣地一張張翻看著。

「殺死李丹的凶手是一名個子比她矮小的人。」章桐一邊說著，一邊把新的屍檢補充報告和一個隨身碟遞給了童小川，「我仔細登記了所有在李丹骸骨上找到的刀痕的力度和方向，根據三維模擬程式，我做了一個簡單的凶案發生時的復原過程，你可以看一下。」

童小川點點頭，把隨身碟插在電腦上，雖然整個模擬過程只有短短的一分多鐘時間，而真正行凶的過程比這個持續的時間要長很多，但這個模擬過程已經非常逼真地再現了當時現場的冷酷與殘忍。

謀殺是從背後開始的，當死者背對著凶手時，她做夢都不會想到接下來會發生什麼：一刀直接從背後深達死者的肺部，她當場因為肺部洶湧而來的鮮血而變得呼吸困難，從而迅速失去了抵抗能力。她撲倒在地上，還沒有來得及回頭，一刀刀瞬間刺了下來。剛開始的時候，凶手是看準了位置下手的，而到最後，那幾乎就是一場毫無目標的屠殺，凶手瘋了一般地揮舞著手中的刀，刀痕遍布死者全身……

「天吶！」童小川迅速把視線從螢幕上移開了。

「一共 92 處刀痕。」章桐輕輕嘆了口氣。

童小川說：「那個東大的清潔工曾經提到李丹的心事很重，性格內向，所以，如果說她知道祕密的話，她不一定會選擇說出來。但是最後，那老人說李丹做了決定，說『一定要去做那件事』，說她『想通』了，我懷疑可能是這個時候，被凶手知道了。而不久後，李丹就失蹤了。我後來打電話問過李丹的家人，詢問她在失蹤前是否打過電話給家裡，她家裡人說沒有，但是有人去找過她。」

「誰？」

故事一　菊祭

「是李丹父親接待的，因為他得了老年痴呆症，腦子不是很清楚，一時說不出對方的身分。但是李丹母親說，可以肯定是認識的。不然的話，李丹父親不會放那個人進門。」

「那人很有可能就是凶手了。」章桐一臉的無奈。

「是啊，但是沒辦法確定身分，只知道對方問了李丹在東大哪個學院進修，以及聯絡方式。不過，有一點可以肯定的是，那人來的時間，李丹父親記得很清楚。」

「是嗎？」章桐有了興趣，「不過按照醫學上來說，一個老年痴呆症患者雖說有可能會記住某個特定的時間段發生的事情，但是機率不會很大。」

童小川有些尷尬：「章醫生，這次妳可是犯了個邏輯性錯誤。李丹父親因為腦子不太能記住東西，所以，每次發生什麼事情，他都會想辦法記下來。在他的衣服口袋裡裝滿了紙片，所以，我們才能夠知道那人拜訪的時間和李丹失蹤的時間相差無幾，都是三年前，不過一個是4月2日，一個是4月4日。」

「李丹失蹤的日子，你怎麼查出來的？」

「她的正常離校時間是4月5日清明節假期，所以，4月4日，按照慣例，她還會去食堂用餐。但是總務處的老師後來查了刷飯卡的紀錄，證實那天李丹沒有去吃午飯，而以前的幾乎每一天，李丹都會去吃午飯。起先，他們還以為李丹已經提前離校了，但是一個月後，她還沒有歸還飯卡換取押金，因這樣的事情很常見，校方也沒有進一步查。誰都沒有想到的是，那時候李丹已經被害了。」童小川嘆了口氣，「如果能早一點發現李丹失蹤並且報案的話，這個案子就不會這麼難處理了。」

「她只是一個普通的交流學者，校方不會像管理學生那樣去管理她

第十三章　死者的祕密

的，你也不能怪別人。」章桐說。

「對了，章醫生，李丹的死因能判斷出來嗎？」

「雖然說骸骨還沒有找全，但是按照這個模擬三維立體復原過程來看，臟器破裂導致失血性休克死亡，這個死因基本上是可以確定的了。」

「如果按照男性犯罪嫌疑人的作案方式來看，一般不會採取這種激情殺人的方式，因為男女肌體不一樣，男性在體能上占有完全的優勢。如果我是男性凶手的話，我會是一刀斃命，或者說以別的比較乾脆的方式，而不是這種多處銳器傷導致失血過多死亡。」

章桐點點頭：「你說得沒錯，所以，根據凶手是個個子矮小的人這個條件來判斷，不排除凶手是女性的可能！」話音剛落，章桐心中一驚。她暗暗告誡自己，在這件事情沒有任何定論之前，包括以後，都不應該再繼續跟劉東偉談起這件事了。不管怎麼說，司徒敏畢竟是他的前妻。

* * *

「我們的女兒不見了，我們是來報案的，請你一定要幫幫我們！」眼前的這對中年夫婦泫然欲泣，神情疲憊。今天輪到重案組的小安值班，因為接連幾天都沒有休息好，他的精神很差，桌上的咖啡已經是從早上到現在的第四杯了。

小安一邊在紀錄本上「刷刷」地填寫著，一邊頭也不抬地問：「孩子多大？」

中年夫婦互相看了一眼，孩子父親嘆了口氣：「還差一個禮拜就滿20歲了。」

小安停下了手中的筆，抬頭看著他：「都這麼大了，那已經算是成年

故事一　菊祭

人了啊。你們確定她不是和你們吵架，自己離家出走了？」

一聽這話，中年夫婦急了，孩子母親趕緊搶著說：「我女兒子墨是個很聽話的孩子，非常聽話的，她不可能離家出走的。她到現在都還沒有談男朋友。要是有什麼事，肯定會第一時間告訴我和她爸爸的。再說了，她失蹤前，我們根本就沒有吵過架。」

「那她從失蹤到現在有多長時間了？」

「四天！我們本來是去派出所報案的，後來他們說現在不是『特殊時期』嗎？找了好幾天都找不到人，肯定出事了，所以建議我們到你們市局刑偵大隊來報案。」中年男人懇切地看著小安。

「特殊時期？」小安愣了，不過隨即就明白了派出所的意思，那個電影院的案子雖然說已經知道了死者的身分，也在安排死者家屬的確認手續，但是案子沒破是一個不爭的事實。所以，面對相同類型的年輕女性失蹤案件，如果無法確認案件的發展方向，為了不耽誤調查，下屬派出所都會在直接報給市局的同時，建議失蹤者家屬去市局刑偵大隊報案。

「你們把女兒的相片帶來了嗎？我是指正面大頭照。還有她的私人用品，比如說梳子。」小阿拉開抽屜，拿出幾個塑膠證據袋，同時戴上了手套。他接過中年夫婦遞給自己的一些私人物品和相片後，直接就把它們裝入了證據袋，填上標籤。看著小安忙個不停，中年夫婦不免有些擔憂：「我們女兒不會有事吧？」

「沒事，沒事，你們別太擔心，我們馬上安排人手去找。」

「那這些東西？」

小安微微一笑：「這是正常的程序，只要我們刑偵大隊接下的失蹤案子，都會這麼處理的。有備無患，你們不要太擔心！」

第十三章　死者的祕密

小安努力裝著輕鬆的樣子，但是他的心沉甸甸的。在登記完一切相關手續後，小安拿著這些證據袋，直接來到了技偵大隊，找到了章桐，請求提取 DNA 留檔。

「你確定這個叫葉子墨的女孩，也是案件中的潛在受害者之一？」章桐問。

小安點點頭：「年輕女性，喜歡畫畫，生活中沒有異性朋友，社交圈子非常窄。自己開了一個小繪畫班，收學生，收入雖然不是很多，但是維持生活還是可以的。偶爾出去打打工。已經失蹤四天了。她平時沒有和別人吵過架。聽她父母說，失蹤前也沒有什麼異樣情況發生。」

「打工？」章桐看著相片中一臉陽光的年輕女孩，總感覺有些眼熟，她問道，「什麼類型的工作？」

「我問過她父母，好像是給人做展覽現場的規劃設計等一些輔助工作，給人當助手。」

「是嗎？」章桐仔細端詳起了相片中的女孩，皺眉說，「我真的好像在哪裡見過她，因為我對她面部下顎骨的結構非常熟悉，這女孩應該在小時候做過整形手術。你幫我打電話問問她父母，可以嗎？」

「當然沒問題。」小安立刻掏出了手機，按照報案紀錄上葉子墨父母留下的電話撥了過去，很快就得到了答覆。

「章醫生，你看得很準，這女孩確實在小時候做過整形手術。原因是一次意外的事故，在學校表演時從舞臺上掉下來了，正好磕到下巴，導致下顎骨粉碎性骨折。」

章桐憂心忡忡地看著小安：「馬上通知你們童隊，就說失蹤者葉子墨曾經在體育館打過工，她的僱主是司徒敏。這女孩凶多吉少。」

故事一　菊祭

「司徒敏？就是那個著名的雕塑家？」

「就是她。那次盜搶案，值班員搞混了，以為是碎屍案，就通知我去了現場，結果是司徒敏的一尊雕塑被人砍去了頭顱。當時報案的就是這個葉子墨，她是司徒敏的助手。」

「我明白了，章主任，我這就過去通知童隊。」

章桐感覺到正在一步步接近真相，與此同時，她也越來越感覺到內心深處的陣陣不安。她的眼前又一次出現了司徒敏打在葉子墨臉上的那一記狠狠的耳光，女孩連吭都不敢吭一聲，目光中充滿了恐懼和自責。令章桐至今都難以相信的是，葉子墨之所以挨那一記耳光，竟然只是因為她報了案。

已經過去了四天的時間，人還沒有找到，葉子墨還活著的希望已經逐漸變得渺茫。

＊　＊　＊

深夜，章桐坐在床上，翻閱著幾份報紙，卻一個字都看不進去。她的目光一次次地掃過床頭櫃上的電話。

直到凌晨三點才勉強有了些許睡意，可是沒過多久，她似乎聽到門口有輕微的腳步聲經過。想著應該是樓上愛打麻將的鄰居半夜回家，便也沒放在心上。

第二天早上，章桐打開門準備去上班時，她轉身低頭鎖門，那一刻，她的心不由得一沉：門前的踩腳墊子上多了一個棕黃色的馬尼拉紙信封。

十多天前熟悉的感覺又一次回來了，因為章桐確信這個信封裡裝的並不是一封信。它很厚，厚到有足夠大的空間可以在裡面塞上一個裝著兩隻

第十三章　死者的祕密

眼球的小紙盒!

　　該死的!章桐趕緊鎖好門,然後小心翼翼地捏著大信封的邊緣,迅速跑下了樓。

故事一　菊祭

第十四章　完美的結局

　　案件分析會是在半小時前召開的。童小川在會上做的第一件事，就是給在場的每個人都分發了一份海報，海報的內容就是司徒敏的個人雕塑展。章桐並沒有出現，原本她坐的位置，現在是空著的。小陸低聲告訴童小川：「章醫生說要等個DNA檢驗報告，等等就過來。」他點點頭，便沒有再多說什麼。童小川站起身，打開投影機，上面正是兩天前警局訊問室的監控紀錄。

　　「大家注意看，齊志強把手中的書推到歐陽景洪面前時，刻意沒有打開外面的海報，而歐陽景洪也根本就沒有接觸過這幾本書，他唯一做的，就是盯著這張海報看了很長時間，緊接著，他就交代了自己曾經的所作所為。」童小川神色凝重地說，「而在這之前，他幾乎是一個字都不肯說的。從這段監控錄影中，我推測：歐陽景洪知道殺害自己女兒的凶手是誰，而齊志強想要跟歐陽景洪表示的，就是自己也已經知道凶手是誰，剩下的，就是叫歐陽景洪放心，他會替他去完成所有的一切。」

　　「那凶手和這張海報之間到底有什麼關係？難道說凶手就是司徒敏？」

　　「目前並沒有直接的證據指向司徒敏，不過我已經派人對她進行了24小時的監控。現在我要給大家看的是，當時在書的正上方，並不是司徒敏的頭像，你們看。」說著，童小川指著後面投影壁上顯示出的兩張截圖，左手邊的一張，是司徒敏身旁的那尊雕像頭部，而右手邊的一張，則是一個年輕女孩的正面相片。

第十四章　完美的結局

「左面這一張，是司徒敏出道後最成功的作品，榮獲過無數獎項，名字叫〈愛人〉，作品完成的時間是 13 年前。而 13 年前，司徒敏還名不見經傳，她也只有十八九歲。而右面這一張相片，如果熟悉 13 年前那件遲遲未破的明山國中女生被害案的話，就應該很容易把她認出來，這人就是死者歐陽青，歐陽景洪的女兒！你們說，誰才會對一個人這麼熟悉？答案是：她的父親！」

「可是不能光憑藉雕像，就說司徒敏是凶手，對嗎？你還有什麼證據？」

「這個，我已經派人送去法醫處等待面部骨骼對應測量的結果。如果能有三個到五個基準點相吻合的話，那麼，就可以肯定這幅作品的模特兒原型就是歐陽青。」

一直默不作聲的局長問：「齊志強也是一個老警察了，他為什麼要這麼做？」

「歐陽景洪以前的一個線人向我透露說，齊志強曾經為了經濟利益而向販毒集團透露緝毒組的行動時間，以至於緝毒組有好幾次行動都撲了空。而他曾經把這條線索告訴過歐陽景洪。但是歐陽景洪一反常態，並沒有向局裡報告。為此，我派人調查了齊志強和他妻子近十年來的財務狀況，發現他們依然住在普通的居民區，並且生活條件非常糟糕。他妻子臥病在床，很多年沒有辦法工作，而他去年去世的女兒，13 年前突發頑固性精神分裂症，最後沒辦法，出於人身安全考慮，齊志強就把女兒齊小麗送進了精神病康復中心。那地方的醫療費用是非常昂貴的，光靠齊志強那點薪資根本不夠，所以，他就走上了歪路。我的推測是，歐陽景洪知道齊志強的難言苦衷，所以，他以替齊志強隱瞞情況為條件，要求齊志強收手。而齊志強為了報答歐陽景洪，在得知歐陽景洪再也沒有辦法出監獄大門的

故事一　菊祭

時候，毅然透過這種獨特的方式來告知歐陽景洪，讓他安心上路，剩下的事情，自己去完成。而歐陽景洪也就心領神會地選擇了自殺，試圖把所有的祕密都帶到地底下去。」

末了，童小川嘆了口氣：「可惜的是，我們去晚了一步，齊志強失蹤了。他那次離開警局後，就徹底去向不明了。」

「那他家人呢？」

「現在看來，他早就做了安排，他把患病的妻子託付給了自己的鄰居。我們查過他的家，他什麼私人物品都沒有帶走，就這麼憑空消失了。」

就在這時，章桐急匆匆地出現在了門口，她晃了晃手中的檢驗報告：「結果出來了，放在我門口的這個紙盒裡的人類眼球，屬於13年前明山國中女生被害案的死者歐陽青，雖然過去了這麼長時間，但是因為經過防腐處理，眼球還算保持完整。指紋鑑定組從紙盒的內部也發現了半枚模糊的指紋，經過比對，和我們警局檔案中辭職的警長齊志強的指紋相吻合。可以確定，這個送眼球到我家門口的人就是齊志強。」

「我還在眼球上發現了石膏和油漆的成分，可以推斷出，在這之前的13年中，這對人類眼球一直是被精心保存在一個密閉的空間中的，並且用石膏包裹著，所以，才不會腐爛殆盡。」

童小川突然想起了什麼：「我記得前幾天，在體育館的展覽中心曾經發生過一起竊盜案，後來因為失竊物品被歸還了，盜搶組就沒有移交給我們。而失竊物品是一個雕像的頭像部分。」

章桐點點頭：「你說得沒錯，我當時就在現場。」

「但是我們不能只是因為懷疑就去搜查，這是沒有依據的，萬一不對

第十四章　完美的結局

的話，反而會打草驚蛇。」局長問，「那齊志強這麼做的動機是什麼？」

「我想他應該是向我們指明應該懷疑的對象吧。可是，我記得那個雕像頭顱部分後來被司徒敏，也就是那個雕塑家給當場砸毀了。所以說我們錯過了這個很好的機會。」章桐懊惱地說，「我記得歐陽景洪只承認了廢棄工地女屍凶殺案是他所為。所以我剛才又比對了東大案屍骨上的刀痕和廢棄工地上的女屍臉部的刀痕，兩者雖然都是由特殊的刀具產生，但是有著本質的不同，東大屍骨案中屍體上的刀痕要比另一個薄很多，所以，應該不是同一把刀造成的！」

「馬上派人找到齊志強，傳喚他。還有，現在看來，重點還要調查司徒敏。她應該還在我們市吧？」局長問。

「展會還沒有結束，她應該不會走的。」童小川回答道。

＊　＊　＊

司徒敏的家。

門鈴在八點鐘時響起。司徒敏正彎腰把碗碟裝進洗碗機，突然響起的門鈴聲讓她有點焦躁不安，她抓過一條毛巾擦了擦手，然後走到大門前。劉東偉正站在門外的臺階上，厚厚的風衣領子翻上來包住了他的耳朵。

司徒敏愣住了，她做夢都沒有想到劉東偉會主動突然出現在自己的面前。一時之間，她也不知道自己該說什麼才好。

「這麼冷的天，總可以讓我進去坐坐吧？」劉東偉小聲說。

司徒敏猶豫了一下，隨即把大門完全敞開，退後一步：「進來吧。」

劉東偉並沒有把自己的外套風衣脫下，他走進玄關，直到身後的大門被司徒敏輕輕關上，他依舊裹緊了風衣。

故事一　菊祭

　　司徒敏覺得劉東偉這麼做好像是在向自己表明，他並不會在這個曾經也屬於他的家裡停留太久。兩人默默地一前一後來到起居室的沙發上坐下。

　　「要喝點什麼嗎？」司徒敏問。面對眼前這個熟悉而又陌生的男人，她突然有些恨不起來了，畢竟離婚已經這麼多年。前段日子一見面就吵，但是現在看著燈光下劉東偉的臉，司徒敏內心深處最軟的一塊地方竟然被觸動了。

　　「隨便吧。」劉東偉努力在自己的臉上擠出一絲笑容。

　　司徒敏順手把茶几上的菸遞給了他：「你來找我做什麼？」

　　「沒什麼，就是順路過來看看妳，畢竟這麼多年過去了。」

　　「我有什麼好看的？」司徒敏一臉苦笑，「我們都離婚了，早就沒有任何瓜葛了。難不成你還惦記著我老爸給你留下些什麼值錢的東西？」

　　「妳放心吧，不屬於我的東西，我一點都不會拿。」劉東偉回答，「對了，妳的展會我去看了，非常棒！祝賀妳！」

　　「是嗎？你就別虛情假意了，我們結婚這麼多年，你從來都沒有對我的任何作品感興趣過，現在倒過來湊熱鬧。說吧，你到底是為什麼來的？你一向都是無事不登三寶殿的。」司徒敏言辭之間充滿了不屑。

　　「那尊『愛人』，我注意到妳並沒有把它列入出售的名單中。為什麼？能告訴我嗎？」

　　「我不想賣，僅此而已。」司徒敏沒有看劉東偉。

　　劉東偉靜靜地坐著。過了一會兒，他從風衣口袋裡取出一本日記本，遞給了司徒敏：「這是妳父親寫的日記。妳好好看看吧。」

第十四章　完美的結局

「日記？」司徒敏驚訝得瞪大了眼睛。

「他13年前去過安平。有關那段時間的日記，我都已經做出了標註，便於妳翻閱。對了，我忘了提醒妳，妳手裡的這本只是副本，正本我已經保存起來了。」

聽了這話，司徒敏的臉上不由得一陣紅一陣白。

「看完日記後，我希望妳能明白司徒老師的一番苦心，然後做出正確的選擇！」說著，劉東偉站起身，向起居室門外走去。

「你去哪裡？」

「洗手間。怎麼，怕我偷妳東西？」劉東偉哈哈一笑，推門走了出去。

這裡對於劉東偉來說非常熟悉，畢竟曾經是他的家。所以司徒敏也就沒有再多說什麼。

洗手間在一樓的盡頭，緊靠著洗手間的，就是司徒敏在家中的工作室。在剛才將了司徒敏一軍後，劉東偉知道極好面子的她不會馬上跟過來。於是他先走進洗手間，磨蹭了一兩分鐘後走了出來，見走廊上空無一人，就直接推門走進了司徒敏的工作室。

房間裡亮著一盞瓦數極低的燈，鵝黃色的燈光，使得周圍的一切都蒙上了一層淡淡的陰影。空氣中瀰漫著消毒水和石膏混合的味道，還夾雜著油漆味。他繞過房間地板上擺放得雜亂無章的工具，直接走到了正中那座一人多高的雕像前。雕像被一層天鵝絨布蓋了個嚴嚴實實。劉東偉伸手拉開天鵝絨布，眼前出現的是雕像的未成品，臉部還沒有做最後的修飾，只是初步成型。

劉東偉迅速從風衣外套口袋裡摸出一把鋒利的醫用骨穿刺針筒，然後看準了雕像的眼睛部位，用力扎了進去，由於外胚還沒有經過處理，所

故事一　菊祭

以，針筒很輕易地就穿透了雕像的眼部。劉東偉的心跳幾乎停止了，耳畔一片死寂。他深吸一口氣，然後單手抽動針筒尾部。

針筒尾部雖然移動艱難，但是它畢竟是在一點一點地向後挪動，劉東偉的心都涼了。雖然因為光線的緣故，他看不太清楚針筒中的東西，但是他知道，如果雕像的眼球是泥製的話，針筒絕對不會被抽動的。

「該死的傢伙！」劉東偉低聲地咒罵著。

事實證明，章桐的推測是正確的。劉東偉的心情糟糕透了。

＊　＊　＊

半夜，章桐在家工作，電話鈴聲響了起來，她還沒來得及接，來電者就把電話結束通話了。半小時後，電話又響了起來，章桐剛拿起話筒，才說了聲「喂」，線路又中斷了。

是誰？這半夜三更的，想找自己，卻又猶豫該不該說。這不像是騷擾電話。難道說打電話過來的是齊志強？章桐的思緒被徹底打亂了，她站起身，來到廚房，倒了一杯咖啡。

當她轉身繼續寫報告時，門鈴響了起來。章桐皺眉，迅速來到門口，右手抄起了門口角落裡的那根鐵棒。

她從貓眼看出去，是穿著黑色風衣的劉東偉。那些結束通話的電話，章桐心想，應該是他要確定章桐在家，很顯然他要當面和自己說話。

「請進吧。」劉東偉跟著章桐走進了房間，看到凌亂不堪的桌子：「這麼晚，還在工作啊。」

「我在寫一份報告。你找我有事嗎？」章桐給劉東偉倒了一杯咖啡。劉東偉則呆呆地坐在椅子上，雙手緊緊地握著盛滿咖啡的馬克杯，似乎想

第十四章　完美的結局

要從溫熱的咖啡中汲取足夠的能量。

「外面很冷。」

「都快兩點了，我不會問你怎麼知道我的住處的。你今晚找我有什麼事嗎？」章桐在劉東偉面前的沙發上坐了下來。

她注意到劉東偉左眼的下眼瞼在不停地跳動，眼神遲鈍，皮膚蒼白，看上去比那一次在海邊見到他時還要憔悴不堪。

「你沒事吧？」

「我開了三個小時的車，今晚，能讓我在妳這裡過夜嗎？」劉東偉頭也不抬地說，「我太累了，妳這裡是我唯一認識的，而且還亮著燈的地方。」

章桐想了想：「好吧，不過我這裡地方很小，你不介意睡沙發吧？」

劉東偉的臉上總算是露出了一點笑容：「睡沙發總比窩在車裡強多了。謝謝妳！」

章桐點點頭，站起身：「我去拿被子給你。」

＊　＊　＊

第二天一早，鬧鐘把章桐從睡夢中叫醒，她移動了一下發麻的手臂，身上蓋著的一件大衣瞬間掉落在了地板上。昨晚太累了，她就趴在桌子上睡著了。章桐回頭看了一眼沙發，上面已經空了，被子疊得整整齊齊堆放在一邊。

「劉東偉？」屋子裡靜悄悄的，章桐的目光落在了被子上面，那是一個鼓鼓的檔案袋，裡面好像裝著東西。

她一臉狐疑地伸手抓過檔案袋，袋子沒有封口。倒出來後，看著眼前

故事一　菊祭

的東西，章桐不由得愣住了。

一把醫用骨穿刺針筒被完好無損地放在塑膠袋裡，袋子裡的空氣還被小心翼翼地抽走了。還有，就是一張手寫的字條：「對於裡面的東西，妳知道該怎麼處理。」

章桐不由得長長出了一口氣。

＊　＊　＊

海邊，除了劉東偉，沒有別的人。夜色朦朧，周圍一片漆黑，最近的路燈都在百公尺開外。劉東偉蜷縮在椅子上，身邊擺著滿滿的啤酒。

他一口一口慢慢地喝著，已經記不清自己喝了有多長時間了。今晚不是很冷，風停了。在他身後不遠處，是自己租來的車。他不想在車裡喝酒，吹吹海風，或許能夠讓自己變得清醒一點。

下午的時候，章桐打來了電話，肯定了針筒中的液體正是人體眼球中的房水。雖然說透過提取DNA來確定該眼球主人的過程還很複雜，不是一時半會兒就能完成的，但是司徒敏涉案已是一個不爭的事實。

末了，章桐擔心地詢問劉東偉現在在哪裡。沒等章桐說完，劉東偉就默默地結束通話了電話。雖然說自己對司徒敏並沒有什麼感情，但是正如她所說，畢竟兩人結過婚。司徒老師也曾親自拜託自己照顧司徒敏。劉東偉心裡感到深深的自責。

「對不起，老師！其實我早就該發現了！但是我沒有阻止她，這是我的錯，是我的錯啊……」劉東偉喃喃自語，一仰頭，喝完了易開罐中的最後一點酒，他痛苦地閉上了雙眼。

海風在耳畔輕輕地吹著，劉東偉感覺不到一絲寒意，他雙手抱著頭，無聲地抽泣著。

第十四章　完美的結局

突然，腦後脖頸處傳來一陣輕微的刺痛。

因為酒精的緣故，劉東偉並沒有在意，這兩天自己都沒有休息好，肌肉反射刺痛也是很正常的。

他正要順手去摸，就在這個時候，可怕的一幕發生了，他感覺到頭暈目眩、四肢僵硬，手臂也似乎成了擺設，不管怎麼努力，他都沒有辦法抬起自己的手。

這絕對不是酒精的作用！劉東偉內心一陣慌亂，意識漸漸變得模糊。但是可怕的是，自己的聽覺卻變得越發靈敏了起來，他聽到自己的腦後傳來了輕輕的喘息聲。他沒辦法去辨別發出這聲音的是人類還是動物，只是他很奇怪，喘息聲是什麼時候開始的，為何它會突然間離自己這麼近？他感到喘息聲就在腦後，時有時無，斷斷續續。

他開始變得有些躁動不安，用盡全身的力氣試圖張大嘴巴，但呼吸困難。他的雙眼已經看不清了，眼前的海面，還有不遠處的燈塔，都消失得無影無蹤。他能看到的只是偶爾閃現的點點亮光罷了，即使如此，這亮光也是如此微弱不堪。

這時候，劉東偉才真切地感受到了本能的恐懼。他的呼吸越來越困難，嚴重的缺氧使得他的臉色變得發紫。

他想，絕對是中毒了，如果不是血液中酒精濃度升高的話，毒性不會發作得這麼快！

更為恐怖的一幕發生了，一條黑色的帶狀物突然從他的右手手腕處爬了上來，眼看著很快就要到達他的脖子了。劉東偉似乎聽到了「絲絲」的聲音。是蛇！

牠根本不應該出現在這裡的。可是，眼前的這條蛇，正在向自己步步

故事一　菊祭

緊逼，而裸露在外的頸動脈處，只要被牠咬上一口，後果將不堪設想！

劉東偉突然明白了，這蛇的主人，就是殺害自己恩師司徒安的兇手！他竭力掙扎著，試圖抬起左手，把這條正在自己身上盤旋而上的毒蛇給趕走。可是，他一點都動不了。

完了，難道自己就這麼完了？

就在這時，突然有一雙手在自己的眼前出現，耳畔傳來一聲怒吼，緊接著，「絲絲」的聲音消失了。劉東偉的脖子上傳來一陣刺痛，他感到有一種液體正在急速地滲入自己的血液中。而隨著這股液體的到來，他的呼吸也逐漸恢復了。

「這是蛇毒血清，就這麼點，你躺著別動，我可沒第二支救你。」說話的是章桐。

「我……」

「我叫你別動！」

章桐轉身，在她腳邊，司徒敏倒在地上。可是儘管如此，她的手中依然緊緊地抓著一塊大石頭，地下是被她猛砸成兩截的毒蛇。一盞應急燈被踢落到不遠處。章桐趕緊扶起司徒敏，讓她靠在自己懷裡：「妳怎麼樣了？警察和救護車馬上到。」在應急燈的光暈中，司徒敏的嘴唇已經變得發黑，她長長地出了口氣，張了張嘴，卻說不出任何話來。

章桐心裡一沉，順著司徒敏的右手看去，果然，那條瀕死的毒蛇狠狠地一口咬在了她的手腕上，只不過一會兒的工夫，她的半條手臂就已經發黑腫脹了起來。章桐急了，一把撕開司徒敏的衣服，不出她所料，黑線已經快要接近心臟的位置。「怎麼辦，怎麼辦……腎上腺素用完了，妳要挺住，馬上就到了！」章桐焦急地呼喊著。司徒敏搖搖頭，艱難地伸出左

第十四章　完美的結局

手,可是,手才伸到一半,就重重地落了下去,呼吸也隨即停止了。在她的臉上,是一抹淡淡的微笑。她伸手摸了摸司徒敏的脖子,已經摸不到脈搏的跳動了。

「不!」耳邊傳來一聲淒厲的呼喊,一個黑影發了瘋一般向章桐衝了過來,怒吼道,「妳還我女兒!」章桐的心劇烈地跳動著,她輕輕放下司徒敏的屍體,然後站起身,憤怒地看著失去理智的丁美娟,腦子裡轟隆作響。

就在這個時候,又是一個黑影從反方向衝向丁美娟,兩人接觸的剎那,黑影揮動了一下自己的右手臂,丁美娟頹然倒地,在地上抽搐著,很快就不動了。

事情的突變讓章桐腦子裡一片空白,她剛想開口,那黑影轉過身來,看著章桐。刺耳的警笛聲由遠至近,但是這個黑影沒有離開,他反手從自己的口袋裡摸出了一副手銬,銬上自己後,來到章桐跟前,把兩把手銬鑰匙和帶血的匕首都遞給了她,淡淡地說道:「我累了,帶我走吧,我向你們投案自首。」

* * *

應急燈光下,齊志強的臉顯得格外憔悴,卻又異常平靜。似乎對他來說,這才是一個最完美的結局。

章桐走上前,在丁美娟的身邊蹲下,想伸手去查看丁美娟的傷勢。齊志強冷冷地說:「不用費心了,她已經死了,因為我刺穿了她的肺動脈,現在誰都救不了她了!」

章桐愣住了,她無力地跌坐在地面上。

案子結束了,章桐心中卻有很多疑問沒有答案。

故事一　菊祭

齊志強對章桐的到來一點都不感到奇怪，相反，他只是微微點頭，算是打過了招呼，然後就閉上了雙眼，神情疲憊，似乎不願意再說一個字。

「老齊，按輩分來說，我應該叫你一聲前輩，因為你比我更早加入警局。記得宣誓的時候，你還曾經對我們訓過話。」章桐在他面前坐了下來，「我今天之所以來送你，一方面是對你的敬意，另一方面，我很想知道你為什麼要這麼做？難道真的只是因為對歐陽景洪的一句承諾？」

齊志強睜開眼，看著章桐，笑了：「我不是聖人，所以，大公無私也是不可能的。」

「那到底是為什麼？」

「我女兒，小麗，還記得嗎？」齊志強的目光直視著章桐。

章桐遺憾地搖搖頭：「印象不是很深了。」

「是啊，她已經瘋了這麼多年了，怎麼還會有人記得呢。」齊志強輕輕地嘆了口氣，「小麗和歐陽的孩子青青是好朋友。我家小麗呢，性格很像她媽媽，非常膽小怕事，而歐陽的孩子正好相反，所以兩人關係從小學時候開始就很不錯。後來，小麗和青青都想考藝術類院校，在考試前，就一起參加了培訓班。出事那天，青青先走的，我家小麗等了半天都沒見她回來，就去找她。至於她看到了什麼，我不知道，反正那天晚上回來後，小麗就徹底變了，胡言亂語，瘋了一樣，也認不出我和她媽媽了。沒辦法，我把她送到醫院，結果被診斷出是頑固性精神分裂。因為她的無意識行為已經嚴重傷害到了周圍人的人身安全，我沒有辦法，只能把她送到精神病康復中心去。沒想到的是，這一送，就是整整12年的時間啊！」

「小麗是怎麼死的？」

「跳樓，趁管理人員不注意，溜到天臺，跳了下去。我事後才知道的。

第十四章　完美的結局

院方怕承擔責任，隱瞞了所有在她房間裡發現的東西。我後來看到了相片，她在房間的牆上畫滿了眼睛。」

「天吶！」章桐突然意識到了什麼，心裡一陣悲涼。

齊志強繼續說：「我知道妳會來，其實我一直在等妳。」

「為什麼要等我？」

「13年前，歐陽青的案子妳是經手者之一，也是唯一一個還在職的法醫。歐陽把盒子寄給妳，就是想引起妳的警覺，讓妳出面要求重啟那個案子。不過，他犯了兩個致命的錯誤。第一，不該濫殺無辜。第二，不該在死者的眼中填上沙子。」齊志強苦笑，「現在他已經為自己的所作所為付出了代價。」

「你難道不也是嗎？」章桐忍不住反問，「你能告訴我，你到底是怎麼發現丁美娟才是真正的凶手的？」

「其實應該說是歐陽發現的，我只不過是請了個人一直跟著他而已。他注意到了海報，我跟著他發現的線索去了S市，我查了所有司徒敏名下的房產，後來在她家後院發現了一個小屋，我在小屋外蹲守了很長時間，拿到了足夠的證據。那瘋子就是在那裡殺人的！屍體也被埋在了小屋外的空地上。」

「那你為什麼不報案？你不應該殺了丁美娟！應該讓法律來對她做出嚴懲！」

齊志強的臉上露出了不屑的神情：「我幹嘛向你們報案？那女人聰明得很，所以，我要自己來處理這件事，你明白嗎，章醫生？每個人的內心深處都有一個魔鬼，是好人還是壞人，只取決於妳什麼時候把魔鬼放出來罷了。」

故事一　菊祭

　　章桐啞口無言。

　　臨走的時候，齊志強突然問：「那些在小屋外面的坑裡發現的屍體，都找到她們的親人了嗎？」

　　「謝謝你，都找到了。」章桐淡淡地說。

　　「那我就放心了，這下我終於可以放心了。」齊志強喃喃自語。

　　章桐無奈地嘆了口氣。她拍了拍門，看守的警員便把門打開，讓她出去了。

　　鐵門在她身後被重重地關上了。

＊　＊　＊

　　劉東偉要走了，他是特地到警局來和章桐告別的。和來的時候一樣，他沒有行李，只有一個隨身的挎包。住了兩天醫院，本就瘦弱憔悴的他看起來更加弱不禁風，臉色非常差，不過和海邊的時候比起來，還是要好多了。畢竟撿回來了一條命。

　　章桐和劉東偉一起站在警局外的花壇邊上，陽光溫暖宜人，街上的車輛忙忙碌碌地穿梭著，行人也漸漸多了起來。

　　「謝謝妳及時趕到救了我。」劉東偉說，「如果沒有那支血清，說不定我就這麼稀裡糊塗地被蛇咬死了。」

　　「蛇毒是可以解的，只要足夠快打下血清就行，但是那玩意兒太難找了，就一支，我求了好幾個地方才拿到，也是你命大。」

　　劉東偉皺眉：「話說回來，這天這麼冷，蛇應該在冬眠才對，怎麼會出來咬人？」

　　「寵物蛇除外，」章桐回答，「因為寵物蛇和我們人類生活在一起，所

第十四章　完美的結局

以生活規律被打亂了,只要主人有心,可以讓蛇一年四季都不冬眠。專案組在搜查丁美娟的住所時,發現了好幾個裝有毒蛇的瓶罐,在她的電腦中,也查到了有關毒蛇毒液提取物對手部神經恢復的介紹。我想,丁美娟看到你在她女兒工作室裡抽取眼房水了。她就像殺了你的老師一樣想再次製造一個『意外』。」她轉頭看著劉東偉,「我希望你不要再恨司徒敏,她雖然是一個性格倔強的女人,但是她的心不壞,更主要的是,這次應該說是她救了你。」

「她為什麼要這麼做?」劉東偉輕輕嘆了口氣,「還要搭上自己的性命!這太不值得了。」

「一個女人只有為自己所愛的人,她才會這麼做啊。司徒敏依然深深地愛著你,你真的看不出來?你們從小一起長大,青梅竹馬,如果說你結婚,是因為老師的囑託,而司徒敏應該是愛吧。如果司徒敏不愛你的話,以她那樣的個性,會願意用自己的幸福來做賭注嗎?」

「如果說司徒敏是知情者的話,丁美娟為什麼要這麼做?人命關天,她為什麼要濫殺無辜?難道說只是為了對方的眼珠?」劉東偉問,他搖搖頭,「我始終都沒有想到凶手竟然是她!」

「丁美娟是一個藝術家,我聽專案組的人說,如果不是因為手意外受傷,她不會那麼默默無聞地過日子。藝術家的手不亞於外科手術醫生的手,她再也做不出成功的雕塑了,所以就把所有希望都寄託在了女兒司徒敏的身上,而對於一個人像雕塑家來說,最難刻劃的就是人類的眼睛了,走投無路的她就選擇了殘害無辜。這些都是專案組的人在搜查司徒敏家中時發現的,其中查到了丁美娟的一份自白書,而和她的自白書放在一起的是一本日記的影本。我想,那是你給司徒敏的,對嗎?」

故事一　菊祭

　　劉東偉點點頭：「是她父親的日記，我後來才明白，其實司徒老師一直在誤解司徒敏，以為司徒敏就是凶手。而他的根據，就是在一次展覽中，他看到了司徒敏的處女作〈愛人〉。因為他是物理老師，所以很容易就看出了真假眼球之間的區別。他無意中在報紙上看到了這邊的案子，而死者的相片，和他女兒的雕塑竟然如此相似。司徒老師為此做了多方面的調查，他在日記中提到了司徒敏因為丁美娟經常要來這邊講課，所以，也會跟著來，而死者生前曾經參加過的培訓班，任課老師之一就是當時頗有名氣的丁美娟。司徒老師知道那座雕塑出自自己女兒之手，所以，自然而然就懷疑到了司徒敏就是凶手。我把那本記錄了老師內心掙扎的日記留給司徒敏，就是想讓她明白，自己父親的苦衷。」

　　「我知道你懷疑過司徒敏，那你後來又是怎麼判斷出她不是真正殺害李丹的凶手？」

　　劉東偉不由得苦笑道：「她不可能對李丹下手，李丹救過她的命，如果不是李丹，她早就在國中的那次宿舍火災中喪命了。你說，司徒敏脾氣再古怪，又怎麼可能對自己的救命恩人下手？而且還那麼狠！妳說過凶手很有可能是女性，而李丹母親跟我提起過，李丹去東大交流學習後，司徒敏的母親曾經去她家裡詢問過李丹的聯絡方式。至於說李丹為何會被丁美娟殺死，我想只有一個解釋，那就是，李丹和司徒老師一樣都看出了雕像眼睛的祕密。」

　　章桐點點頭：「我記得童隊曾經跟我說過，東大的老清潔工一再提到李丹在失蹤前一直唸叨著終於下定決心要去做某件事了，我想，很有可能就是李丹要把真相告訴警察。李丹是醫學院的高材生，凶手的把戲瞞不過她的。」

第十四章　完美的結局

「是啊,不過現在人都死了,死無對證,我想,這一回真的算是把真相帶入地底下了。」劉東偉長長地嘆了口氣,他從隨身帶著的挎包裡拿出一封信遞給了章桐。

「這是什麼?」章桐不明白劉東偉的用意。

「妳看看吧。其實,我早就該把這封信給妳看了,只不過我猶豫了很長時間。我今天就要離開了,以後可能再也不會回來。我不想留下遺憾。」劉東偉微笑著說。

姍姍來遲的計程車在兩人身邊停下,劉東偉打開車門,鑽了進去,他突然想到了什麼,拉開車窗,對章桐說:「章醫生,我還忘了給妳一樣東西。」說著,他把一張相片交給了章桐,然後揮揮手。計程車在溫暖的陽光中揚長而去。

章桐低頭看著手中的相片,相片中的背景是秋天,漫山的紅葉,她很快就認出了左邊站著的劉東偉,相片中的他一身警服,笑容中帶著些許靦腆。他身邊的另一位是他的弟弟劉春曉,一身檢察官制服,兄弟倆互相摟著肩膀,在鏡頭前笑得很開心。

劉東偉胸前的警號屬於國安。章桐心中的疑慮瞬間消失了。

手中的信封薄薄的,裡面似乎只有一張信紙。她本想拿著信去辦公室看,可是轉念一想,就地打開了信封,抽出信紙,站在花壇邊看了起來。

信是劉春曉寫給他哥哥劉東偉的。

哥:

見信安好!

國安的工作還順利嗎?很久都沒有你的消息了。希望你看到信後回封信給我,報個平安。我知道你不方便接電話,所以我能夠理解。

故事一　菊祭

　　哥，我今天寫信給你，是想告訴你一個好消息。我愛上了一個女孩，或許應該說，我早就愛上了她，但是，我一直不好意思說出口，我也怕傷害了她。對了，她的名字叫章桐，是我國中時的同班同學，是個非常堅強的女孩，長得也很漂亮，她是個睿智的女孩。

　　哥，你一直跟我說，如果愛上一個人的話，一定要告訴她，讓她知道我對她的愛。這樣，以後無論發生什麼，才不會後悔。所以我想好了，這週，等她出差回來，我一定要向她表白，告訴她，我愛她，我會給她一個家！

　　哥，等我好消息吧。

弟春曉
2012 年 5 月 7 日

　　章桐的眼淚瞬間奪眶而出。

　　她仰起頭，遠處，飛機在雲中穿梭，在天空中留下了一條長長的尾巴。

故事二
霓裳羽衣

　　垂下的雙手像柳絲那樣嬌美無力，舞裙隨風飄起時彷彿白雲浮動，那時的她美極了！

故事二　霓裳羽衣

楔子

剛下過雨的老城區，空氣溼漉漉的。

「刺啦——」火柴燃起，火光迅速被吹滅。

王伯慢條斯理地點著了一支香菸，白色的煙霧瞬間在空氣中瀰漫開來。他懶懶地吸了一口，辛辣的菸味就猶如久別的老朋友一般，讓這個已是花甲之年的老頭不由自主地陶醉其中。他把菸圈隨意地含在口中玩味著，深呼一口氣，然後得意地看著那吐出的菸圈在夜空中飛舞。

他喜歡這樣悠閒自在的日子。

遠處，巷子的盡頭傳來了一兩聲狗吠。老頭伸了個懶腰，蹲在門前屋簷下，嘴裡叼著香菸，雙臂隨意搭在膝蓋上，愜意地看著香菸緩緩燃盡，菸灰因夜風的飄動而四處翻飛。

王伯抽了大半輩子的菸，他的生活中不能沒有香菸。雖然日子過得並不富裕，每次上巷子口的菜市場買菜，為了幾毛錢的差價還會和對方爭個面紅耳赤，但是回頭在便利店裡買菸的時候，王伯卻豪氣得很。脾氣溫順的老伴為了這事和他吵過不知多少次了，甚至拿著醫院的體檢單對他下了最後通牒，卻總是收效甚微。

於是，每晚臨睡前，王伯還是會蹲在門前的屋簷下，一邊抽菸，一邊瞇縫著雙眼看著眼前昏暗的街道。這個習慣，雷打不動。

王伯的家並不大，雖然處於市中心，但屬於老式的平房區。周圍的建築幾乎都是木頭做的老屋，一戶緊靠著一戶，老舊的電線在房屋之間縱橫

楔子

交錯，猶如一張毫無規則的蜘蛛網，牢牢地覆蓋在這昏暗低矮的平房區上空，最矮的地方，行人一伸手就能觸碰到電線。

最近，因為城市改建，平房區裡的住戶越來越少，大多都已經搬走，很多房屋就空置著。儘管如此，依舊有一些像王伯這樣的老年人，因為貪圖出入方便，而不顧周圍的環境，選擇在這裡繼續居住下去。

老頭很固執，人老了，也就不想再做任何改變了。

淡黃色的老座鐘發出了「滴答滴答」有節奏的聲響，除此之外，屋子裡靜悄悄的，屋外不知何時下起了淅淅瀝瀝的小雨，老伴蜷縮在沙發裡昏昏欲睡，編織了一半的毛衣被隨意地搭在沙發扶手上。

突然，老伴被驚醒了，還沒等她弄清楚到底發生了什麼事的時候，屋外就傳來了王伯的驚叫聲：「著火啦！快來救火啊！」

這可開不得玩笑，周圍都是木頭房子，要是一把火燒起來的話，後果簡直不堪設想。

聽到這聲音後，老伴急了，她第一個想到的就是老頭的安危。剛站起身，王伯就推門跑了進來，也顧不得在門邊換鞋了，一把抓起窗臺上的電話，顫抖著雙手，撥通了火警電話：「我這是老鴨塘37號，快來吧，我對面的房子著火了⋯⋯沒錯，著火了，我都看見冒煙了⋯⋯被困人員？我哪裡知道⋯⋯」老頭急得衝著話筒直嚷嚷。

「真的著火了？」等王伯把電話掛上後，老伴在一邊怯怯地問了句。

老頭一瞪眼：「這玩笑能亂開嗎？」

窗外，隔著一條街，對面平房緊閉著的木門底下，冒出的濃煙越來越多，隱約已經看見火苗四處亂竄⋯⋯

故事二　霓裳羽衣

　　　　　　　　　＊　＊　＊

　　十多分鐘後，消防局的車輛終於出現在了巷子口。可是，因為巷子空間過於狹窄，說是街面，其實僅能容兩人並排通過。所以當火勢終於控制住時，整座老屋已被燒得幾乎只剩下空架子了。歪歪扭扭的橫梁就像一個垂死掙扎的老人，左右搖擺著，最後，因為不堪重負而轟然倒地。

　　警戒線外，被疏散的王伯一臉沮喪地瞅著身邊的老伴，雖然自家的老屋沒有因為火勢的蔓延而遭殃，但總是感到惴惴不安。「家裡是萬萬不能住了，要不我們今晚去女兒家吧？」老太太小心翼翼地嘀咕了一句。

　　正在這時，一個略微年長的消防員在和身邊兩個同事低語幾句後，就向王伯站著的地方走了過來。他左手拿著筆記本，右手抓著一支原子筆，一臉嚴肅地對王伯說：「老人家，請問，這個報警電話是你打的嗎？」

　　老頭茫然，隨即點頭。他記得很清楚，剛才自己已經告訴了一個消防員說那個報警電話是自己打的。

　　「那你發現起火的時候，有看到對面屋子裡還有被困人員嗎？」問題一個接著一個。老頭搖搖頭，開始感到莫名的煩躁。

　　「那著火的這家以前是做什麼用的？是住家嗎？」年長的消防員不停地做著筆錄。

　　「不是住宅，是倉庫！」這一點，老太太是最清楚的，「我和那房東很熟，是麻將搭子（泛指經常在一起打麻將的人）。上次在巷子口的棋牌館打麻將的時候，她說起過，這兩間老屋租給了一個外地人當倉庫了，每個月房租都有一千來塊，對方還一口氣付了一年的房租呢……」

　　年長的消防員似乎對這老屋多少錢租金並不感興趣。他剛要開口問下一個問題，同樣穿著消防員制服的另一個同伴小跑來到他跟前，湊到耳邊

低語了幾句後，他的臉色頓時變了。他點頭示意，便不再搭理面前的王伯和他老伴。隨即一邊向後走，一邊用抓著原子筆的右手迅速打開了肩頭的步話機，對總檯呼叫了起來：「總機，總機，我是 03 號，程序碼 22，請立刻通知警局。」

王伯和老伴當然不明白這個所謂的「程序碼 22」是什麼意思，直到本就擁擠不堪的火災現場又出現了好幾個穿著制服的警察的時候，他們這才意識到肯定是出大事了。

程序碼 22，意思很簡單 —— 火災現場發現了屍體，並且死因可疑。

故事二　霓裳羽衣

第一章　選擇

　　巷子口停了很多車，章桐很輕易地就找到了笨重而又顯眼的法醫現場勘察車。她熟門熟路地摸出鑰匙，打開後備廂的門，鑽進去，俐落地換上連體工作服，然後拿著工具箱跳下了車，順手把工作證別在胸口。

　　「章醫生，妳換衣服的速度可真夠快的。」童小川一邊說一邊快步走進前面的小巷子，章桐緊跟在他身後。在拐進巷子口的那一刻，她抬頭看了一眼轉角處巷子口鏽跡斑斑的標識牌──老鴨塘。

　　她深一腳淺一腳地鑽過漆黑的巷子，路上時不時地會和身穿消防工作服的人擦肩而過。案發地點離巷子口足足有兩百多公尺遠。由於火災把電線燒短路了，巷子裡幾乎伸手不見五指，章桐不得不打起強光手電筒來照明，以免被地上縱橫交錯的消防水帶絆倒。

　　為數不多的居民聚集在案發現場警戒隔離帶的周圍，七嘴八舌，議論紛紛。消防局的工作人員已經開始收拾那長長的水帶。章桐彎腰向一個正蹲在地上整理水帶的年輕消防員詢問情況，消防員伸手指了指身後：「你們的人都在那裡。」

　　「哦，謝謝！」她剛要離開。年輕消防員卻是一副欲言又止的神情。

　　「還有事嗎？」章桐問。

　　「妳是法醫吧？」他站起身，「三具屍體，三具！」

　　年輕消防員輕聲說著，同時伸出了三根手指，神情落寞地搖了搖頭：「現場太慘了！」

第一章　選擇

　　章桐沒有說話，只是輕輕點點頭，表示理解，接著就繼續向案發現場的方向走去。對於年輕消防員的苦悶，她做不了任何言辭上的安慰，消防員不像法醫，並不是每個現場都會見到死屍。即使是她自己，也是在工作了很長一段時間後，才慢慢能夠面對這些慘狀。

　　輪訓回來第一天上班的小潘也是剛到沒多久，他正彎腰往腳上套鞋套。他的身邊放著一個黑色的大背包，裡面是裝屍袋。

　　「裡面的屍體沒有被移動得太厲害吧？」章桐問。

　　「沒有，他們一發現就通知我們了，沒有人為移動過。」童小川肯定地回答，「自從上次開會通知後，現在的消防員比我們都要專業了！」章桐點點頭，拽著工具箱就鑽進了案發現場。小潘背著黑色大背包，胸前掛著相機，緊跟在她身後。

　　關於凶案現場有個不成文的規定，只要有屍體存在，其他警種，無論你的職務有多高，都必須守在外圍。屍體是萬萬不能動的，只有等法醫忙完後，把屍體抬走了，他們才會被允許進入現場進行下一步的工作。童小川當然知道這個規矩。

　　「老李，章醫生的身材那麼矮小，是怎麼拖得動那麼重的箱子的？」童小川蹲在臺階上皺著眉說道。

　　老李一邊把筆記本塞進口袋，一邊瞥了他一眼：「信不信，老大，就連你這身板她都拖得動，那幾十斤又算得了什麼？」童小川一臉的難以置信。他站起身，向不遠處正站在自家老屋門前發呆的王伯走去。

　　因火災造成的損失，一半歸咎於大火，而另一半必須歸咎於救火時的消防員。因為消防員的首要目的，是滅火和救人，他們不可能在那樣的形勢下，還考慮保護案發現場的財產。看著眼前的斷壁殘垣，還有滿地狼

故事二　霓裳羽衣

藉，章桐和小潘面面相覷，無奈地搖了搖頭。

空中飄著細雨，雖然說和救火時壓力強大的水柱相比，這雨勢已經算是無足輕重的了。可是細雨仍然是個很大的問題，它往往會把屍體表面為數不多的證據洗刷得乾乾淨淨。

可是這又能怎麼辦？猛烈的火勢早就把天花板燒得精光，整個案發現場就像一個掀開了蓋子的破罐子，任憑雨水肆無忌憚地沖刷著。

藉助身後應急燈的光照，章桐勉強判斷出房屋的結構是裡外兩進，外間沒有多少因火災產生的垃圾，除了幾個燒得早就辨別不出原來模樣的鐵架子，一無他物。

裡間卻不一樣了。在仔細檢查過外間後，兩人跨過疑似門檻的物體，拐進了裡屋。門，早就不見了蹤影，只剩下一個空空的門架子。屋裡四處都是黑乎乎的莫名物體，胡亂在牆角堆放著。站在門框邊，章桐伸手摸了一把，然後把手放在手電筒光底下，手指互相摩擦了一下，可以分辨出是被燒焦的人造纖維物質。很顯然，火災之前這個房間裡肯定保存了大量的類似於布料的易燃物。

「這裡發生火災前是倉庫嗎？」章桐隨口問了句。

小潘沒有回答，而是說：「章醫生，我想，我看見屍體了！」

順著手電筒光看過去，靠近牆角的地方，隔著層層雨霧，章桐一眼就認出了：那是包裹著肌纖維組織的人類顱骨，沒有頭髮。或許是過火面積太大，顱面部位的肌纖維組織已經呈焦炭狀，有些地方甚至在雨水的沖刷下露出了顱骨。屍體眼睛上的覆蓋組織早就蕩然無存，死者的眼球在手電筒光的照射下呈現出怪異的慘白。死者的眼眶直勾勾地正對著前方，上下顎骨因為神經遇熱收縮，使得死者的面部露出了猙獰的笑容。隨著手電筒

第一章　選擇

光向下移動，屍體的其餘部位也一併映入眼簾，屍身漆黑一片，猶如孩童一般蜷縮在未被燒毀的牆角。越靠近屍體，腥味就越重，鼻腔中充滿了燒焦的人肉和人體排洩物相混合的味道。

這還不是唯一的屍體。目光所及之處，屋子中央黑乎乎的莫名物體中間，另外兩具屍體平躺著，手腳卻並沒有呈現出蜷曲狀。「不對啊……」手電筒光在三具屍體之間來回移動，章桐越發感到疑惑不解。

「怎麼了，章醫生？」小潘一邊拿出防水相機，一邊伸手抹了把臉上的雨水，「妳發現什麼了嗎？」

「你看，這具坐著的屍體，靠著牆，蜷縮著，而另外兩具屍體，離它足足有兩公尺遠，平躺著。這與同一空間之內火災受害者的一般情況是有出入的。按照人的本能來說，火災發生時，都會找地方躲避，但是這兩具屍體卻沒有，面向火焰，它們躺在這個房間正中央，身下全是易燃物。我們都知道這個位置是最容易被火燒著的，所以很顯然，火災時這兩個死者並沒有選擇躲避。什麼樣的人面對大火會不躲避呢？」

「死人！」

「沒錯。再加上消防員救火的時候，高壓水槍的壓力也絕對不會把這兩具屍體推得離那具靠牆的屍體這麼遠。而最重要的是，潘，你注意到了嗎？這兩具屍體所擺放的位置太整齊了，一點都不像是火災現場的死者！」章桐蹲下，就著強光手電筒，仔細查看著面前平躺著的兩具屍體，「而且屍體沒有呈現出蜷曲狀，這就只有一個解釋：在火燒起來時，屍僵就已經開始了！」

「你懷疑是凶殺案？」小潘問。

「目前還沒辦法確定，但是有一點是很明顯的。」說著，章桐伸手指了

故事二　霓裳羽衣

　　指正中央並排躺著的兩具屍體,「他們在火災發生前就已經死了!」

　　濛濛細雨中,手電光下,牆角蜷縮著的死者臉上的笑容變得越發詭異。

第二章　鬼影

第二章　鬼影

　　相對於火焰的灼熱，解剖室中是刺骨的冰冷。

　　「啪！」開關打開，房間裡瞬間變得明亮而又刺眼。

　　章桐伸手從牆上拿下一件一次性手術服穿上，又依次戴上了乳膠手套。屍檢需要的工具盤早就準備好，放在不鏽鋼解剖臺的邊上，一伸手就能拿到，各式各樣的標本提取器皿整整齊齊地排列著，一塵不染。空氣中瀰漫著熟悉的來蘇水的味道。對這些，章桐的心裡是很滿意的。今年新來的實習生是個很懂事的小女生，叫蘇茜，話不多，做事非常認真。

　　今晚肯定要通宵加班了。三具屍體，消防局和專案組都在等著屍檢報告，他們可不會因為現在是午夜，就容許法醫等到明天早上 8 點上班後再開始工作。

　　身後傳來了「吱吱嘎嘎」的活動門打開的聲音。儘管隔著一道解剖室的鋼化玻璃門，活動門鉸鏈轉動的聲音卻依舊是那麼刺耳。緊接著，熟悉的倒車聲響起。很快，那裝著三具屍體的運屍袋就被小潘和其他幾個值班人員一起抬進了解剖室。

　　「嘭」的一聲，輪床重重地把解剖室的門撞開，渾身幾乎溼透的小潘和童小川一前一後推著輪床衝了進來。章桐幫著把三個運屍袋分別放在了三個解剖臺上，頭也不抬地打趣道：「童隊，怎麼今天有閒工夫跑我這裡打工來了？」

　　童小川伸手抹了一把額頭上的雨水，沒好氣地指了指小潘：「你以為

故事二　霓裳羽衣

我願意這樣做嗎，你們法醫處也太缺少人手了，值班人員的年齡都可以當我的爺爺了，你這個寶貝徒弟比猴子還瘦，跟個竹竿子一樣，三個袋子那麼沉，我不幫忙誰幫忙？」

沒等章桐開口，童小川就擺擺手，頭也不回地走出了解剖室，隔著門，遠遠地拋下一句：「我先去洗澡，吃點東西，等等來找你們要報告！」看著自己的頂頭上司一臉的無奈，小潘嘿嘿一笑：「其實童隊這人還挺不錯的，就是嘴巴賤了點！」

「別廢話了，快換衣服工作吧。」章桐瞥了一眼牆上的掛鐘，時針指向了凌晨1點半。

童小川比章桐預計的時間要來得晚，當他端著三杯熱氣騰騰的咖啡衝進解剖室的時候，三具從火災現場帶回來的屍體已經被蓋上了白布，小潘正在做著最後的清理工作。

「死因是什麼？火災嗎？」童小川一邊把咖啡遞給章桐，一邊問道。

章桐搖搖頭：「嚴格意義上，只能說一半是。」

「一半？」

「沒錯。」章桐走到最中間的那具屍體旁，伸手拉開白布。

陡然出現在眼前的那張扭曲變形的漆黑的臉讓童小川下意識地把目光移開了。

「三個死者都是女性，年齡不會超過30歲，沒有生育史。這具屍體被我們發現的時候，靠牆而坐，軀體蜷縮，雙手護著頭，這符合火災致死人員的表象，簡單地說，她是在用雙手做著最後的抵抗。一般火災致死，無非三種情況：其一，濃煙導致的窒息；其二，有害氣體的損害；其三，因大面積燒傷導致的機體休克。而在她的咽喉部位，我們找到了菸灰的痕

第二章　鬼影

跡。在她的血液中，我們也提取到了超過一定濃度的一氧化碳。所以，她是死於火災。」

「那另外兩具屍體呢？」童小川神色凝重。

「火災前就死了。死因暫時無法判斷。雖然屍體幾乎炭化，但是在解剖過程中，我並沒有發現足夠的證據能夠證實大火燃起時，死者還有生命跡象。」臨了，她又補充了一句，「她們的呼吸道，包括肺部，都太乾淨了。更主要的是，死者的四肢拳擊狀不會太明顯，顯然死前就產生了屍僵，屍體體表也並無水泡和紅斑出現。而那一具，這些特徵非常明顯。」

「難道這個被火燒死的死者有可能就是我們要找的犯罪嫌疑人？不然的話，她為什麼會和其他兩個死者在一個房間裡？是不是起火的時候，因為無法控制火勢，所以就沒有逃出去？」

章桐搖搖頭：「你的想像力真豐富，但我覺得她不可能是犯罪嫌疑人。她應該也是受害者之一！」

「為什麼？」

「因為我在她的肝臟中提取出了去甲氯胺酮，這是一種藥用麻醉劑氯胺酮的特有代謝產物。而氯胺酮又稱 K 粉，起效非常快，能夠使人很快進入一種淺鎮靜的狀態。」

「淺鎮靜？」

「這是相對於深度鎮靜來說的，表現在人體上，就是一種意識清醒，但是沒辦法動彈，喪失語言功能和部分視覺功能，身體各個部位趨向於僵化。如果超過一定劑量的話，還有可能會產生幻覺。」

童小川想了想，說：「我記得在現場的時候，聽老李說過，報案人一再聲稱火勢起來時，並沒有聽到屋內有任何動靜，也沒有絲毫求救的跡

故事二　霓裳羽衣

象。現在看來，死者應該是被注射了麻醉劑的緣故，所以沒辦法出聲求救。」

　　章桐點點頭，伸手端起咖啡：「而死者之所以會蜷縮在牆角，有兩種可能：第一，體內的麻醉劑已經進入了半衰期，她有了一定的意識。人體不同，所需要的麻醉劑藥量也不同，有些人甚至會產生排斥，可能是凶手沒有掌握好。第二，那就是人的本能了。在那種情況下，我們體內的腎上腺素足夠讓我們做出平時根本沒辦法完成的動作。而另外兩個死者，就沒有這麼幸運了。」

　　「我知道，死人不會反抗。」童小川幽幽地說了句。

　　「不只是因為這些，別的我還在等小九那邊的檢驗。對了，謝謝你的咖啡！」章桐疲憊地笑了笑，「我現在正需要咖啡因的刺激。」

　　「那屍檢報告現在能給我了嗎？」

　　「還不行。」章桐一邊低頭喝著咖啡，一邊在工作台邊坐了下來。

　　「還不行？難道妳還有疑問沒有解開？」

　　「是的。」章桐放下咖啡杯，重新走回解剖臺邊，拿出手套戴上，拉開蓋在屍體上的白布，「除了我剛才說的那些以外，還有，就是這個——皮膚！」

　　「妳什麼意思？」童小川一頭霧水，「火災現場的死者不都是這個樣嗎？最先被破壞的就是皮膚，不是嗎？」

　　章桐輕輕嘆了口氣：「你說得沒錯，可是這具靠在牆角的屍體，因為後背緊貼著牆壁，所以並沒有被火燒到。我們發現她的時候，她就一直保持坐著的姿勢，死死地靠著牆壁，而她背後被牆壁擋住的那塊，也沒有過火的跡象。但是，你注意看。」

第二章　鬼影

　　說著，章桐用目光示意小潘和她一起把屍體的上半身側轉過來，好讓童小川能夠看清楚死者的後背。

　　眼前的景象讓童小川目瞪口呆，經過前期的清洗處理，死者的後背就像在一個高速飛轉的齒輪上摩擦過一樣，雖然早就沒有了血跡，但是傷痕累累，根本就沒有一塊完整的地方。

　　「怎麼會這樣？什麼東西造成的？」

　　章桐並沒有直接回答他的問題，直接走到另外兩具屍體旁邊，相繼拉開了蓋在屍體身上的白布：「這兩具，雖然說過火面積比較大，但是後背，也就是接觸地面的地方，也呈現出了同樣的傷口，都是利器造成的。我還分別檢查了死者其餘損毀不是很嚴重的部位，結果是一樣的，死者身上後背的部分皮膚沒有了，被乾淨俐落地從身體上剝離。」

　　看了看手中的咖啡，童小川突然沒有了興趣，他把咖啡杯放回工作台上，轉身面對著章桐：「她們的皮膚？凶手為什麼要剝走她們後背的皮膚？」

　　「我不知道，我現在正在等毒化檢驗結果，從體表採集到的樣本剛被送到實驗室那裡，不到早上6點，結果是出不來的。」章桐咕噥了一句，「所以呢，你別催我，因為機器不是人，不能隨意加快速度。我看，你還是老老實實地回自己辦公室裡待著去吧，等顱面成像結果出來後，我保證你是第一個拿到復原圖的！」

　　「好吧，我等妳消息。」童小川笑笑，轉身離開了。

　　剛回到辦公室，還沒等坐下，老李就出現在了童小川的面前。他一臉的不高興：「老大，我打你手機都不接！」

　　「我在底樓呢，剛才洗澡忘帶了。」

故事二　霓裳羽衣

「你是在章醫生那邊吧？」老李嘀咕，「快走吧，上頭都找我們老半天了！」

童小川連忙關上抽屜，起身跟在老李身後向電梯口走去。

「張局已經知道這是凶殺案了，我接到通知，今天半夜3點，老鴨塘失火案就正式被移交到我們專案組這邊處理了。」老李說道。

童小川腦海中再一次響起了章桐的話：「……我還分別檢查了死者其餘損毀不是很嚴重的部位，結果是一樣的，死者身上後背的部分皮膚沒有了，被乾淨俐落地從身體上剝離……這三個死者都是女性，年齡不會超過30歲，沒有生育史……」他心中突然有了一種不好的感覺。

＊　＊　＊

清晨，太陽還沒有升起，天空已經開始泛白。老鴨塘曲裡拐彎的街面上，凝聚著一團團白色的霧氣，一棟棟彼此相連的老屋，就如同霧氣中的幽靈一般，時隱時現。

「吱呀」一聲，老木門被推開了，披著外套的王伯愁容滿面地走了出來，他一晚上都沒睡著。膽小的老伴連夜去了女兒家，王伯選擇留了下來，說是住不慣女兒家的高層樓房，其實是王伯的心裡怎麼也放不下對面老屋中發生的那場可怕的火災。

聽說火災現場發現了死人，王伯幾乎不敢相信自己的耳朵。他雖然對租住那棟老屋的房客並不了解，僅有的接觸，也就只是見過幾次面、點點頭問個好而已。在王伯的印象中，那個房客是個非常有禮貌的年輕人，自己總覺得好像在哪裡見過，卻又怎麼也想不起來。小夥子話不多，總是來去匆匆。如今，像他那樣有禮貌、守規矩的小夥子已經不多了，所以當聽說有人死了，王伯自然就想到了那個渾身書卷氣的年輕人就這麼走了，還

第二章　鬼影

死得那麼慘，王伯尋思著是有點可惜。

「一條命啊，真是作孽！」王伯自言自語，在門口屋簷下的竹椅上坐了下來，他重重地嘆了口氣，伸手揉了揉發酸的眼角，眼前逐漸變得清晰了起來。

突然，王伯驚訝得張大了嘴巴，他竟然看見對面，昨晚發生火災的屋子裡，有一個模糊的人影在緩緩移動，似乎還時不時地停下腳步彎腰尋找著什麼。

難道是消防局的？王伯的腦海裡出現了昨晚那些身穿橘黃色消防服、頭戴消防帽的高大身影。

不可能，現在是凌晨4點多，即使消防局的人還在，也不會是一個人。

那麼，難道是小偷？王伯眉頭緊鎖，倏而又放鬆下來，他為自己這個不知道從哪裡冒出來的愚蠢的念頭而感到可笑，誰會去偷一個被燒得七零八落，所有財物幾乎都付之一炬，更別提還被發現有死人的地方？太不吉利了，會遭報應的！

可是，那到底會是誰在那裡呢？想到這裡，王伯的心裡不由得一陣慌亂，他不敢去想那個可怕的字眼。此時，太陽還沒有升起，朦朦朧朧的霧氣使得狹窄老舊的街道兩端顯得變幻莫測，再加上那斷壁殘垣間飄忽不定的身影……王伯渾身哆嗦了一下，他迅速站起身，推開老木門，躲回了家裡。直到重重地關上門的那一剎那，王伯才發現自己的額頭早就沁滿了汗珠，衣服也溼透了。

直到太陽高高升起，濃霧散去，街上的行人也逐漸多了起來，王伯才敢走出屋。他隔著門縫聽到街上越來越熱鬧，直到這時，他才算是鬆了一口氣。

故事二　霓裳羽衣

　　當天下午，王伯再也沒有絲毫猶豫，帶了幾件隨身換洗的衣服，鎖上木門，便頭也不回地打車去了城東頭的女兒家。

第三章　難題

第三章　難題

早上 8 點多。

「死者後背的表皮雖然被剝除了，但是我在死者背部未被燒傷的皮膚的真皮層組織中發現了大量的黑色素沉澱，」章桐停頓了一下，「我不知道凶手為什麼要這麼做。我們人類表皮厚度為 0.03 到 1 公釐，一般免疫系統的細胞都位於表皮層的底部，所以當我們的皮膚受到淺表傷時才會很快自癒，但是受到嚴重的燙傷就不一樣了，它會直達真皮層。凶手為什麼要把受害者燙傷後，再進行表皮的剝離呢？難道是為了保證剝離下來的皮膚能完整？」

「燙傷？」童小川感到很奇怪，「難道不是那場火災引起的？」

章桐搖搖頭：「舉個例子來說，我不知道你有沒有停電時點蠟燭而把手指燙傷的經歷？要造成死者這樣的燙傷程度和面積的話，至少要不停地來回灼烤兩個小時以上，這對受害者來說會非常痛苦！」說著，她拿起桌上剛剛影印出來的一份報告遞給他，「死者身體的其餘部位，因為暴露在火焰灼燙範圍內，所以燙傷很正常。但是死者的背部，不應該有這樣的傷痕。我剛才說的燙傷就是我們平時所指的深二度燒燙傷，也就是指直達人體真皮層的那種。人體真皮層和表皮連線處存在著大量的呈樹枝狀的黑色素細胞。它們稀疏分布在基底細胞之間，有分泌黑色素顆粒的功能，當皮膚表面受到嚴重燙傷的時候，黑色素細胞就會分泌異常，就產生了報告上所描述的樣子。根據黑色素沉澱的面積和大致生成的形狀來推斷，死者的

故事二　霓裳羽衣

　　皮膚燙傷應該發生在案發前 8～10 個小時內，因為實驗室那邊仔細觀察過黑色素顆粒表面，已經開始自我修復。而這個過程，正好是 8～10 個小時。但是，隨著死者的死亡，全身細胞停止運作，一切修復過程自然也就都停止了。」

　　「那另外兩名死者的死因呢？有沒有得出具體結論？」童小川問。

　　章桐一臉凝重：「大部分有用的證據都已經無法提取了，目前唯一能肯定的是，兩具平躺著的屍體在火災發生時就已經是死亡狀態了。我在檢驗屍體腦部時，發現死者的腦部雖然也呈現出了典型的腦硬膜熱血腫跡象，但是在顱腦右側部位，我還發現了幾處硬腦膜外血腫，顏色呈現出暗紅色。」

　　「你是說死者遭受過腦部外傷？」

　　「沒錯，應該是這樣。」

　　「是什麼東西造成的，你可以判斷出來嗎？」童小川問道。

　　聽了這話，章桐站起身，走到牆角的 X 光燈箱旁，打開後面的開關，指著兩張夾在上面的影像圖片：「這是那兩個死者的腦部 X 光片，從顱骨的傷口形狀來看，是由很明顯的外力造成的。凶器是鈍器，角度是在 45 度～50 度。」

　　「這樣的傷口會不會致命？」童小川問。

　　「不會，只是把死者打昏，看顱骨傷口的恢復情況，這傷口形成的時間距離死亡時間至少在 48 小時以上。」

　　關掉燈箱開關，她來到辦公桌邊坐下：「而另一具屍體，儘管死者背部有很嚴重的傷，但根據案發現場屍體呈現出的狀態來看，死者在火災發生時還有一定的意識，是因為吸入性窒息合併大面積的燒傷形成的休克和

第三章　難題

感染導致最後的死亡。」

「我記得你曾經說過在死者的肝臟中提取到了去甲氯胺酮？」童小川問。

「是的，麻醉劑氯胺酮在人體肝臟中的特有產物。在另外兩具屍體中，我也找到了相同的去甲氯胺酮。」章桐神色擔憂地看著童小川，沉思了一會兒，繼續說道，「我想，這第三個死者即使不經歷火災，她背後的傷口感染也會導致她死亡。所以，我們遇到的是一個連環殺手！」

童小川點點頭：「這一點我不反對，可是，他為什麼要剝去死者的皮膚？」

「屍體不完整，我沒辦法回答你。」她拿起辦公桌上的一個馬尼拉紙信封遞給童小川，「這裡面是三個死者的顱面成像復原圖，我想對你們確定屍體來源應該會有一點幫助，年齡和體態特徵，我都分別寫在相對應的紙上了。」

「哦，謝謝。」童小川拿起信封，興沖沖地走了。

章桐瞅了一眼靠在門背後東倒西歪的小潘，輕輕嘆了口氣：「你可以收工回家休息半天，剩下的工作我一個人做就行了。」

刑警隊辦公室，一塊有兩公尺多長的白板上，用磁鐵壓著三張模擬畫像，下面分別寫著三個對應畫像的人的性別、身高等。童小川坐在辦公桌旁，托著腮幫子，皺眉看著這三張畫像，半天沒有吭聲。周圍人來人往，電話聲此起彼伏，這些似乎都和他沒有任何關係。

模擬畫像和相關特徵剛剛傳真出去，每隔一個小時，所有的電視臺和廣告箱都會滾動播出這三張尋屍啟事，失蹤人口組那邊也正在等實驗室做DNA配對。可是結果不會馬上出來。大家的心裡都有些莫名的煩躁。

故事二　霓裳羽衣

　　手邊電話鈴聲響起，打斷了童小川的思緒，他拿起話筒：「刑警隊童小川。」

　　「我們這裡是消防局，火災現場檢驗報告出來了。」

　　童小川聽到了自己呼吸的聲音：「告訴我結果。」

　　「這場火災不屬於人為縱火，是由電線老化短路引起的火災……」

　　童小川一邊招手把老李叫過來，一邊再次考核：「那你的意思是，老鴨塘的火災是一場意外？」

　　「是的，我們派人再三查看過現場，是意外，不是人為縱火。」

　　電話結束通話後，童小川抬頭看著老李，一臉凝重：「凶手沒有故意毀屍滅跡，這場火災是意外引起的！」

　　「倒楣！」老李皺眉道，「老大，那你對這三個受害者有什麼看法？可以確定是連環殺人案嗎？」

　　童小川點點頭：「這種類似的案子，凶手只對特定人群下手。你看，這三個受害者，年齡差不多，都是25歲左右，沒有生育史，身高平均為167公分，三個人相差都不大。而根據法醫的報告，死者身體上都有皮膚被剝除的痕跡，體內有麻醉劑殘留。所以，可以肯定這是一起連環凶殺案。凶手有一定的醫學背景。但是凶手只剝除死者背後的那塊皮膚，這到底意味著什麼呢？」

　　「整個市區，有醫學背景的人不在少數，這個尋找範圍也太大了，得查到猴年馬月啊。再說了，也不知道屍源什麼時候才能夠確定。」老李有點沮喪，「一場該死的大火把什麼有用的證據都給弄沒了。」

　　「老李，有些事真的是急不來的。至於失蹤人員，你也知道，這些人都是成年人，現在通訊手段發達了，這一年到頭不和家裡人聯絡的反而更

第三章　難題

多了，唉。」說著，童小川伸了個懶腰，低頭盯著面前空了的咖啡杯，嘴裡嘟囔著，「這咖啡真難喝。」

「老大，去睡一覺吧，累倒下可不好，我們這邊已經缺人手了！」老李無奈地看著童小川。

「我是想睡，可是睡不著。」童小川伸手指了指白板上的模擬畫像，轉頭盯著老李，「這個年齡層的受害者範圍實在是太大了。我擔心還會有受害者，而這一場意料之外的火災，你說，會不會無形中迫使凶手加快犯案速度？」

老李欲言又止，輕輕嘆了口氣。

「童隊、老李，火災現場的房東來了。」一個年輕偵查員走過來說。

老李和童小川互相看了一眼。老李轉頭問：「人在哪裡？」

偵查員伸手指了指對面的會見室：「阿強正陪著她。」

「好的，我們這就過去。」童小川起身，和老李一前一後向對面的會見室快步走去。

雖然說早就做好了足夠的心理準備，但是童小川和老李還是有些措手不及。眼前的這位老太太，年齡約有六七十歲，平時應該保養得很好，滿頭白髮，面容溫和，衣著得體。但是，這些都只是初印象。這位精力十足的老太太從老李和童小川進門的那一刻開始，嘴巴就再沒有停下來過，一通數落外加歇斯底里的發洩，會見室裡充斥著她的聲音。

見到自己的頂頭上司終於來了，阿強如釋重負，趕緊站起身，點點頭，離開了房間。

「好吧，換人了是吧？反正誰來都一樣，我的問題誰來解決？我的房子被火燒了，消防局說不歸他們管，已經移交給你們了，現在保險公司不

故事二　霓裳羽衣

肯理賠，不肯給我錢，說你們警察還沒有給出具體定性。不給單子，現場不能動，他們就不賠，你說這講不講理……」

老太太越說越來勁，越說聲音越大，老李沒辦法了，只能咬牙用力一拍桌子，房間裡這才算是暫時安靜了下來。

「妳的問題，我們知道，但是案件還在調查，什麼事情都要有個辦理過程，不會少你的錢的，老阿姨，明白嗎？」老李的話聽上去就像在哄一個3歲的孩子，臉上用力擠出不熟練的笑容。童小川憋了好久，才總算沒有笑出聲來。

「真的？你不騙我？」

「沒錯，妳見過我們警察撒謊嗎？」老李尷尬地應付著，同時拿出筆記本打開，抬頭說道，「好了，該說正事了。阿姨，跟我們談談租妳房子的那個房客，好嗎？」

「他？不是被火燒死了嗎？」房東老太太一臉的疑惑。

「誰跟妳說的？」童小川反問道。

「住對門的王伯啊。我是今天下午才得到消息趕過去的，正好碰上那老頭出門，好不容易才叫住他。他跟我說了，說我那屋裡頭燒死人了，房客就在裡面，還說今天早上見鬼了呢！」

「『見鬼』？」童小川心裡不由得一動，「什麼意思？」

房東老太太點點頭，認真地說道：「王伯說得有鼻子有眼睛的，說早上4點不到的樣子，他睡不著，出來坐坐，透透氣，結果就在那火災發生的地方，他無意中看見房客的鬼魂了。我的媽呀，還說飄來蕩去的，讓人聽著大白天都渾身起雞皮疙瘩。」

「妳確定王伯是這麼說的？」

第三章　難題

「我都這把年紀了,能騙你嗎?小夥子。」房東老太太一臉的不高興,「再說了,我只管拿房租,可是他就住對面,和房客肯定很熟,絕對不會認錯人的!」

童小川的臉色頓時變了。老李繼續問道:「這個房客,阿姨,妳對他的印象怎麼樣?有沒有發生過什麼特別的事情?還有,他有什麼特徵和個人小習慣?」

「小夥子很好啊。」房東老太太雙眉一挑,聲音頓時又高了八度,「提前付房租,按時繳納水電費,老老實實的租客啊。現在出租房子的,能遇到這樣的房客,真的是要燒香了。我鄰居也是出租房子的,可就沒這麼幸運了,他那租客成天搞得房子裡頭烏煙瘴氣的⋯⋯」

老李趕緊插話:「哦,老阿姨,那妳知道這個房客,他究竟是做什麼工作的嗎?」

「這個我倒沒有具體問過,只是聽說他是做生意的。」

「那你看過他的身分證嗎?他是哪裡人?在妳那裡租房子有去最近的派出所登記嗎?還有,他有營業執照嗎?」

房東老太太固執地把頭一搖:「我們那裡都快拆了,還有誰管啊,再說了,一登記就要交稅,本來就沒幾個錢賺,誰還去登記!」

「那好吧。」老李想了想,不死心,於是又換了種方式提問,「老阿姨,妳還記得他是怎麼找到你要求租房子的?妳在報紙上登廣告了嗎?」

「我才不花那種冤枉錢呢。我想出租那套老屋,也只是幾個熟悉的街坊知道罷了,所以,也不知道他究竟是怎麼找到我的,只記得那天我在路口和李家阿婆推牌九(一種古老的中國骨牌遊戲),他就直接上來問了,看樣子挺有禮貌的。可惜啊⋯⋯」老太太長嘆一聲,「真可惜,老天爺不

189

故事二　霓裳羽衣

長眼,這麼年輕懂事的孩子,就這麼死了。」

老李和童小川知道,再這麼問下去,肯定也是一無所獲。於是,在再三保證盡快給她送去火災證明後,就安排下屬把老太太送出了門。

臨走時,老太太突然在門口停下了腳步,轉頭對著老李欲言又止,最後說道:「小夥子,你們最好去找找王伯,就是住我家老屋對門的老頭,比我大幾歲。我總感覺他今天有點不對勁,大白天活見鬼。」

「什麼意思,是不是昨晚受到驚嚇了?」

老太太搖搖頭:「他雖然年紀不小,但是身體好得很!我這麼說,是因為王伯從來都不信鬼神,他老婆倒是經常拜菩薩,但是這一次,真的很不一樣。老頭那眼神,我敢肯定就是『見鬼』了,認識王伯這麼多年了,我還從來沒有見過他這麼一副神經兮兮的樣子!大白天的,害怕得要命,渾身發抖。」

「好的,好的,我們馬上派人去。你放心吧。」在得到老李再三的保證後,房東老太太這才放心地跟著阿強走了。

＊　＊　＊

回到大辦公室,老李沉思了一會兒,抬頭看著童小川:「童隊,你怎麼看這老太太說的事?」

「不好說,不過我記得消防局的人跟我說過,報案的就是這個老頭。我和他在現場的時候談過一次,沒什麼異樣,但是我也覺得我們應該和他再接觸一下,看看情況再定。」童小川的目光始終都沒有離開過那三張模擬畫像。

章桐看著手機螢幕上顯示的童小川的名字,微微皺眉:「童隊,有什麼事嗎?」

第三章　難題

「人什麼時候的皮膚最好？」童小川問。

「你⋯⋯什麼意思？」章桐有些糊塗，「皮膚保養不是我的專業範圍，你得問化妝師。」

「不不不，妳誤解我的意思了，」電話那頭童小川的聲音變得有些焦躁不安，「我是說什麼時候的皮膚更有利用價值？我曾經看過一部電影，是部戰爭片，講的真人真事：一個德國軍官在一個中國女孩背後紋身。那裡面有句臺詞我記得很清楚 ── 妳的皮膚真好！章醫生，這個『好』，妳知道是什麼含義嗎？」

章桐驚得半天說不出話來。

「喂，喂，妳還在聽嗎？章醫生？」

「你⋯⋯你的想像力太豐富了。沒有證據證明就別亂猜。」章桐迅速結束通話了電話。

故事二　霓裳羽衣

第四章　失蹤

　　她後悔了，莫名的恐懼占據了全身。

　　世事無常，有時候，事情總會在最不引人注意的時候悄悄改變，結局往往大多數人都無法接受，尤其是致命的結局。

　　上一分鐘還好好的，但是突然，她痛苦地彎著腰，緊緊地捂著肚子，汗水滾落下來，胃的內壁就像被一隻無形的手硬生生地撕扯了下來，從最初的疼痛逐漸轉變成了灼燙。膽汁就堵在喉嚨口，但是怎麼都吐不出來，她意識到自己這一次肯定是躲不過了，原來死亡離自己是那麼近。

　　她無力地向後仰去，希望透過拉直身體來暫時緩解胃部的疼痛。她的雙眼被一塊黑色的布條遮蓋得嚴嚴實實，她根本看不到自己的周圍是什麼樣子，疼痛讓她感覺整個世界都顛倒了。

　　身下的靠背椅本就無法承受她的重量，一陣天旋地轉，她重重地摔倒在地面上。她倒在了冰冷、堅硬的瓷磚上，後腦勺上多了一個大大的口子，鮮血頓時洶湧而出。

　　她開始痛苦地呻吟。

　　「哦，不，你怎麼可以這樣！」一個憤怒的聲音在耳邊響起，緊接著，她被人像拎小雞一樣給提了起來，很快就恢復到了原來坐著的姿勢。

　　「求你了，求你了，帶我去看醫生，我……我好難受……」她開始哀求，飽含最後的希望，「求你了……求求你了……」但是她的苦苦哀求換來的是冰冷的回絕：「我不會帶妳去看醫生的，妳再忍忍，一會兒就好

第四章　失蹤

了。」聲音輕柔彷彿是情人在呢喃,「妳要知道,我是絕不允許妳身上留下任何傷口的!」

她渾身一顫,突然明白自己剛才做了一件多麼蠢的事,而如今,她就要為這件事付出沉重的代價。她拚命搖頭,疼痛又一次襲來,她忍不住叫出了聲:「你殺了我吧,殺了我,我受不了了……」難以忍受的痛苦讓她又一次倒在了地板上。這一次,再也沒有人來把她扶起來了,就連捆綁住雙腳的繩子也被人抽走了。她可以自由地在地板上滾動、抽搐,甚至於拚命嚎叫。她想要站起來,卻已經不可能了。

漸漸地,聲音越來越弱,她平靜了下來,疼痛也消失了。她太虛弱了,洶湧而出的淚水浸透了蒙著眼睛的黑布。她平躺著,喃喃自語,嘴唇輕微地顫動,直到最後,她長長地嘆了口氣。一切都恢復了死一般的寂靜。

黑布被解開了,下面是一對無神的眼睛,看上去就彷彿靈魂從來都沒有在這個軀體中停留過一樣,只有一滴眼淚牢牢地凝固在眼角。

雖然已經死去,但依舊能夠看出她的美麗容顏。只不過這一切不會再有人注意到了。她的雙手被人拉起,腦袋耷拉在胸前,長長的秀髮蓋住了前胸,就像一個破舊的布娃娃。她被人倒拖著,向隔壁屋子拉去。門被打開的那一剎那,一股腥味夾雜著人體排洩物的氣味散發出來,她的身體被緩緩地拖入那個屋裡。

＊　＊　＊

又是一個陽光明媚的早晨。章桐剛走進辦公室,小潘便緊跟著走了進來,滿臉的委屈,說道:「章醫生,妳說我倒不倒楣?」

「怎麼了,誰欺負你了?」章桐問。

故事二　霓裳羽衣

「接連兩天遲到，看來這個月的獎金是要泡湯了。那考勤表上的紀錄，張局看了肯定會發火。」小潘沮喪地說道。

「知道遲到要倒楣，還遲到？」

「妳不知道，章醫生，這真的不怪我呀！我樓下住了一對老夫妻，聽說他們女兒還是什麼市電視臺的漂亮女主播。昨天夫妻倆一大早就來堵我家的門，非得叫我幫忙替他們找女兒。這不，今天又來了，我好不容易才脫身，結果遲到了！妳說我是不是倒楣？」小潘一邊收拾辦公桌上的檔案，一邊沒好氣地抱怨著。

「他們知道你是做什麼的嗎？」章桐感到有些奇怪。

「應該不知道我是法醫，只是知道我在警局上班。我老媽怕我娶不到老婆，死活對外只說我是警察，而不說是法醫。」小潘尷尬地笑笑。

「這就難怪了，那你把這情況跟刑警隊失蹤人口組的彙報過了嗎？」

「我當然說了，但是因為他們的女兒黃曉月已經成年，再加上以前也是三天兩頭出差不回家，所以，失蹤人口組那邊就沒有當回事。前段日子聽說又搬出去住了，也是，老頭老太太加起來都有 100 多歲了，有時候溝通起來就會有那麼一點麻煩的。」小潘抱怨道，「可是這成天上我家堵大門，總不是一回事兒啊。」

「老人家年紀大了，固執，那是很正常的，不過算起來，他們家女兒失蹤也有 48 小時了吧？」

小潘點點頭：「沒錯，應該是超過了！」

「那你還是帶他們來警局做個筆錄吧，以防萬一，這樣你自己也輕鬆了，你說呢？」

「那也只能這樣了。」小潘無奈地放下手中已經整理好的文件，從工

第四章　失蹤

作服的外衣口袋裡掏出手機,「我打個電話給我老媽,叫她馬上帶他們過來。」他晃了晃手機,唉聲嘆氣地向辦公室外面走去。

中午吃飯的時候,章桐破天荒地坐在了童小川的對面。

「怎麼了,章醫生?」童小川詫異地停下了手中的筷子。

「你昨天問我的那個問題,是和老鴨塘的縱火案有關嗎?」

童小川嘀咕:「不是『縱火案』,而是『失火案』,消防局那邊已經給出定性了,是電線老化引起的失火案。簡而言之,這就是一場事故!」

「事故?那死者呢?」

「死者當然是被害的!」童小川想了想,繼續說道,「目前雖然說『認屍啟事』已經發出去了,但是還沒有人回應,所以,我們就只能先從手頭的現有線索入手。目前掌握的,就是死者之間的共同點!」

章桐放下了手中的筷子,抬頭看著童小川:「所以你才想到了皮膚。因為死者都是女性,年輕,身體不錯,死者身上的部分皮膚被剝除了,死者體內都有麻醉劑殘留。」

童小川點點頭:「我仔細看過妳的屍檢報告,上面註明了死者的全身幾乎都有燒燙傷,但是,沒有被火燒到的背部出現了很不正常的皮膚被剝除的創口。那我問妳,一般移植手術中,最經常被提取的是哪裡的皮膚?」

「首選當然是背部和臀部,因為那裡的組織結構最為緊密,皮下組織的生長細胞也最為活躍,最適合移植給燒傷病人了。」突然,章桐的臉色一變,拿筷子的手停在了半空中,「難道說,兇手殺人只是為了死者的皮膚?可是,皮膚不同於其他器官,比如說眼角膜,並沒有那麼大的需求啊,而且在黑市中,價格也並不高。據我所知,醫院對燒傷病人移植皮膚

故事二　霓裳羽衣

的話，每平方公分的價格，病人家屬也還是可以接受的。」

童小川沒有吱聲，陷入了沉思。

剛走到樓下，章桐迎面碰上了垂頭喪氣的小潘。「你鄰居的事情都處理好了嗎？刑警大隊那邊接了沒有？」章桐邊走邊問。

「接是接了。」小潘雙手插在工作服外套口袋裡，「可是，章醫生，希望渺茫啊，說叫家裡人也幫著找找。問了一堆問題，社交圈子、恩怨糾紛，還問有沒有男朋友，是不是男女關係上出問題了，老兩口哪見過這場面，支支吾吾地折騰了老半天才算了事。現在倒好，妳猜臨走的時候，那老頭老太太對我媽說什麼了？」

「說什麼了？」章桐打趣道，「不會說要把他們家女兒介紹給你吧？」

「還真給妳說中了，就是這麼說的，只要我幫著找回來，就給我們挑日子，妳說我倒不倒楣？我跟人家都不熟，真不知道老人是怎麼想的。」

「行了，行了，你也已經盡力了，就等著失蹤人口組那邊的消息吧，你該幹嘛幹嘛去。月底的時候，我會在你的考勤表上註明這件事的，到時候我想張局也不會為難你，放心吧！」章桐大度地擺擺手，「誰沒有個意外呢，你說是不是？」

「真的？謝謝章醫生！」小潘的臉上立刻多雲轉晴，「那我工作去啦！」

「對了，你看見小蘇了嗎？今天她應該來值班的啊。」章桐皺眉，「我一大早到現在就沒有看見過她。」

小潘尷尬地笑笑：「那丫頭？三天打魚兩天晒網是很正常的，再說了，人家又不是妳的長工，在這裡沒有編制，妳也管不了，妳就別指望她準時啦！」

「這工作態度，唉。」基層本就留不住人，章桐也算是死心了。

第五章　人皮

　　章桐屏住呼吸，盡量不讓那股刺鼻的惡臭鑽進自己的鼻孔。

　　這兩天豔陽高照，室外的氣溫驟然升高了好幾度，整個垃圾填埋處理廠的等候填埋區幾乎變成了一個「臭味加工廠」。一眼望去，發臭的死貓死狗，腐爛的水果，甚至還有一大塊趴滿了蒼蠅的肉塊橫亙在路的中央，各式各樣奇形怪狀的生活垃圾被隨意扔得到處都是，汙水橫流，腥臭的味道讓人幾乎發暈。

　　這些都還不是最糟糕的，要知道，如果屍體是在這種地方被發現的話，十之八九，屍體表面的證據都已經被破壞殆盡了。

　　章桐用力提著工具箱在垃圾堆裡艱難地穿行，後背的衣服早就被汗水打溼了，牢牢地貼在身上，讓她感到渾身難受，每走一步都似在和背上緊貼著的衣服做「拉鋸戰」。

　　直到警用隔離帶出現在自己面前的時候，她才鬆了口氣。

　　「屍體在哪裡？」

　　童小川伸手指了指自己身邊不到一公尺遠的地方，一聲不吭。另一邊，老李正在耐心地勸說一個臉色發青、身穿灰色工作服的中年男子，中年男子則不停地搖頭、皺眉。看見章桐到了，老李衝著她點點頭，算是打過招呼了。

　　陽光刺眼，冷不丁地看過去，周圍都是白花花的一片。章桐嘆了口氣，放下工具箱，來到屍體邊蹲下，一邊戴手套一邊仔細打量了起來。

故事二　霓裳羽衣

　　眼前的這具屍體，幾乎被麗蠅以及其他各式各樣的蛆蟲所覆蓋，白花花、圓滾滾的蛆和已經成型、還未長出翅膀的幼蟲混在一起，翻滾掙扎著，不斷地跌落下去，又拚命地往上爬。層層湧動的蛆蟲和嗡嗡作響、四處亂飛的蠅蟲使得屍體乍看之下就好像活了一般在顫動個不停。

　　「能看出來死多久了嗎？」童小川揮手驅趕著蒼蠅，皺眉問道。

　　章桐搖搖頭，伸手指向屍體上蠕動著的蛆蟲：「這裡不是第一現場，還有，周圍的環境實在太差，再加上室外溫度又這麼高，屍體腐爛的過程被完全打亂了。絲光綠蠅、麗蠅、金蠅和家蠅，光分辨它們就得忙活個夠嗆。不同的蠅蟲產卵時間各不一樣，而麗蠅最為特殊，氣溫超過 20 攝氏度就能在屍體上產卵，但是看過去，和麗蠅不應該同時出現的絲光綠蠅的蛆蟲也發育到了一定程度。家蠅的孵化期應該是 8～24 小時，隨著溫度升高，時間可能更短，而高於 40 攝氏度就會死亡。可是，這屍體上的家蠅的幼蟲卻活得好好的。現在是大中午，周圍的溫度這麼高，屍體至少在外面曝晒了 10 個小時以上，屍表溫度更是遠遠超過了 40 攝氏度。」說著，她輕輕嘆了口氣，不顧額頭滴落的汗珠，伸手拂去了屍體顱骨部位的蛆蟲，一張嚴重腫脹變形的臉出現在面前，「所以，我需要回局裡進行解剖後，才能告訴你確切的死亡時間。」

　　童小川沒吱聲。

　　「女性，死亡時間應該在兩天以上。」章桐一邊說著，一邊繼續查看屍體，時不時地伸出手指輕輕觸控屍表，「年齡在 20 歲以上，死亡原因……」

　　突然，她的手停了下來，抬頭對身邊正在拍照的小潘說：「幫我把她翻過來。」小潘點點頭。

　　章桐小心翼翼地讓屍體背部朝上，在清除了一部分屍體背部密密麻麻

第五章 人皮

的蛆蟲後，眼前的一幕讓大家都驚呆了。屍體全身赤裸，後背傷痕累累，血肉模糊。

「這究竟是怎麼造成的？」童小川問，「是不是拋屍的時候造成的二次傷害？」

「不，這是用利器將皮膚從人體剝離時留下的痕跡。」章桐抬起頭，看著童小川，神情陰鬱，「但願她被剝皮的時候已經死了！」周圍一片寂靜。

不遠處，站在老李身邊的那個身穿灰色工作服的中年男子聽到這一句話後，瞬間面如死灰，他再也忍不住了，蹲下身子一陣狂吐。見狀，老李皺眉搖了搖頭，衝著章桐雙手一攤，表示無能為力。

* * *

傍晚，天空中突然烏雲密布，沒過多久就下起了傾盆大雨。雨水拚命沖刷著每條大街小巷。白天的酷熱漸散後，空氣變得清新了許多。

童小川站在辦公室的窗口前向下望去，雨霧把整個城市的上空籠罩得嚴嚴實實。正在這時，身後傳來了敲門聲。辦公室的門開著，童小川轉身看見章桐正面容平靜地看著自己。「妳怎麼來了，章醫生？」童小川微微一笑，「報告好了，打個電話就行了。」

章桐平靜地說道：「我建議你把這個案子和老鴨塘的失火案併案處理。」

「為什麼？」童小川心裡一沉，他知道，如果沒有很大的把握，面前這個嚴謹的法醫是絕對不會提出這樣的建議的。

章桐從寬大的工作服口袋裡拿出一張紙遞給了童小川：「第一，死者都是年輕女性，並且身體健康，未曾生育，保養得很好，不是體力勞動者；第二，我在死者的體內都發現了去甲氯胺酮的微量殘留物；第三，死

故事二　霓裳羽衣

者身上或多或少都有皮膚被剝除的痕跡。前面三具屍體，因為有火災現場的破壞，所以這樣的痕跡很容易被忽視。但是這一具很明顯，死者後背有大約20公分乘以20公分範圍的皮膚缺失了！」

「死者之間就這麼點關聯線索嗎？」老李在身後出現，「屍源調查到現在幾乎毫無進展啊！」

章桐搖搖頭：「我能檢測到的，都寫在那張報告上了。現在死者的DNA樣本已經輸入了樣本搜查庫，還有指模。不過，還在等結果出來。」

「死因呢？」老李問。

「肺挫傷導致的死亡。」章桐嘆了口氣，「她的肺膜雖然完整，但是肺重量增加了三倍，肺水腫非常嚴重，肺泡腔內有大量的黏液滲出。而造成肺挫傷的原因是暴力直接作用於死者的胸部。」

童小川抬頭，看著老李：「還是那個老問題，這個凶手，他殺人的動機究竟是什麼？難道只是為了一塊皮膚？對了，屍體有沒有被性侵的跡象？」童小川轉頭問站在一邊的章桐。

「沒有，火場的屍體因為不完整，所以我檢查不出來，但是這一具才發現的屍體，我徹底檢查過了，死者生前沒有被性侵。屍體唯一受損的地方，就是剛才我提到的那塊皮膚。」

童小川和老李面面相覷。

* * *

回到辦公室後，章桐在椅子上坐了下來。她想不明白，僅僅兩天時間，不到48小時，就發現了四具屍體，這個看不見的凶手究竟想做什麼？難道真如童小川所說，真的簡單到只是為了一塊人皮？用火灼烤受害

第五章　人皮

者皮膚邊緣後再剝皮，是一種古老的刑罰方式。章桐覺得凶手費盡心機這麼做，應該有什麼意義，至少肯定沒有這麼簡單！

「章醫生，找到匹配的了。」小潘話音剛落，工作台上的電腦就發出了「滴滴」的聲響，一邊連線著的列印機開始啟動。章桐趕緊站起身來到列印機邊上，報告一打完，她就迫不及待地把它抽了出來。匹配上，那就意味著垃圾填埋場的女屍可以確定身分了，案子也就有了突破口。

「從最新一具女屍身上提取的DNA樣本和一年前的一樁性侵害案件的女受害者匹配上了。」章桐抬頭看著小潘，「你趕緊查一下這個案子。」她報出了那樁已經被記錄在案的性侵害案件編號。小潘熟練地敲擊著鍵盤，突然，他臉上流露出了驚愕的神情。

「怎麼了？」章桐奇怪地問，「結果出來了嗎？」

小潘轉動顯示器，讓螢幕完整地出現在章桐的面前，輕嘆一聲：「妳自己看吧。」

螢幕上所顯示的是報案者的登記紀錄。「黃曉月，女，22歲……」章桐放下了手中的DNA報告，一邊看著螢幕上的登記資料，一邊逐行念著，「……安龍社區18號三凍302……等等，我記得上次登記資料時，看過你家的地址，這個受害人報案留下的地址是不是就在你家樓下？難道說她就是？」

小潘點點頭：「沒錯，死者應該就是樓下那對老人的女兒，她叫黃曉月，我雖然沒和她深交，但是見過幾次，也說過話。她去年出事，我也知道，為這事，她在她父母家裡休養了很長時間。我想，當時報案的時候應該就是用的她父母家的地址。章醫生，這該怎麼辦？要不要通知他們？」

「暫時先不要。」章桐發愁地看著電腦螢幕，想了想，說道，「我會打

故事二　霓裳羽衣

電話給童隊彙報這個情況,我們出面通知家屬不太合適。」

話雖然這麼說,其實章桐的心裡更多考慮的是小潘的情緒。畢竟見過受害者活著時候的樣子,突然要和那具被人丟棄在垃圾填埋場的屍體連繫起來,心裡的坎可不是那麼容易過得去的。

小潘點點頭,轉身離開了。

＊　＊　＊

下班後,章桐正要離開辦公室,轉身之際,她的目光落在了辦公室角落的那張空空的辦公桌上,不由得皺起了雙眉。那個靦腆內向的實習女生這兩天就如人間蒸發了一般,電話也不打一個。雖然說實習生臨時走人在法醫室裡是非常正常的事情,畢竟編制還不在警局,自己也管不了,但或許是受了案子的影響,章桐的心裡總有一種不安的感覺。

「難道家裡出事了?」她順手從抽屜裡拿出蘇茜的實習鑑定表,翻到第二頁的家庭聯絡方式,找到電話號碼撥了出去。

接電話的是一個中年婦女,聲音很柔和。當章桐報上自己的名字和職務並詢問情況後,對方卻感到很驚訝:「茜茜沒有回家啊,她不是在你們那邊實習嗎?」

章桐頓時感到一陣頭暈:「對不起,她兩天沒有來上班了,作為部門主管,我有些不放心,所以打電話過來問一下。」

「她會不會出什麼事……她怎麼樣了……」中年婦女的聲音越來越激動。

章桐開始後悔自己打這個電話了,趕緊安慰:「沒有,蘇茜媽媽,您別擔心,我再和醫學院聯絡一下,或許她回學院了。您先在家裡等著,有

第五章　人皮

情況我會隨時和您聯絡的。」

　　結束通話後，章桐伸手揉了揉自己發脹的太陽穴。正在這時，小潘推門走了進來，看見章桐，不由得一愣：「章醫生，妳還沒走啊！」

　　「我剛和蘇茜媽媽通過電話，她沒有回家，你趕緊和學校聯繫一下，我擔心這女生會出事。」

　　「好的，我馬上打電話。」

　　十多分鐘後，小潘無奈地搖搖頭，放下了電話。

　　章桐的擔心變成了現實 —— 蘇茜失蹤了。

故事二　霓裳羽衣

第六章　劫數

　　因為擔心會出現意外情況，老李和童小川開車來到了王伯的女兒位於城北的家。老頭對於兩個警察找上門，似乎一點都不感到奇怪，相反，眉宇間顯得很輕鬆自在。

　　「王伯，你再仔細想想，你真的確定昨天早上有人在案發現場出現過嗎？」老李合上筆記本，耐心地看著眼前的老人。

　　「我雖然年紀大了，可是眼睛一點都不花。年輕人，我真的看見了！」老頭確定無疑地說道，「他肯定是在找什麼東西，彎著腰的樣子，我到現在都忘不了。」再次說起那天早上奇怪的一幕，王伯已經沒有先前那麼驚慌了：「我聽說那個租房子的年輕人沒有死，是嗎？」

　　老李點點頭：「放心吧，王伯，不是他。」

　　「那又會是誰？」老頭嘀咕了句，「那天早上，這麼早，絕對不會是小偷的。」

　　童小川看了一眼老李，點點頭：「那今天就這樣吧，王伯，我們也不打擾你了。請你明天來一趟警局，可以嗎？我們需要你幫忙回憶一下那個租房子的年輕人的長相。」

　　「沒問題，我都記著呢，明天叫我女婿開車送我去。」老頭伸手指了指自己的腦袋，又強調了一句，「警察先生，我真的一點都不糊塗！」

　　走出樓門的時候，老李仰天長嘆一聲，顯得很無奈。

第六章　劫數

「怎麼了？」童小川一邊掏出鑰匙開車門，一邊問道。

「案發現場周邊的人幾乎都被問遍了，你說奇怪不奇怪，那神祕失蹤的房客天天在那裡經過，就是沒有人講得清楚他到底長什麼模樣，就好像是個透明人一樣，真傷腦筋！」

童小川笑了：「老李，我看你是在擔心王伯。」

「他可是我們的最後一根稻草了，不過他那年紀……算了，還是聽天由命吧。」說著，老李鑽進車，用力地拉上了車門，「走吧，局裡還有一大堆的事等著我們呢。」

童小川點點頭，踩下油門，警車揚長而去。

＊　＊　＊

警局禁毒大隊辦公室位於一樓拐彎處，偌大的房間空蕩蕩的，老李和童小川一前一後推門走了進去。禁毒大隊的在編警察共有30多個，可是和往常一樣，今天辦公室裡還是只有兩個人值班。看見有人進來，其中一人抬起了頭。

「氯胺酮，這是一種被嚴格控制的藥物。醫院裡每次使用都是有詳細記錄的，我們也會經常去查。一般來說，不會流到市面上去。」禁毒大隊隊長是個長著滿頭白髮的中年男人，講起話來語速飛快，聲音低沉，看人的時候，目光就像一把冰冷的錐子。

「接到你們的通知後，我就馬上派人去逐一考核了，沒有一家醫院或者診所有氯胺酮被盜用的情況。」

「那就只有一個管道了。」童小川小聲嘀咕了一句。

「你的意思是走私毒品？」「白頭翁」想了想，說道，「我知道不排除

故事二　霓裳羽衣

這個可能。不過，我已經通知線人了，看最近有沒有人在本市訂購大量K粉，有情況我就打電話聯絡你們。」

老李站起身，點點頭，和童小川轉身離開了辦公室。

下午，章桐接了個案子，是死者家屬強烈要求進行屍檢的，所以並沒有驚動刑偵大隊那邊。

這個意外死亡案件的屍檢報告，她已經寫好了，但是心神不安的她總覺得還有什麼地方自己給疏忽了，便一頁一頁地來回翻閱著剛剛列印出來的屍檢報告。

死亡時間在12小時內，屍體長度167公分，屍斑分布於背部未受壓部位。指壓褪色，屍僵存在，雙瞳孔等大同圓，直徑5公釐，口唇、指甲、趾甲發紺，全身體表未見明顯損傷和骨折畸形……

這些都完全符合正常死亡的狀態，但是死因一欄一直空著，她遲遲沒有填上去。

死者是男性，全身器官都正常，毒物檢驗也是陰性，但突然倒地死亡，這讓她感到很是疑惑。死者全身只有生殖器部位呈現出了明顯的異樣。陰囊乾癟皺縮，未觸及睪丸，左右睪丸均上移至腹股溝管外口，右側陰囊上背面表皮剝脫，並伴有皮下挫傷出血約3公分乘以2.5公分，右側精索旁白膜縱隔大片挫傷瘀斑。組織學檢查結果為右側睪丸精索靜脈擴張淤血。腦實質輕度水腫，雙肺淤血並伴有水腫。除此之外，其他器官均未有致死性挫傷和病變。

章桐腦海裡突然閃過了一個念頭，她趕緊放下屍檢報告，拿起電話撥通了刑偵大隊的號碼。

接電話的是值班員阿強，一個長相憨厚的年輕人，也是警隊資歷最淺

第六章　劫數

的警探。「阿強，死者家屬還在你那邊，是嗎？」章桐問。

「是的，他們還在。」阿強壓低了聲音，背後吵吵嚷嚷的，「還在我們這邊理論呢。沒辦法，一時半會是走不了的。」

「你幫我問一下，死者是不是和人打架了，被人用力掐過陰囊和睪丸？」

阿強愣了一下，趕緊轉頭詢問，沒一會兒，他湊著話筒說道：「沒錯，是和人打架了，剛才那人也承認了，說用力掐過死者的生殖器部位。」

「死者的死亡原因係陰囊及睪丸受鈍挫傷至神經源性休克死亡。」章桐果斷地說道。結束通話電話後，小潘在旁邊小聲嘀咕了一句：「我的媽呀，章醫生，那得多痛啊。」

「沒錯，所以就痛死了。」章桐一邊說著一邊拿過筆在屍檢報告上填上死因，然後俐落地在末尾簽名處寫上自己的名字，轉身遞給了小潘，「掃描一份留檔，剩下的給刑偵大隊送去，交給阿強。」

＊　＊　＊

「你說什麼？老鴨塘的那兩名死者，很有可能是被活活痛死的？」老李雖然對這樣的死亡原因感到有點不可思議，但是對章桐做出的判定從來都是沒有異議的。

「第一名死者，已經可以確定是火災導致的死亡，但是第二名和第三名死者，除了麻醉劑氯胺酮外，並沒有別的中毒跡象，屍體表面除了火災所導致的損傷外，就只有後背皮膚的大面積挫裂傷了。而剝皮，就是導致神經源性休克死亡的直接原因！所謂的神經源性休克，理論上解釋，就是在正常情況下，我們人類血管運動中樞不斷發放衝動，沿著傳出的交感縮血管纖維到達全身的小血管，使其維持著一定的緊張性。但血管運動中樞

207

故事二　霓裳羽衣

發生抑制或傳出的交感縮血管纖維被阻斷時，小血管就將因為緊張性的喪失而發生擴張，結果就導致外周血管阻力降低，大量血淤積在微循環中，迴心血量急遽減少，血壓下降，最終出現神經源性休克。而這類休克常常發生於深度麻醉或者強烈疼痛刺激後，也就是血管運動中樞被抑制的時候。這兩個原因，老鴨塘火災案中的死者都有可能遇到。」章桐說道。

「那這種神經源性休克從產生到死亡，時間間隔相近嗎？」

「會有一個發展期，就像我下午接的那個案子一樣，死因就是神經源性休克。該案死者從被人襲擊到死亡，中間間隔了兩個小時以上，依據調取的急診室病歷紀錄顯示，死者在被送往急診室的時候，神智還是有些清醒的，這一狀態持續了大概半個小時以上。而在臨死前，死者所表現出來的具體症狀為：頭暈、面色蒼白、出汗、渾身疼痛、噁心、胸悶、心跳異常、呼吸困難、脈搏變弱、血壓迅速下降。」說著，章桐合上了面前放著的筆記本，抬頭看著老李，「所以我想前面兩位死者的死前症狀應該和這個差不多，而在垃圾填埋處理廠發現的死者黃曉月，我後來也檢查了她的雙肺和腦實質，結果是一樣的。」

專案內勤匆匆推門進入房間，順手塞給了老李兩份傳真件。老李皺眉看了看，就遞給了章桐：「老鴨塘火災案的三名死者身分確定了。還有就是，下面那張，是根據現場目擊證人提供的資訊畫的租客模擬像，很籠統，沒什麼特徵。」

老李說得一點都不誇張，根據王伯的回憶畫下來的這張臉，實在是太普通了。30多歲的年紀，寸頭，面容和藹，這樣長相的人如果在大街上出現，不會有人記得起。

傳真件上寫著：

第六章　劫數

　　趙婉婷，女，23歲，身分證號碼××××××××××××，生前職業：小學教師，未婚。

　　戴玉琦，女，18歲，身分證號碼××××××××××××，生前職業：音樂學院大三學生，未婚。

　　丁子涵，女，20歲，身分證號碼××××××××××××，生前職業：自由職業者，經營網拍，未婚。

　　「三個人一點關係都沒有，而且這三個人，你注意看身分證號碼，屬於不同的區域，有一個甚至還是外地的，像這種案子，如果不摸清楚死者之間的連繫的話，真的很難破啊。」老李長嘆一聲，隨手從口但裡摸出香菸，抽了一支出來，「章醫生，妳不介意吧？」

　　章桐搖搖頭：「目前看來，要想透過三個人之間的連繫找到凶手，確實很難。我和童隊說過，這三個人，除了年輕，女性，未婚，保養得很好以外，真的沒有什麼相關聯的地方。而第四個死者，黃曉月，是市電視臺的女主持人，也完全符合這些特點。凶手對她們進行綁架，繼而麻醉，然後剝去皮膚。可是，這樣的人在我們周圍有很多。對了，老李，你有沒有覺得什麼地方不對勁？」

　　「不知道，屍體也沒有被性侵的痕跡，目前連動機都不清楚，真搞不懂這個混蛋究竟想做什麼！」老李滿臉愁容。

　　「我擔心的是，可能不止這些受害者。可是我什麼也做不了。童隊呢，他怎麼沒和你在一起？」章桐的目光在刑偵大隊辦公室裡轉了一圈。

　　「他啊，什麼都沒說，剛才突然有事就出去了。」老李不經意地回答道。

　　「你沒問他去哪裡嗎？」

　　老李搖搖頭，把兩份傳真件放進了掃描器。

故事二　霓裳羽衣

第七章　男友

　　上下班高峰，地鐵裡總是擠成一團。小小的車廂裡，似乎只要有空間，焦急的人們就會立刻不顧一切地拚命把它填滿。這般擁擠的環境，常常讓王小雨感到無法呼吸。所以，每次下班，王小雨都盡量拖延時間，等過了高峰時段再去地鐵站。

　　王小雨是一家出版社的編輯，每天除了和文字打交道外，其餘大把空餘的時間就是胡思亂想。「滴滴，滴滴……」新買的手機發出了清脆的提示音，她不用看就知道有人向自己發送了新的邀請訊息。

　　王小雨笑了，打開手機，很快，一條精心編排的訊息被發送了出去。王小雨長長地出了口氣，上身向後靠在椅背上，滿意地閉上了雙眼。

　　雖然說朋友圈中才剛剛開始流行起這種新玩法，但是一點都難不倒王小雨，她很快就運用得得心應手。每天只要輕輕搖一搖手機，就能認識那麼多新朋友，最刺激的是，兩個人根本就沒有見過面，卻能像多年的老朋友一樣掏心掏肺地聊天，沒有任何隱私和猜忌，這對工作壓力巨大而生活中沒有多少朋友的王小雨來說，何嘗不是一種幸福。

　　尤其是遇到了他以後。或許，這就是緣分，難道不是嗎？

　　終於熬到了6點半，王小雨感到飢腸轆轆，她伸了個懶腰，關上電腦，走出了辦公室。一路上時不時地向來上夜班的審稿編輯打招呼。

　　妳長得真漂亮！

第七章　男友

　　王小雨的腦海中不斷地回想著聊天室中對方發來的這句話。而在見到自己的相片之前，對方從來都沒有這麼認真地誇過自己。想到這裡，她的臉上露出了微笑。

　　地鐵站裡依舊萬頭鑽動，汗味、香水味和不知名的臭味撲面而來，讓王小雨幾乎窒息。站在滾動電梯扶手旁，她略微遲疑了一會兒，就硬著頭皮走向了臺階。

　　穿過這條長長的通道後，在前面拐彎，然後走進閘機口，就可以下站臺等車了。這條線路，她熟悉得閉上眼睛走都不會撞牆。在來來往往的人群中穿梭，王小雨加快了腳步。

　　突然，有人停在了自己面前，並且非常沒有禮貌，一點都沒有讓出道路的意思。王小雨抬起頭，因為過道裡來往的人太多，光線又不是很好，所以她並沒有看清楚對方的長相。她剛想開口：「你……」

　　話音未落，那人很自然地伸出左手，搭在了王小雨的後腰上。緊接著，她感到自己的後背一陣輕微的刺痛，眼前一黑，就軟軟地倒了下去，手中本來緊握著的手機也掉在了地上，發出了輕微的聲響。由於包著手機套，所以手機並沒有受到損害。

　　有人扶住了自己，並且把她摟在懷裡。王小雨感到自己的腦袋暈暈的，噁心想吐，雙腳就像踩在一堆棉花上面一樣，渾身上下一點力氣都沒有。

　　「出什麼事了……」

　　「怎麼了，是不是中暑了……」

　　「趕緊叫救護車……」

　　人們紛紛停下腳步，圍了上來……在意識即將消失的那一刻，一個陌生的聲音在耳邊響起：「沒事沒事，天氣太熱了，我女朋友有點中暑，我

故事二　霓裳羽衣

這就扶她出去，謝謝，請讓一讓……」

王小雨感到很奇怪，自己並沒有男朋友啊，這人是誰？他為什麼要這麼說？還有，剛才摟住自己腰的人是誰？可是她已經沒有機會去弄明白身邊究竟發生了什麼事情。王小雨喃喃自語，輕輕地吐出一口氣，很快就陷入了深度昏迷之中。抱住她的人在略微停留後，就抱著她向出口處走去。

剛才滯留的人群又很快向前湧動，人們腳步匆匆，不再會有人記起這件突發的小事。也許會有細心的人發現，剛才那女孩的「男朋友」並沒有急著帶女孩離開，去通風的地方休息，反而在地上來回看了好幾眼，好像在尋找著什麼。直到有人提醒他，他才想到離開。

可是，這麼奇怪的念頭，只會在腦海中一閃而過，路過的人沒有誰會去真正在意。

天，太熱了。

第八章　名字

　　張局的辦公室裡瀰漫著濃烈的菸味，桌上的菸灰缸裡已經堆滿了菸頭。儘管門口的走廊上早就掛上了「嚴禁吸菸」的牌子，但是並沒有人會真正去遵守。

　　辦公桌上鋪滿了案發現場和死者的相片，還有各種檢驗報告以及走訪紀錄彙總。

　　「死者都是女性，年輕，健康，互相之間沒有關聯，在死亡前都曾經失蹤過幾天，多則兩三天，少則一天。體內留有明顯的麻醉劑氯胺酮的殘留物，身體上都有皮膚缺損，沒有被性侵的跡象。發現屍體時，屍體上都沒有衣服。」說到這裡，張局抬起頭，掃了一眼面前坐著的老李和童小川，「沒有別的需要補充了嗎？」

　　兩人搖搖頭。

　　張局見狀，嘆了口氣，輕輕拍了拍手中的案件報告：「就憑這些資料，我沒有辦法向媒體交代的。那個租房子的租客調查得怎麼樣了？」

　　老李搖搖頭：「經過查證，所有資料都是假的。只知道他是以做生意為由在老鴨塘租下了房子，好像是做布匹生意的，因為根據證人描述，經常有人搬布料進出那個出租屋。但是線索過於籠統，我派人查詢過那個區域的布料批發市場，沒有人記得和相貌相似的人有過生意上的往來。而老鴨塘那地方面臨拆遷，是監控盲點，再加上我們的目擊證人年齡較大，對他的描述也不是很清楚。只知道他接受過教育，很懂禮貌。照我看來，這

故事二　霓裳羽衣

人很有反偵察意識。」

「現場後來去查過了嗎？」張局指著有關王伯的走訪紀錄，其中提到了那天早上王伯在案發現場「見鬼」的回憶。

老李不由得苦笑：「痕檢那邊的人幾乎把現場都給翻了個底朝天，篩子篩了好幾遍，一無所獲。我想應該是那場大火把對凶手來說至關重要的證物給銷毀了吧。他不放心，才會冒險回去尋找。而那場大火，是電線短路引起的。」

「那也沒有辦法，我知道你們警隊缺人手，大家都在連軸轉，可是，只要有線索，我們就必須去落實，這是警局的規定。」張局無奈地嘆了口氣。

在一邊默不作聲、皺眉沉思的童小川突然湊到辦公桌前，伸手在檔案堆裡分別找出了兩個案發現場發現屍體時的最初相片，然後把其餘的材料推到一邊，騰出空間，排列出死者的相片，最後指著這四張相片，抬頭對張局說：「我們派人聯絡了這四名死者的家屬，並且詳細詢問過死者失蹤時穿的衣服和隨身攜帶的物品。衣服和飾品都沒有發現，應該是被凶手處理掉了，但是我注意到還有一個細節，那就是死者都隨身帶著一部智慧型手機。據死者家屬說，死者無論到哪裡都會帶著手機，是『社交網路聊天』的熱衷者。而這些智慧型手機都有定位功能，隨時可以上網和聊天。死者失蹤後，家屬曾經多次撥打手機，但是只顯示沒有人接聽，別的都很正常。死者家屬在報失蹤後，也曾經和失蹤人口組的同事一起前去手機營運商那裡申請調取了死者的相關電話紀錄，以及 GPS 定位紀錄。我查看過紀錄，上面顯示死者失蹤後，手機就沒有新的通話紀錄，就連 GPS 功能也被關閉了。所以，我懷疑凶手是利用社交網路聊天功能尋找的目標。」

「為什麼？」

第八章　名字

　　「我想，理由很簡單：死者很年輕，單身，而熱衷於這種『社交網路聊天』的，基本上都是年輕人。」老李在一旁解釋道，「反正我是不會玩這種新鮮的玩意兒，簡直就是浪費時間。」

　　張局看著童小川：「那接下來你打算怎麼辦？」

　　「我還不知道，因為這種『社交網路聊天』的軟體太多了，每天的訊息量都非常大，五花八門，很難過濾，很難跟蹤。再加上我們周圍符合這個年齡層的年輕女性實在太多，不好防範。所以，我們目前能做的，就只有等待了。」童小川老老實實地回答。

　　「難道我們就這麼等著，跟在他屁股後面收屍？」張局剛想發火，可是轉念一想，童小川說的話其實一點都沒有錯。憑藉手頭的線索，除了等待，還能做什麼？憋屈的他忍不住一拳狠狠地砸在了桌面上，陰沉著臉，不吭聲了。

　　離開張局辦公室，老李半天沒有說話，穿過長長的走廊，直到來到電梯口按下下行鍵後，這才小聲抱怨了起來：「老大，我說你呀，真是的，怎麼就這麼直截了當地回答說你什麼辦法都沒有呢？你看把上頭給氣的，我還從來都沒有見他發過這麼大的火。你至少繞個彎啊，一點臺階都不給別人。」

　　「我覺得沒必要隱瞞，這是事實。」

　　「唉。」老李搖搖頭。

　　兩人走進了電梯。

＊　＊　＊

　　「……怎麼樣？感覺好些了嗎？還痛嗎……喂，醒醒啊，聽得見我的聲音嗎……」講話聲彷彿來自另外一個世界，由遠及近，斷斷續續，顯得

故事二　霓裳羽衣

很焦急。

是個女孩的聲音！只是很虛弱。王小雨聽明白了，她掙扎著想讓自己清醒過來，至少能讓身體換個舒服的姿勢。她的腦袋很痛，椎心的痛，還暈暈的。到底出了什麼事？她的腦子裡一片空白。「……妳還活著嗎？千萬不要死啊……」旁邊的聲音逐漸帶著哭腔。

王小雨睜開了雙眼，她頓時傻了，因為眼前的景象竟然是倒過來的。她想伸手去揉眼睛，手就在自己面前，卻無法動彈。王小雨這才意識到，自己是被人吊了起來，倒吊著，像屠宰場裡的一頭掛在鉤子上的死豬！

自己的臉離地面不到半公尺，泥土腥味、血腥味、臭味撲面而來，讓人幾乎暈厥，她甚至還聞到了一股人體排洩物的味道。王小雨徹底清醒了，她開始嚎啕大哭。

「妳別哭啊……」聲音從自己的正前方傳來，還是那個聲音，把自己喚醒的那個聲音。

王小雨艱難地抬起頭，朦朧之間，她看到離自己不遠處的地面上俯臥著一個人，一頭長髮幾乎裹住了整個頭部，看不清具體長相。「妳……妳是誰？這是哪裡？我怎麼會到了這裡？」王小雨的聲音中充滿了驚恐，她突然意識到躺著的女孩有點不對勁，「妳怎麼了？」

「我沒事，剛才看妳那個樣子，我怕妳已經……咳咳。」女孩咳嗽了兩聲，顯得很痛苦，「還好，妳還活著，沒死。」

「我們這是在哪裡？」

「我也不知道。對了，妳叫什麼名字？」女孩問。

「王小雨，妳呢？」

「蘇茜。」說這些話的時候，躺著的女孩一動不動，虛弱的聲音時斷時

第八章　名字

續，「我想我快要死了，妳……一定要……記住我的名字——蘇茜……如果妳能活著出去，請告訴我的家人好嗎……告訴他們我已經死了……不要再找我了……」

「妳說什麼？」王小雨的腦袋嗡嗡作響，她語無倫次地說著，眼淚瞬間奪眶而出，「妳別嚇唬我，死？不不不……蘇茜，蘇茜……妳別丟下我一個人，我害怕！」

「沒事，妳不會死的……妳不會……我堅持……不下去了……對不起……」聲音越來越微弱，漸漸地，沒有了聲息。

王小雨拚命掙扎，可是，除了身體的輕微晃動以外，沒有任何改變。「天吶，快醒醒，蘇茜，快醒醒……」

恐懼和擔憂交織在一起，王小雨感覺自己快要崩潰了。

正在這時，遠處傳來了腳步聲，漸行漸近。王小雨心中一喜，剛想出聲求救，可是轉念一想，一個可怕的念頭迅速占領了她的大腦。

沉重的腳步聲最終在門口停下了，緊接著，就是「嘩啦啦」的鑰匙聲。沉重的鐵門被推開後，有人走了進來。王小雨可以清晰地分辨出對方腳上皮鞋落地的聲音。王小雨緊張得幾乎窒息，她不敢睜開雙眼，身體因為恐懼而顫抖。一聲輕輕的嘆息，緊接著就是拖拽重物的聲音傳來。王小雨趕緊把頭用力抬起，顧不得太陽穴的刺痛，向聲音發出的地方看過去。

這一幕，她這輩子都不會忘記。那個叫蘇茜的女孩，此刻正仰面朝天，雙手被人拽起，被慢慢地向開著的大門口拖去。她的身體被拖過的地方，是一條長長的深色的印跡——那是血。王小雨突然明白了，充斥在這個陰暗潮溼的房間裡鐵鏽般的味道，正是人血的味道。

「你要帶她去哪裡？放下她！快放下她！」王小雨哭了。

故事二　霓裳羽衣

　　那人只是略微遲疑了一下，卻並沒有停留，也沒有理會王小雨的怒吼。很快，女孩的屍體被拖出了這個房間。停在門口的那一剎那，藉著走廊的燈光，地上的血痕更加清晰可辨。

　　「啪啦！」鐵門關上了。屋子裡又恢復了一片昏暗，安靜得可怕。回過神來的王小雨緊閉著雙眼，開始小聲抽泣了起來，漸漸地，由於疲憊和驚嚇，她又一次陷入了昏迷。

　　這一回，她做了個噩夢，夢見一個長髮女孩站在自己的面前，她看不清女孩的臉，因為女孩的臉被長長的頭髮蓋住了。當王小雨伸手去撩開蓋在女孩臉上的頭髮時，眼前的一幕讓她頓時發出了驚恐的尖叫聲。

　　女孩的臉已經沒有了，只剩一片模糊的血肉……

第九章　蝶舞

　　8點剛過，童小川剛走進辦公室，身後傳來了老李焦急的聲音：「快，又有人報失蹤，趕緊跟我去趟轄區派出所。」童小川點點頭，抓起車鑰匙，轉身帶上了辦公室的門，匆匆跟著老李向電梯口走去。這一次是老李開車，他實在是受不了童小川開車時的拚命架勢了。老李一邊打著方向盤，一邊向童小川介紹這起案件的情況。

　　「這次報失蹤的是家住永樂新村的趙阿姨，她的女兒王小雨今年23歲，在一家出版社做編輯，平常都是一個人住，週末才回父母家。趙阿姨每天都會定時和女兒通個電話，聽女兒報個平安，但是這次，接連兩天了，她都沒有打通女兒王小雨的電話。而她找到女兒住處，發現也是好幾天都沒有人居住過的樣子，桌上剩下的飯菜都發霉了。趙阿姨知道自己的女兒一向愛乾淨，所以馬上就去派出所報了案。經過電話詢問，王小雨公司的同事說，她已經兩天沒有去上班了，而這在以前從來都沒有發生過，因為這個小女孩非常珍惜這份工作，並且從來都不會遲到早退。派出所的警員陪著報案人去了營業廳調取通話紀錄，顯示最後一個電話打出的時間就是她失蹤那天，而這個號碼是網路虛擬號碼。我看這女孩凶多吉少，我們必須馬上找到她！」老李一臉嚴肅。

　　「那受害者的手機號碼最近開透過什麼社交網路或實時通訊服務嗎？」童小川問。

　　「查過手機付費紀錄了，有開通『聊聊』！現在正在等調取資訊。因為

故事二　霓裳羽衣

　　這次是連結手機號碼的，所以容易查詢。前面兩個，就沒有那麼幸運了。聊聊的申請是不需要進行身分考核的。這讓治安組的人很頭痛，十件案子中至少有一半以上是利用這個通訊工具實施的詐騙案！」老李猛打方向盤，避開了右手方向試圖突然超車的一輛藍色桑塔納計程車，嘴裡狠狠地咒罵了一句，「該死！還會不會開車！」

　　前面就是十字路口，眼看著就要亮起紅燈，老李重重地在方向盤上拍了一下，滿臉的懊惱。

　　見此情景，童小川熟練地伸手從儀表板下的箱子裡拿出一個警燈，然後打開右邊車窗，探手出去，用力把警燈插在了車子的頂上，同時打開開關。一時之間，刺耳的警笛聲在耳畔響起，周圍的車輛紛紛避讓。老李感激地看了一眼童小川，然後用力一踩油門，黑色警車便飛速地衝過了十字路口。

＊　＊　＊

　　王小雨被一陣刺痛驚醒，她竭力睜開雙眼，想要弄明白那椎心的疼痛究竟來自哪裡。可是，還沒等她清醒過來，又一陣刺痛襲來，她忍不住尖聲慘叫。

　　疼痛來自自己的後背。王小雨的慘叫和掙扎並沒有讓刺痛停止，相反，隨著冰冷而又鋒利的刀刃劃過皮膚，難以忍受的刺痛瞬間傳遍她的全身。王小雨痛得尖叫，嗓子都喊啞了，被繩子牢牢捆住的四肢已無力掙扎，她的內心只剩恐懼。

　　突然，刀子停了下來。緊接著，一個嘶啞的聲音在王小雨的耳畔響起：「要不要打麻藥？這樣，就不會痛了。」

　　「你，你混蛋！」王小雨咬牙切齒地痛罵，「你到底想做什麼？你殺了

第九章　蝶舞

我吧！我寧願死！」

「妳怎麼能這麼說呢？我不會殺人的，我只要妳的皮膚。」沙啞的聲音極其溫柔，「我會好好待妳，好好保護妳！」

王小雨突然怔住了，這一句話太熟悉了，因為在每天的聊天中，他都會對王小雨講同樣的話！

我會好好待妳，好好保護妳！

王小雨不由得渾身發抖。

「你……你就是那個人……」不知是汗水還是淚水，朦朧了她的雙眼，王小雨竭力抬起頭，試圖看清楚那個惡魔的臉，「我記得這句話！我記得這句話！」

「記得就好。」話音剛落，刺痛又一次襲來，這次比剛開始的時候更加凶猛，刀子沒有再停下，皮膚與肉體剝離時那特有的「嘶嘶」聲伴隨著王小雨的慘叫聲，在空蕩蕩的房間中不斷地迴盪著。

整個一張皮被完好無損地從王小雨的後背剝離了，他欣喜若狂地看著手中的傑作，忍不住渾身顫抖了起來。在頭頂的燈光下，這張皮很薄，只有1公釐多一點，即便帶著血絲和肉，也無法掩飾它的透明與高貴，柔韌度極好，這樣的觸感讓他的臉上露出了陶醉的神情。而在皮膚的正中央，一隻栩栩如生的藍色蝴蝶紋身彷彿獲得了生命一般，在微微跳動。皮還帶著王小雨的體溫，他小心翼翼地把它放進了旁邊早就準備好的溶液中，然後如釋重負般長長出了口氣，這才拿過一塊潔白的紗布，開始著手處理王小雨後背慘不忍睹的傷口。只有在此刻，他的目光中才會流露出一絲憐憫和傷感，他的嘴裡喃喃自語：「對不起，對不起……」

王小雨早就因為撕心裂肺的劇痛而陷入了昏迷。處理完傷口後，他雙

故事二　霓裳羽衣

　　手捧著裝有那塊皮膚的托盤向屋外走去。直到關上鐵門，他都沒有再回頭看地上躺著的王小雨一眼。這並不奇怪，因為他所有的注意力早都集中在了手中的這幅「傑作」上。

　　隨著他的身體前行，手中裝有溶液的托盤在輕輕晃動，而那隻展翅的蝴蝶也在此起彼伏的溶液中悠然起舞。

　　沒過多久，鐵門再次被打開，一個人走了進來，直接來到昏迷不醒的王小雨身邊。他伸手打開了輪床上方的燈，等看清楚傷口後，來人輕輕搖了搖頭，從口袋裡摸出早就準備好的手術用針線。隨著針線的上下翻飛，王小雨後背的皮膚斷裂處被密密麻麻地縫了一圈。

　　直到這一切都做好，來人退後一步，仔細看了看自己的「傑作」，這才滿意地點點頭，關上燈，悄然離去。

＊　＊　＊

　　當老李和童小川報上身分並且亮出證件後，王小雨的母親趙阿姨卻顯得異常平靜：「小雨不會有事的，她是個聰明的孩子，從小就很堅強獨立。謝謝你們！讓你們費心了。」

　　「我們知道，我們這次來，也只不過是例行公事。」老李對家屬的這種態度似乎早就已經見怪不怪，他把話題引開了，「我們需要一些有關您女兒王小雨的體貌特徵，比如說身上有沒有什麼特殊的胎記之類的。這些都是失蹤人員資料庫裡必備的。」

　　一聽這話，王小雨的父親不由得倒吸一口冷氣，雙眉緊鎖：「我說警察先生，有什麼話你就直說吧。我們雖然老了，卻不糊塗。再說了，有些情況，我們作為家屬，遲早都是要知道的。」

　　老李點頭：「現在你女兒還沒有找到，我們還不能下結論，我想，只

第九章　蝶舞

要我們警方和你們家屬不放棄努力，還是有機會的。我也有孩子，比她小幾歲，作為一個父親，我只希望她能平平安安地回到你們身邊。所以，請你們一定要配合我們的工作。」

王小雨的父親點點頭，伸手抓緊了一邊趙阿姨的手，這才緩緩開口說道：「她今年23歲，剛過生日沒幾天，身高有172公分，長得很漂亮，皮膚很白，身上沒有疤痕，性格很活潑……」說著說著，老人嘴唇哆嗦著，眼角也溼潤了。

「對了，小雨的後背上有一個胎記，非常特別，就像一隻蝴蝶！」趙阿姨猛地站了起來，「你等等，我這就去拿相片，她上週過生日去海邊游泳的時候，她表妹幫她照的。」說著，她回到臥室找來一本厚厚的相簿，翻了幾頁，然後抽出一張相片，遞給了老李：「就是這張，她表妹特地拍下的，說是要留作紀念。」相片中，一個身著泳衣、身材姣好的年輕女孩正背對著鏡頭，準備下海游泳。仔細看過去，女孩後背靠近腰部的地方，確實有個類似於蝴蝶的東西。

「這個好像是紋身，不像是胎記啊。」

趙阿姨點點頭：「是她表妹的主意，在胎記上做了修改，變成了一隻蝴蝶。那丫頭說什麼現在這個很流行。」

童小川想了想，說道：「我們能暫時借用一下這張相片嗎？等找到你女兒後，就歸還給你們。」

「當然可以，只要能找到她，我什麼都願意去做！」趙阿姨的目光中充滿了希望。

開車回局裡的路上，老李的電話響了，他順手打開了掛在耳朵上的藍牙耳機。很快，電話結束通話，他隨即衝著童小川搖搖頭：「禁毒大隊那

故事二　霓裳羽衣

邊給回信了，最近沒有人動 K 粉。」

童小川皺眉：「這也就是說，只有醫院和藥店那裡才有可能了。醫院那邊查得怎麼樣？」

「醫院那邊是乾淨的，帳目顯示很正常，都是手術用的，量的變化都不大，是在正常範圍之內。而藥店那邊，能有這種麻醉劑進貨許可證的不是很多，衛生局那邊都去查過了，就兩家，很乾淨。我想，這條線應該走不通。」

「還有一個地方我們沒有查！」童小川說。

「哪裡？」老李不由得一愣。

「寵物醫院，有醫療設備的寵物醫院！」

「寵物醫院？」

「是的。就在我們社區外面，有一家比較正規的寵物醫院。曾經有一條古牧犬因為被車撞了急需手術，我看醫生就給它打了醫用麻醉劑。我記得章醫生曾經說過，醫用麻醉劑中最常用的就是這個氯胺酮，人類和動物都能使用，它價錢便宜，起效也非常快。所以，我覺得寵物醫院也是有可能的。」童小川掏出手機，翻看著有關本市寵物醫院的備忘錄，「我們這邊能做手術的寵物醫院還不少，應該有十家以上。」

「這倒是沒問題，有地方可以查。」說著，老李左轉方向盤，把車駛入了警局大院。

章桐有點精神恍惚，她不願相信眼前解剖臺上的這具冰冷的屍體，就是才來法醫室報到實習沒多久的蘇茜。她一遍又一遍地核對著兩張 X 光片，試圖找出其中哪怕是最細小的差異。可是，這兩張 X 光片就彷彿是克隆出來的一樣，讓她感到非常沮喪。

第九章　蝶舞

「這不可能，不可能是她！」章桐用力拽下了手上的乳膠手套，摘下護目鏡，隨手把它們扔在了工作台上，轉身頭也不回地走出了解剖室。沒走幾步，便迎面和童小川撞了個滿懷。

章桐沒停下腳步，直接走回了辦公室，用力甩上了門。

童小川一頭霧水，他看見小潘正坐在靠門的椅子上：「章醫生今天怎麼了？她怎麼發這麼大的火？」

小潘抬起頭，眼眶紅紅的：「童隊，你找我們有什麼事嗎？」

「我？就是為了你們這邊那個失蹤的女實習生的事，你們聯絡得怎麼樣了？校方怎麼說？」童小川順手拉過章桐工作台前的椅子坐了下來，「我記得和那小女生見過兩面，家屬有沒有正式報失蹤？」

小潘搖搖頭，聲音嘶啞地說道：「你不用找了，我們已經找到她了。」

「是嗎？人在哪裡？知道是為什麼失蹤的嗎？」童小川從口袋裡掏出小筆記本，準備記錄。

小潘伸手按住了他的筆：「她就在這裡。」說著，他指了指解剖室正中央的位置。

聽了這話，童小川不由得怔住了。他轉身，不遠處的解剖臺上，白布下是一具瘦小而又冰冷的屍體。

「這怎麼可能？你們是怎麼發現她的？」童小川呆了呆，快步走上前伸手揭開了蓋在死者臉部的白布。

面容雖然發黑、腫脹、變形，但是仍然能夠辨別出死者是一個年輕的女孩。

「是在國道旁乾枯的水溝裡發現她的，是今天上午接的案子。」小潘回答。

故事二　霓裳羽衣

「你們怎麼這麼快就確定了身分？」

小潘用手背擦去眼角的淚水，走到解剖室後方的 X 光片燈箱旁，打開開關，然後指著上面的兩張牙齒 X 光片，說：「是章醫生發現的。死者的牙齒結構和我們檔案庫中已經有的一張一模一樣。就此確認了死者就是蘇茜。」

「她怎麼會想到把自己的牙齒紀錄輸入到你們的檔案庫中？」童小川問。

「是章醫生提出來的，她想建立一個完整的齒模資料庫，這樣對以後的無名屍體的辨別也好有個參考依據。你也知道，我們人類的牙齒就相當於 DNA，不同的人有著不同的牙齒結構，以此作為類推的依據，我們就想到了這麼做。不只是蘇茜，法醫和痕檢技術的所有人都留下了資料，但是我怎麼也沒有想到，第一個用上的是她啊！」

童小川突然明白了章桐為什麼會情緒失控，畢竟誰都無法接受曾經朝夕相處過的人死於非命，而自己偏偏還是那個要親手寫下解剖報告的人。誰都不可能輕易面對這樣的局面。童小川沉默了，半晌，他接著問道：「死因查出來了沒有？」

「神經源性休克猝死。」章桐不知道何時又回到了解剖室的門口，她雙手插在工作服口袋裡，靠門站著。

「那死亡時間呢？」

「不會超過兩天，屍體剛剛開始腐敗。」說著，她朝解剖臺的方向伸手一指，「還有就是，她後背的皮膚也沒有了，這一點符合之前幾起案件的關鍵特徵，你們可以併案處理了。不過這一次我有必要提醒你，那傢伙幾乎把她後背所有的皮膚都剝離了，連臀部都沒有放過！他已經徹底失控了！」

第九章　蝶舞

　　章桐從工作台上抓過乳膠手套戴上，向解剖臺走去，伸手揭開蓋在蘇茜身上的白布，把屍體輕輕地側翻過來，好讓死者的後背全都顯露出來。然後，她抬頭對童小川說：「這一次，凶手徹底清理了死者的傷口，並且出乎意料地把死者背部的創面邊緣用針線給縫合了！」

　　「縫合？他到底想做什麼？」

　　章桐搖搖頭：「他的行為很難讓人理解，而這樣的縫合對死者傷口的恢復一點實質性的作用都沒有，我們只能暫且理解為這是凶手對死者的一點彌補。」

　　童小川盯著死者創口的縫針，半天沒有說話。

　　「你應該看出什麼來了，對嗎？」章桐把屍體輕輕放下，重新蓋上白布，點頭示意小潘把屍體推回冷凍櫃。

　　「這種縫針的手法，我在哪裡看見過！」童小川愁眉緊鎖，「但我一時之間卻想不起來。」

　　「這是外科醫生常用的縫針手法。」章桐回答。

　　「那妳的意思是說，我們要找的這個凶手很有可能是個外科醫生？」

　　「我可沒這麼說，而且現在一般的外科手術過程中，真正做這種工作的，不是外科主刀醫生，而是醫師或者護理師。所以，這只能表明凶手曾接受過醫學系統的培訓罷了。」

　　看著章桐在工作台邊忙碌的身影，童小川突然心裡一動：「凶手有沒有可能是寵物醫生？」

　　「寵物醫生要人類的皮膚做什麼？難道是幫寵物植皮？那更是笑話了，兩者的毛細孔結構都是不一樣的！」章桐毫不猶豫地反駁，推翻了童小川的猜想。

故事二　霓裳羽衣

「唉，我再好好想想吧，肯定哪裡有問題。」童小川愣了半天，搖搖頭，轉身離開了解剖室。

＊　＊　＊

「你說什麼？王小雨的手機找到了？」老李簡直不敢相信自己的耳朵，「你確定是她的手機？」

「我們可以確定。」電話那頭，轄區派出所所長的聲音聽上去很是興奮。

「到底是怎麼找到的？」

「那人剛從看守所出來沒多久，是個在我們這裡掛了號的慣竊，不過他說這次自己是在地鐵通道裡偶然撿到的那部手機。其實啊，我們都清楚，說白了就是順手牽羊！後來回去後，怎麼想怎麼覺得不對勁，這小子就這麼著來我們派出所『投案自首』了，說自己是順手撿到了一部手機，要還給那個暈倒的女孩。我們一問時間、地點，再和王小雨家人考核號碼後，就打電話給你了。」

老李急了，趕緊追問：「那人現在還在你那邊嗎？」

「在，我們沒讓他走。」

老李掛了電話就衝出了辦公室。

第十章　心願

　　王小雨直到現在才終於明白，蘇茜，也就是那個叫自己要牢牢記住她名字的女孩，肯定已經死了。

　　暗無天日的房間裡，臭味和血腥味似乎永遠都散發不出去。沒有窗戶，也沒有燈光，王小雨不知道自己在這個鬼地方究竟待了多少天。昏睡、清醒、昏睡、清醒……在這周而復始的折磨中，王小雨倒寧願自己一直昏睡下去，因為至少昏睡過去了，就不會感覺到背部火辣辣的疼痛。傷口早就已經感染，王小雨開始發高燒、出汗，渾身就像被打溼了一樣。她的意識逐漸變得模糊，混混沌沌的，她早已分不清現實和夢境，就當自己是做了個夢。沒錯，做了一個噩夢！

　　或許要讓那個已經死去的女孩失望了，因為自己肯定也會死在這裡了，活活地痛死在這裡……王小雨心裡想著，又一次陷入了昏迷。

　　朦朧間，王小雨聽到門外傳來了年輕女孩的說話聲，斷斷續續，還有笑聲。

　　自己肯定是在做夢，因為她看到門的那一邊是地獄！

＊　＊　＊

　　派出所正好停電，房間裡悶熱難耐。

　　老李不停地擦著汗，童小川則沉著臉，一聲不吭地看著坐在自己對面特地來「投案自首」的年輕男人。

故事二　霓裳羽衣

「我見到他了！」眼前這個看上去有些猥瑣的年輕男人認認真真地把事情經過又說了一遍。或許是緊張，他不停地抖著大腿。

老李懷疑自己沒有聽清楚，他湊上前一步，緊接著又問了一遍：「你到底見到誰了？」

「我剛才見到他了，就是那個帶著女孩子離開地鐵通道的男人啊！」撿到手機的這個年輕男人重複了一遍自己的回答，顯得有些不耐煩，大腿抖得更厲害了，「我要跟你說幾遍，我剛才就在這裡見到他了！」

「你說什麼？」老李一把揪住他的衣領子，把他從椅子上提了起來，嗓門也在無意中提高了八度，「你小子沒看錯吧？真的在這裡？別胡說八道！」

童小川趕緊站起身拉住老李，把他拉到自己身後，然後衝著年輕男人吼了一句：「講話快點，別拖拖拉拉，我們沒時間跟你耗，已經答應你不追究你拿手機的事了，你還想幹嘛？」

「我確實是在這裡看到他了，不過是在外面的公告欄上！」年輕男人一臉的委屈，「你們自己出去看看不就得了！」童小川和老李面面相覷，趕緊推開會見室的門走了出去。在派出所大院的公告欄上，他果然看到了那張年輕男人所指的臉——局裡前兩天根據老鴨塘失火案報案人王伯的口述所畫的模擬畫像。他一把扯下了那張模擬畫像，回到屋裡，指著畫像中的人問：「你確定是他？」

「就是這個人！我沒有看錯。」

「你為什麼說這個人很可疑？」

年輕男人迅速皺起了雙眉，一臉鄙夷的神態：「那眼神，讓人看著就不舒服。還有啊，剛開始的時候，我一直跟在那個女孩身後不到半公尺遠

第十章　心願

的地方走。」

「你跟著她幹嘛？」老李警覺地問，「想偷東西？」

年輕男人瞪了老李一眼：「我早就不做那行了。累犯可是要重判的，這點我比你清楚。我跟著她，只是因為她長得漂亮，我就想多看她幾眼，這又不犯法。什麼時候開始不允許看漂亮女生了？」

「接著說下去，別把話題扯開！」老李說道。

「我是在地鐵口遇到她的，這女孩真的長得很漂亮，就是經過你身邊，是男人都會回頭看一眼的那種。我跟著她，想著有機會能和她認識一下。結果，我還沒有開口，這倒楣事就發生了。一個男的，就是這小子，突然出現在她面前，並且根本就沒有讓開的意思，還一直向女孩那邊湊過去，死皮賴臉的。接著那小子就直接伸出『鹹豬手』摟女孩腰上去了，女孩就暈倒了。那男的見我們都圍了上去，就跟別人解釋說他女朋友中暑了，要帶她去涼快一點的地方。中暑誰沒見過？這麼熱的天，中暑也是難免的事，可是，他糊弄誰呢？那女孩遇到他之前好好的，一遇到他，一摟腰，就中暑了？有這麼快嗎？就那時候，手機掉在我身邊的。」

「你就『順手牽羊』了？」童小川忍不住調侃了一句，「你幹嘛不直接還給她？」

「人太多了，你也知道的，地鐵站的通道裡，來來往往很多人，再加上公園那站又是中轉站，站在通道裡，人就得不停地往前走。」或許是感覺到自己編織的謊言有些出格，年輕男子假意清了清嗓子，話鋒一轉，接著說道，「既然你們已經說了不追究我，那我也就實話實說了，我總感覺那男的不是好東西，猜想是衝著那女孩的長相去的，我就沒有還。知道嗎？他還想人財兩得呢！」

故事二　霓裳羽衣

「為什麼這麼說？」

「這部手機！」年輕男人伸手指了指自己面前桌子上的那部純白色手機，上面還掛著一個精緻的手機小掛件，「是剛上市的蘋果手機，價格要四萬多元。那小子一邊摟著女孩的腰，一邊還四處張望著找那女孩掉在地上的手機。而女孩一點知覺都沒有。所以呢，我才不會給他！誰知道他會拿去幹嘛呢，不然太便宜那小子了！」說著，他憤憤然，顯出一副心有不甘的樣子，「我就拿來交給你們了，我可是一個守法的好公民啊！」

童小川看了老李一眼，大家心裡都明白，雖然眼前這傢伙講的十句話中，總有那麼兩三句是誇張的，但是他的觀察力非常敏銳。那個帶走王小雨的男人絕對不是她的朋友，那時候的王小雨肯定被注射了麻醉劑，而男人之所以尋找手機，也絕對不會是出於好心要幫昏迷中的王小雨保管財物，他的真正目的，很有可能就是銷毀手機中唯一能指證他的證據！

「章醫生，這是刑偵大隊那裡剛剛送來的有關失蹤人員王小雨的資料。」小潘把一個土黃色的牛皮紙信封遞給了章桐，上面沒有封口。

「目前還沒有她的下落，是嗎？」一提到這案子，章桐的心情立刻就不好了，她打開信封，拿出資料來。

突然，一張相片落在了桌面上，她撿起相片，仔細打量了起來。

相片中是一個年輕女孩的背影，身穿比基尼，身材姣好。遠處是碧藍的大海，女孩正開心地伸開雙臂向大海跑去。章桐正在疑惑為什麼要特地轉給自己這張相片的時候，她的心猛地一怔，抓過辦公桌上的放大鏡，透過鏡片，她看到了女孩後背接近腰部的地方，有一個用來巧妙掩飾胎記的紋身──一隻美麗的蝴蝶！

放下放大鏡的那一刻，章桐沉默了。她明白王小雨家人為什麼會把這

第十章　心願

張相片轉給自己，但是她真的不希望自己會用到！

她把相片和資料塞回了大信封，目光不經意間落在了資料送達報告的簽名上，她當然認識這個龍飛鳳舞般的字型，是童小川的。

電話鈴聲把章桐的思緒拉了回來，她接起電話：「法醫室，請問哪裡？」

「章醫生，醫學院有人找妳，說是那個實習生的同學。現在人在警衛室。」

「我馬上來。」章桐不安地嘆了口氣。雖然說蘇茜的屍體已經找到，但是只要案子一天不破，包括自己在內的很多人恐怕都走不出心裡的陰影。

走出辦公室，章桐突然轉身又折了回去。再次關上門的那一刻，她的手裡多了一張相片，那是蘇茜來這裡實習的第一天照的，相片中的女孩，笑得很開心。

她希望來人能夠幫忙把這張相片給蘇茜的家人帶過去，多少也算是一種安慰吧。

＊　＊　＊

王伯終於鼓起勇氣重新回到了老鴨塘，這裡當然是不能再住了，社區已經下了通知，下週拆遷隊就會過來。老頭之所以回來，一方面是不放心自己老屋中的財物，另一方面，則是與住了一輩子的老屋做個告別。私底下，老頭也不想自己這輩子剩下的日子都去想著這件事和那天早上的「鬼影」，他要好好做個了斷。

固執的老頭特地挑了中午的時間回到老鴨塘。老話不都這麼說嗎？中午的陽氣是一天中最旺盛的。他鑽出計程車，沿著此起彼伏的石子路來到

故事二　霓裳羽衣

老屋門前，只是這幾步路，老頭就已經是滿頭大汗。顧不得休息，王伯摸索著掏出鑰匙，打開了沉重的木門。

正在這時，身後傳來了一陣腳踏車的鈴聲，還有一聲親切的問候：「喲，王伯回來了啊！」

王伯一邊點著頭，一邊轉身笑瞇瞇地打招呼：「對啊，回來看看，畢竟是個家嘛。進來坐坐吧，外頭天熱，喝口水。」

和自己打招呼的是負責這條巷子投遞業務的郵差，王伯和他很熟，自家訂了這麼多年的報紙，記憶中一直都是這個郵差送的。

「不用了，謝謝王伯。」說著，郵差熟練地從大腳踏車的後座上解下一個大紙包，遞給王伯，「拿著吧，王伯，你這幾天不在，你訂的報紙，我都給你留著呢。」

「謝謝，謝謝。」老頭高興地接過了大紙包。

「那我忙去了，王伯，回頭再陪你喝茶下棋。」打過招呼後，郵差騎上腳踏車剛走沒多遠，身後就傳來了王伯焦急的叫喊聲：「等等，小夥子，你先別走。」郵差趕緊停下車，雙手撐住車把，轉頭問道：「王伯，出什麼事了？需要我幫你做什麼？」

王伯接下來說的話讓郵差大吃一驚，只見他手裡緊緊地抓著一張報紙中常見到的那種廣告彩頁，一臉嚴肅地吼了一句：「我家電話欠費停機了，你快幫我打電話報警！」

＊　＊　＊

警局門口，章桐正陪著一個身穿一襲淡藍色牛仔長裙的年輕女孩站在拐角的樹蔭下等計程車，女孩是特地來訪的蘇茜的同學張紹鈺。

第十章　心願

「蘇茜出了這個事後，我們大家都很傷心，學院裡也做了通報，告訴大家不要隨便結交網路上的朋友，以免出現蘇茜那樣不幸的遭遇。但是，章醫生，我真的接受不了她就這麼沒了，真的接受不了！她那天告訴我說終於要見到那個人了，我該攔住她，不讓她去的，我對不起她……」女孩一邊絮絮叨叨地說著，一邊用手抹了抹眼角的淚水。她的右手始終緊緊地抱著一個檔案袋，裡面是蘇茜的實習報告，還有剛才章桐拜託她轉交給蘇茜父母的相片。

章桐輕輕嘆了口氣：「人已經死了，你也要想開點，多想想開心的事。代她去看看她的父母，這樣，對她來說也是一種安慰。」

「那凶手太可惡了，他怎麼下得了手啊！」張紹鈺神情有些激動，目光中閃爍著淚花，「茜茜還沒有談過戀愛，什麼都沒有來得及去做，她還沒有滿20歲，怎麼下得了手啊！他怎麼下得了手啊！」

章桐愣住了，許久，才嘆了口氣，雙手搭在女孩的肩膀上：「放心吧，我們會抓住他的！但是妳要答應我，暫時別再想這件事了，好嗎？」女孩沒有馬上回答，只是忍了許久的眼淚終於洶湧地奪眶而出。正在這時，一輛藍色的桑塔納計程車在不遠處停下，章桐趕緊拉著女孩向車子停靠的方向走去。

從車上下來的正是王伯，他的手裡還緊緊地抓著那張廣告彩頁紙。一見到章桐，看到她胸前掛著的工作牌，王伯立刻走了上去，一把抓住章桐的手，由於緊張，老頭的嘴唇哆嗦了半天都沒有說出話來。

見此情景，章桐趕緊安排女孩上車離開，然後轉身對王伯說：「老伯，你別急，深呼吸。有什麼情況慢慢說，好嗎？」

「沒事，沒事，我沒那麼快死。謝謝妳啊。」

故事二　霓裳羽衣

看到老人緩過勁來了，章桐這才鬆了口氣：「老伯，要我帶你去報案室嗎？」

王伯搖搖頭，他雖然年紀大了，卻因經常看報紙，也知道章桐胸前的那塊工作牌上所寫的「主檢法醫師」是什麼意思。

「幫我找那個負責老鴨塘案子的童警官就行了。」說著，王伯把手中的廣告彩頁紙遞給了章桐，然後指著上面的一則廣告說：「就是這個人，我上次叫妳們畫的，就是這個人！這張臉燒成灰我都認識！」

這是一張秋季新款服裝展示釋出會的廣告宣傳單，上面詳細地列出了釋出會的時間和地點，右下角是一個年輕男人的相片，笑容可掬。旁邊的簡介上寫著：國內最年輕、最有前途的頂尖級服裝面料設計師秋白，榮獲過多項國際大獎。

「你確定是這個人嗎？」章桐有些困惑。

老頭再一次點頭，他嚴肅的表情不容置疑。

＊　＊　＊

刑偵大隊辦公室，老李坐在辦公桌前，童小川則一聲不吭地斜靠著門框。

「妳能證明這個服裝設計師就是我們要找的殺人凶手嗎？」

章桐搖搖頭：「不能。」

「那不就得了，光靠這張相片和這老頭的證詞，我們不能去抓人。沒有證據的！再說了，這老頭年紀這麼大了，他作的證詞，可信度不是很高的。」老李把頭搖得像個撥浪鼓一樣，「我們現在唯一能做的，就是派人24小時跟著這個人，卻不能抓人！」

第十章　心願

　　最後，童小川補充了一句：「即使我申請，檢察院那邊也不會批捕，對方又是名人，媒體方面肯定到時候會追著跑，所以，沒有足夠的證據，我們就動不了他！」

　　「可是，現在至少還有一個女孩在他手裡，除此之外，我們沒有別的可以直接拿來指證他的證據了，能不能把他先找過來問問？如果我們去晚了，女孩被害的話，我們怎麼向她家人交代！」章桐急了，蘇茜蒼白的面容在她腦海裡一閃而過，她雙手緊緊地扣著桌面，「難道你就不能變通一下嗎，童隊？」

　　「妳就能確定那女孩到現在為止一定還活著？」

　　聽了這話，章桐不由得愣住了，她閉上了雙眼，許久，才睜開：「好吧，我不插手這件事，王伯就在門外，你跟他說。我回辦公室去了，有事打我電話吧。」

　　說著，她轉身就向門外走去，在經過童小川身邊的時候，章桐並沒有停下腳步。電梯口，她伸手按下下行按鈕，一邊等待，一邊陷入了沉思。

＊　＊　＊

　　回到辦公室，章桐直接來到電腦前，找到網路上所有有關這個叫「秋白」的人的資料。秋白，本名丁秋柏，今年27歲，曾經留學德國，主攻新型服裝面料的開發和研製，獲得過很多這方面的獎項……

　　看著電腦螢幕上有關這個年輕男人的介紹，章桐皺眉，如果這些案子真的是這個人做的話，那他要女人的皮膚做什麼？他是服裝面料設計師，難道要用人皮做衣服？若真是如此，人皮膚的結構非常複雜，一旦經過加工，就很難提取到有效的DNA，更難以證實他和這些案子之間的關係，自己不能就這麼眼睜睜地看著他逍遙法外！

故事二　霓裳羽衣

　　她的目光落到了電腦螢幕上顯示的那一行字上──8月8日，週三，晚上8點，凱賓斯基展覽中心。今天就是8月8日。「他怎麼下得了手啊……茜茜還這麼年輕……」蘇茜的同學痛苦的話語又一次在耳邊響起。

　　「我必須做些什麼！」章桐小聲嘀咕了一句。

＊　＊　＊

　　「童隊，真的沒有辦法嗎？」老李心有不甘地說道。

　　「你以為我就不著急嗎？」童小川面露難色。

　　童小川深知，破案是要講證據的，這樣的規定無可非議。身後傳來了敲門聲，沒等屋裡答應，阿強就推門走了進來，把一份剛印出來的報告放在了老李的辦公桌上。

　　「是衛生局的調查報告。」老李仔細核對完後遞給了童小川，「看來寵物醫院那邊也沒有問題，都是在正常使用範圍之內。老大，你的意見呢？」

　　童小川的目光停住了，他頭也不抬地開口問：「老李，你把那幾起失蹤案的報案時間告訴我。」

　　「好的，稍等。」老李趕緊在電腦上找到相應的檔案夾，點開後，繼續說道：「最先失蹤的是丁子涵，7月7日報的失蹤，接下來的時間是7月13日和7月15日，至於那個黃曉月，是8月1日，蘇茜，是8月4日，王小雨，8月6日。」

　　「那就對了，我們去這一家──萊亞路上的『一寵一生』！馬上走！」說著，童小川從椅子上站了起來，快步向門外走去。

　　「你為什麼覺得這家寵物醫院有問題？」警車飛速衝上高架，老李繫了安全帶，雙手還是緊緊地抓住了車內的靠窗支架。

　　「很簡單，他們醫院的申報單上，在案發時間前後，都會有一兩起大

第十章　心願

型犬類的手術申報。如果說一次兩次是巧合的話，那麼第三次、第四次再巧合就是見鬼了！帳目嘛，是可以造假的，只要給錢就行了！」童小川雙眼緊盯著前方的路面，車子在上班的車流中左衝右突，很快就把很多車子甩在了後頭。

＊　＊　＊

「章醫生，這是新的實習生申請單，妳簽個字。」小潘把一張薄薄的報名錶放在了章桐面前。

章桐注意到了他左手手臂上的一道傷疤，這是上週出外勤時不小心被現場的鋼筋給劃傷的。因為傷勢不是很嚴重，小潘就沒有去醫院，只是在局裡的醫務室簡單縫了幾針，包紮了一下。拆線已經有幾天了，所以可以很清楚地看到那道怪異的傷疤。

「傷口恢復了？」

「對，我昨天叫醫務室的女生幫我看的，她說恢復得很好。」小潘呵呵一笑，正要把手臂縮回去。

突然，章桐伸手抓住了小潘的手臂，問道：「你的傷口是誰縫的？醫務室的嗎？」

「哦，我都差點忘了，當時醫務室裡有兩個人，一個是主任，另一個就是剛來沒多久的那個小女生。她想要練練手，我尋思著也沒多大事，就同意了。那女生是主任的親戚，說是在讀獸醫專業，還沒有畢業。傷口是難看了一點，但是呢，我想這也是值得的，我還拿到了她的電話號碼⋯⋯」一談起醫務室的女生，小潘就開始滔滔不絕了。

章桐根本就沒有把他後面說的話聽進去，她猛地站起身，拉開辦公室的門就向外走。

故事二　霓裳羽衣

來到對門的解剖室，她直接拉開了裝有蘇茜屍體的冷凍櫃，戴上手套，俐落地拉出輪床，「咔啦」一聲，輪床重重地撞在了邊緣的不鏽鋼架子上。由於冷凍庫的溫度極低，蓋著屍體的白布上冒出了陣陣霧氣。

「章醫生，出什麼事了？」小潘也趕到了解剖室，章桐的異常舉動讓他嚇了一跳。

「快，幫我扶著屍體！」冰冷的屍體非常沉重，在小潘的幫助下，她很快就把屍體擺成了側臥的姿勢。章桐拿過工作台上的放大鏡，仔細查看起了死者後背的創口，最後拿起相機，把屍體後背的傷口拍了下來。

關上冷凍櫃後，小潘一邊摘下手套一邊問：「章主任，妳發現什麼了嗎？」

「我犯了個愚蠢的錯誤！凶手是兩個人！」

「你的意思是……」

「在老鴨塘發現的屍體，死者後背沒有縫合的跡象，黃曉月的屍體上也沒有，而在蘇茜的屍體上，我卻發現了傷口縫合痕跡。我當時只是想當然地認為這是凶手良心發現了，因為這樣的縫合也是多餘的，但是現在看來，有另外一種解釋，就是有另一個凶手在做出彌補！而這種縫合方法，剛開始的時候我以為是我們普通的外科手術的手法，但是我看了你手上的傷疤後，我就明白了，我懷疑這是獸醫做的！雖然同屬於醫生，但是獸醫縫針的手法和走向完全不一樣。獸醫畢竟不同於我們人類的外科醫生，手法不必那麼仔細，還有，他用的是方結，這不利於術後的拆線和恢復。而一般的外科醫生是不會隨意改變自己的打結方式的，據我所知都是平結。」

小潘皺眉道：「這個縫針，也有可能是凶手自己做的啊，為什麼說是

第十章　心願

兩個人呢？」

　　章桐搖搖頭：「絕對不可能，因為外科手術剝除皮膚不會這麼不顧後果，外科手術醫生必須保證要把術後病人的感染程度降到最低。而這個凶手，在他的眼中，我想，就只有皮膚，所以，他才會這麼肆無忌憚地奪取自己所需要的東西，而不顧對方的死活。在殺了這麼多人後，他卻突然開始縫合屍體的創面，你說，一個人的習慣會改變得那麼快嗎？再說了，這些針縫得不是很深，從力度和針腳密度來看，這個縫針的獸醫應該是一個女人。凶手應該有兩個人！」

故事二　霓裳羽衣

第十一章　霓裳

　　眼前這個身穿白袍的年輕女孩，身材高挑，容貌秀麗，看上去和那些受害者的年齡差不多。她最多不會超過25歲。

　　「你們找我？」儘管眉宇間帶著一絲疲憊，女孩卻仍然堅持面帶笑容。

　　「我們是市警局的，有人向我們投訴說你們醫院的行醫資格有問題。請問，妳是這家醫院的主治醫師嗎？」老李隨便編了個理由，在用到「醫院」這個詞的時候，他總是感覺渾身彆扭。剛才在等這位女醫生來的時候，他就已經不止一次地向童小川抱怨過了，醫院是給人看病的地方，怎麼現在給貓貓狗狗看病也要用到「醫院」這個詞。更讓他接受不了的是，這裡的環境比自己常去看病的那家醫院不知道要好上多少倍。

　　年輕女孩點點頭，在靠門的沙發上坐了下來：「我叫莊小琴，這裡是我負責的。你們找我有什麼事嗎？」

　　正在這時，童小川的手機響了，他迅速查看了一下訊息，令他感到意外的是，訊息是章桐傳過來的：凶手有幫凶，懷疑是女性，獸醫。

　　童小川微微皺眉，下意識地抬頭看了莊小琴一眼，她正在和老李交談。

　　他走到老李身邊，把手機簡訊出示給他看，老李掃了一眼，面無表情。

　　「⋯⋯是的，我們醫院經常給大型犬做手術，你也知道，現在是夏季，很多大型犬容易出現意外傷害。我剛剛才做了一臺手術，一隻黃金獵犬被車撞斷了後腿。」莊小琴靠在沙發上，平靜地說道。

第十一章　霓裳

「能給我們看一下你們這一個月來的手術登記資料嗎？」

莊小琴點點頭，站起身：「跟我來吧，就在辦公室裡，我拿給你們看。」

三個人在穿過一片貓狗隔離區後，來到寵物醫院的最裡面。這是一間狹小的辦公室，門開著，裡面到處堆滿了檔案，只在辦公桌上放著兩個小相框。

童小川在等待莊小琴尋找資料的時候，隨手拿起其中一個相框，相片上是一個年輕男人，笑容滿面。童小川心中一動，又看了看旁邊那張女孩的相片，總感覺有些不對勁。他抬頭看看莊小琴，略微遲疑了一下，又把相片放了回去，指著年輕男人的相片隨口問道：「莊醫生，這是妳男朋友吧？」

莊小琴點頭：「是的，我們年底就要結婚了。」女孩的臉上洋溢著幸福的笑容，「旁邊那張相片中的女孩是我的妹妹，她是個著名的模特兒，很快就要去巴黎簽合約了！」

「哦，是嗎？恭喜啊！對了，妳男朋友是做什麼的，也是獸醫嗎？」

「他是個服裝面料設計師。」

聽到這話，童小川的心沉到了谷底，因為相片中的年輕男人和王伯在宣傳單上看到的男人是同一個人！

「老李，你看，這小夥子長得真不錯！」童小川一邊說著，一邊把相框遞給了身邊的老李，老李的臉上閃過了一絲不易被察覺的驚訝，他也認出了相片中的年輕男人。

「莊醫生，要不這樣吧，妳跟我們去一趟派出所，我們想當面給你們做個調解。」老李順口說道，「把這些手術紀錄和用藥紀錄都帶上。」他看似無意地翻著資料，順手把桌上的小相框塞進了資料夾中。

243

故事二　霓裳羽衣

　　莊小琴並沒有起疑心，在她看來，這只不過是平時經常發生的寵物醫療糾紛中的一次，很常見。所以，她只對下屬做了一下簡單交代就換了衣服，跟著老李和童小川離開了寵物醫院。

＊　＊　＊

　　夏日的夜晚，繁星點綴在深藍的夜幕中，黑夜中似有一種清澈的明亮。

　　為了今晚的計畫，章桐在網路上緊急租用了一套婚禮用的伴娘服飾，半小時不到服裝公司就把包裹送來了。

　　在更衣室裡，她特意換好了裙子，軟底鞋子被小心翼翼地塞進了更衣室的衣櫃裡，平常的牛仔褲和格子襯衫也不穿了，取而代之的是一雙鑲嵌著六顆水鑽的平跟女式皮鞋和一條淺紫色的波希米亞長裙，長裙很好地突顯出了她幾乎完美的身材。章桐知道，今晚自己可不能像一個法醫那樣出現在大家的面前，她的身分應該是一個出席服裝面料釋出會的普通女性。

　　看著鏡子中的自己，章桐微微皺眉，她已經記不清上一次這麼穿究竟是什麼時候的事了。自己的生活中，似乎從一開始就不會有「美」的存在，即使偶爾對著鏡子，也只是匆匆一瞥。

　　時間到了，該出門了。看著鏡子中的自己，章桐微微一笑，然後點點頭，深吸一口氣，這才放心地向門外走去。不管怎麼說，為了那些逝去的女孩，自己總該做些什麼。

　　童小川正雙手握著方向盤，耐心地等待著紅燈變綠，車後座上，莊小琴一聲不吭。童小川知道，當車直接開過派出所直接開向警局時，她就應該已經明白眼前這兩個警察找自己的目的，肯定不只是為了一起簡單的醫療糾紛了。

第十一章　霓裳

　　終於，十字路口的紅燈變成綠燈，隨著滾滾車流，童小川把車拐向了馬路對面的警局大門。

　　警局大門口停著一輛計程車，頂燈亮著，很快，一個衣裙飄飄的女人走出了大門，快步向計程車走去。打開車門的一剎那，年輕女人習慣性地用手撥開了垂在臉上的一縷頭髮。童小川立刻認出了那女人正是章桐，不由得一聲低呼：「怎麼會是她？」

　　「誰？誰在那裡？」身邊副駕駛座上正在打盹的老李被驚醒了，他看看車前方，狐疑之際，計程車調了個頭，和童小川的黑色帕薩特擦肩而過。老李也認出了坐在後車座上的章桐，驚得他脫口而出：「章醫生今晚怎麼這身打扮？難道是去約會了？」

　　童小川沒有吭聲，皺著眉，心事重重地把車開進了警局大院。

＊　＊　＊

　　「莊小琴，你知道我們為什麼找妳過來嗎？」老李漫不經心地問道。

　　這個問題問得有些愚蠢，童小川思索著，他仔細打量著眼前的這個年輕女人，在她的臉上，童小川分明看到了一種熟悉的平靜和冷漠。

　　「不是為了寵物醫院的醫療糾紛嗎？」莊小琴的眉宇間閃過一絲慌亂。

　　「和我們說說丁秋柏，好嗎？」童小川突然開口，把問題引開了。

　　「他？他是我的未婚夫，很有才華。別的就沒有什麼好說的了。」顯然，莊小琴在隱瞞什麼，不然的話，她不會刻意去躲避童小川的目光。

　　「他是從事哪一行的？」

　　「服裝面料設計，他同時也是一個服裝設計師。」談起自己的未婚夫，莊小琴的眼中閃爍著異樣的亮光，「幾乎每年都會有新產品釋出，他在這

故事二　霓裳羽衣

個專業上有著很高的天賦。」

「他工作敬業嗎？」童小川的問題似乎跑得越來越遠，這讓老李感到有些茫然，摸不著頭緒。

「那是當然，開發新產品的時候，他經常沒日沒夜地工作。就說今天吧，是他的新產品釋出會，會有很多人去參加呢！」莊小琴因為興奮而開始喋喋不休。

「你說什麼？今天是他的新產品釋出會？在哪裡？幾點？」童小川頓時緊張了起來。

「晚上8點，凱賓斯基展覽中心。」莊小琴覺得很奇怪，她不明白眼前的這個警察為什麼情緒變化會這麼大。

童小川迅速看了一眼手腕上的表，還有不到一個小時的時間，而從警局趕到凱賓斯基的話，至少需要45分鐘，並且這還是在不塞車的前提下。

「老李，這邊拜託你了，我馬上去一下凱賓斯基，章醫生很有可能過去了，我擔心她的安危。有情況你打我電話吧。」在老李耳邊匆匆丟下這句話後，童小川轉身快步走出了詢問室。

＊　＊　＊

章桐跟隨著人流慢慢走進了展覽大廳。震耳欲聾的音樂聲讓她有些發矇，或許是自己的生活太過於安靜了吧，冷不丁地來到這個熱鬧的地方，讓她很不適應。

展廳的正中央是一張長長的高臺，離地面大概半公尺高，展覽還沒有開始，人們陸續就座。章桐按照手中參觀券上寫的位置，找到了座位坐下，座位離伸展臺並不是很遠，就隔了一排。她是刻意選擇這樣的位置

第十一章　霓裳

的，在門口兌換座位券的時候，她表明想坐得離伸展臺近一點。

或許是章桐的打扮很時尚，看門小弟把她當作了潛在的客戶，章桐的這點小要求馬上就被滿足了。

伸展臺上方的橫幅上寫著「秋白先生服裝面料新品兼秋冬季服裝釋出會」。看著周圍的觀眾臉上時不時流露出的欣喜的神情，章桐的心中卻生出了更多涼意。她沒有辦法把一個天才和魔鬼連繫在一起。

很快，燈光暗了下來，音樂聲也變得緩和了許多。打扮得體，身材曼妙的模特兒們開始一個接一個緩緩走上伸展臺。冷豔的面容，茫然的目光，襯托著色彩怪異的服裝，在伸展臺上猶如幽靈般緩緩走過。

章桐可沒有心思去欣賞這一件件在別人眼中難得一見並且價格不菲的珍貴服裝，她從包裡掏出相機，開始不停地拍攝著在自己面前走過的模特兒身上的衣服。最後，全場的聚光燈都打在了最中心的位置，音樂聲也停了下來，現場鴉雀無聲。

「出什麼事了？」章桐疑惑不解地小聲問身邊的一位年輕女士。

「壓軸的衣服出來了！快看！據說會上下一期《時尚》雜誌的封面吶！」年輕女士的目光中充滿了崇拜。

在眾多身材高挑的模特兒之中，眼前的這個年輕女孩非常特別，她身材嬌小，容貌秀麗，一頭披肩長髮盤得高高的，露出了天鵝頸般線條優美的脖頸，突顯出她的華貴與典雅。

她身上穿著的是一襲輕薄的晚禮服，不是薄紗質地，很有垂感。模特兒的曼妙身姿在透明的晚禮服中若隱若現，讓在場的所有人都驚嘆不止。當身材嬌小的模特兒漸漸走近自己身邊的時候，章桐的呼吸都快停止了，因為她在模特兒的衣服胸部位置上看到了一隻活靈活現、展翅欲飛的藍蝴蝶！

故事二　霓裳羽衣

　　她太熟悉這隻蝴蝶了，她也深知這隻蝴蝶根本就不該出現在這裡！

　　章桐趕緊站起身用相機鏡頭拍下了這可怕的一幕，在按下快門的那一刻，她的目光和模特兒的目光交會到了一起，模特兒先是驚訝，然後對她微微一笑。

　　沒等展覽結束，章桐就站起身擠出了黑壓壓的人群，來到後臺門口。模特兒們在小門裡進進出出，章桐趁機混了進去。她一定要近距離看看那件衣服。

　　相比起櫃檯觀眾的嘈雜，後臺更顯得忙亂，模特兒們進進出出，助手們在不停地來回奔跑，喝斥聲、叫喊聲不絕於耳。

　　章桐站在門邊的角落裡耐心等待著，她的目光往更衣室的方向四處打量搜尋，終於，她看到了那個身材嬌小的模特兒正從舞臺通道那邊走了過來，而在她的身上，正是那件特殊的晚禮服。章桐難以抑制住內心的激動，趕緊向前湊過去，擠進人群，尾隨著那女孩走進了更衣室。

＊　＊　＊

　　童小川一邊開車，一邊不停地撥打章桐的手機，通話卻一直被接入留言信箱。他急了，他知道以這女人倔強的個性，她是肯定不會放過眼前這個特別的機會的。章桐是個聰明的女人，她清楚只有找到那些被拿走的皮膚，才能指證凶手。那些證人、證言和聊天紀錄只能是間接指證，在法庭上發揮不到關鍵性的作用。童小川後悔極了，在警局門口見到章桐的時候就應該把她攔住。或者至少自己應該陪她一起去，保證她的人身安全。

　　電話還在一遍遍地撥打，童小川嘴裡不停地嘟囔著：「……快接電話，快接電話，求妳了，快接電話啊……」

　　不遠處，一輛紅色的比亞迪狠狠地「吻」了前面車子的屁股，兩個車

第十一章　霓裳

主開始理論、爭吵，並且有愈演愈烈的趨勢，一條長長的車龍起先還不緊不慢地走走停停，到後來乾脆就停下不動了。馬路上水洩不通，而導航顯示離目的地還有十多公里，童小川不由得怒火中燒，狠狠地一拳打在了方向盤上。他皺眉想了想，突然拔下鑰匙，把車子熄火，打開車門下了車，不顧身後司機大聲抱怨，一頭跑進了長長的車流之中。

他拚命地奔跑著，腕上的手錶顯示已經過了晚上8點，也就是說，服裝展示會早就已經開始了。而身後這條長龍沒有半個小時以上是根本不會動的，童小川不能就這麼乾等下去。他跑到前面路口，攔住一輛正停著的計程車，趕緊鑽了進去，亮明身分後，讓司機立刻開往凱賓斯基展覽中心。

＊　＊　＊

更衣室裡，到處都堆滿了衣服和雜物，亮著燈的梳妝檯上，散落著一堆眉筆、口紅和高光粉。章桐進來的時候，女模特兒正在助手的幫助下脫衣服。

「能讓我看看妳身上的衣服嗎？」章桐不會說謊，她今天來就是為了看眼前這件特殊的衣服，她不想費太多口舌解釋自己的來意。

助手剛要上去驅趕章桐，卻被女孩攔住了，她示意助手出去，助手心領神會地點點頭，退出了房間。

年輕女孩隨後轉頭看向章桐，目光中充滿了與生俱來的特有的高傲：「我知道妳，剛才我出場的時候，是妳第一個站起來拍照的。」章桐點點頭，尷尬地笑了笑，伸手一指女孩身上的晚禮服，由衷地讚嘆道：「這件衣服真的很美，能讓我摸一下嗎？我只要摸一下就可以。」

或許是見慣了對自己身上所穿的衣服著迷的女人，女孩並沒有感到意

故事二　霓裳羽衣

外,相反,她挺胸抬頭,落落大方地笑了笑:「當然可以,只是你要小心,因為這件是絕版!是設計師專門為我一個人設計和製作的!」

章桐的心猛地一顫,驚訝地看著眼前的年輕女孩,半天,才緩緩說道:「這件衣服,妳穿著確實很漂亮,妳叫什麼名字,能告訴我嗎?」

「莊小月。」年輕女孩的臉上露出了幸福的笑容,「我很快就要去巴黎了!」

「是嗎?祝賀妳!」

「妳是哪個經紀公司的?方便告訴我嗎?」莊小月隨口問道。

此刻,章桐所有的注意力都集中在了離自己不到10公分遠的那件特製的晚禮服上。這是一件堪稱工藝品的晚禮服,高超的裁剪技藝,精心修飾的板型,再加上那看似透明、薄如蟬翼,卻不失高雅莊重的面料搭配方式,更是讓章桐的心中充滿了異樣的感覺。

不用看第二眼,這與眾不同的紋路,還有那特殊的手感,雖然經過了加工,但是人類皮膚所特有的那種質地是無法被徹底改變的。最讓章桐感到震驚的是那隻藍色的蝴蝶!

她茫然地抬起頭,對莊小月說道:「真對不起,這件衣服妳能脫下來交給我嗎?」

「為什麼?這件衣服不賣!」莊小月感到很驚訝,她下意識地伸手護住了自己的前胸,「這只是一件展品,是非賣品,是我私人擁有的物品!」

章桐無奈地站起身,從隨身帶著的手包裡拿出了自己的證件和一副乳膠手套:「我是市局的法醫,妳身上這件衣服是一件謀殺案的物證,請妳脫下來,好嗎?」

「謀殺案?」莊小月愣住了,「這不可能,妳胡說!」

第十一章　霓裳

「請妳換下這件衣服，或者，跟我去趟警局，協助我們的工作。」章桐一邊說著一邊掏出手機，想和童小川他們聯絡。她這才意識到自己的手機還處在劇場模式，沒有來得及更換過來，她的目光完全集中在了手機螢幕上。

就在這時，只聽「嘭」的一聲，章桐根本來不及做出任何反應，眼前一黑，就向前倒在了冰冷的水泥地面上。身後，一個30歲左右的年輕男人輕輕地放下了手中的凳子，滿臉歉意，抬頭對莊小月說：「對不起，我來晚了，小靜剛剛才通知我。」

來人正是丁秋柏。莊小月趕緊手忙腳亂地換下衣服，同時衝著丁秋柏瞪了一眼：「你再不來的話，我就自己動手了！」

「那我們怎麼處理她？」年輕男人伸手指了指躺在地上一動不動的章桐，「我想她應該沒有看到我的長相。」

「不管她有沒有看到你的長相，她是個法醫，能追到這裡來，就說明已經死死咬住你了，她居然要我的衣服，太過分了！」莊小月的臉上滿是不屑的神情，她狠狠地一揮手，「把她帶到天臺上去，到時候就說她是自己喝多了失足墜落的，和我們沒有關係！」

在她右手方向，有一個鐵質防火梯，可以直通樓頂天臺。

「會有人看見的。」丁秋柏的話語中充滿了慌張。

「那邊的監視器是壞的，我昨天上去抽菸的時候就發現了。」說著，莊小月轉身從梳妝檯下面拿出一瓶紅酒，擰開蓋子，「快，把她扶起來！真可惜我的這瓶紅酒了，我都沒捨得喝幾口！」

「妳這是做什麼？」丁秋柏有點手足無措，聲音近乎哀求，「月月，這不好吧。我不想再殺人了，我的作品已經完成了，不需要再傷害別人了！」

故事二　霓裳羽衣

「殺人不好？你自己殺了那麼多人，還來說我！如果我被抓住的話，你也別想跑！」

丁秋柏哀怨地看了莊小月一眼，小聲嘟囔著：「月月，妳太狠了！你變了，變得不像妳了！」

莊小月才懶得搭理他，她一邊把紅酒酒瓶的口對準昏迷不醒的章桐的嘴巴，拚命地灌，一邊抱怨道：「你真笨！不灌酒，怎麼說她是酒後失足墜樓？」

看著灌得差不多了，莊小月又把剩下的酒全倒在了章桐的身上，然後慌忙地把酒瓶一扔：「快，搭把手，我們把她架到樓頂天臺去！」就在這時，屋子角落傳來了此起彼伏的手機鈴聲，莊小月看了丁秋柏一眼，丁秋柏趕緊擺手：「不是我的手機，應該是這個女人的！」

「管不了那麼多了，趕緊上去！」兩人一前一後架著意識模糊的章桐，順著鐵質防火梯向樓頂天臺艱難地爬去。

* * *

凱賓斯基展覽中心的天臺並不是很大，離地面有八層樓高，四周沒有圍欄。因為平時幾乎沒有人上去，展覽中心的工作人員也沒有費心去多做什麼安全措施，監視器壞了，也懶得修。

天臺上的風非常大，刮過耳邊，呼呼作響。此處沒有什麼照明設施，周圍一片漆黑，站在天臺上，能看到不遠處高塔上的點點燈光。兩人小心翼翼地拖著章桐來到天臺邊上，停了下來。因為被風吹的緣故，章桐漸漸有了一點意識，她矇矇矓矓地睜開雙眼，一陣頭痛襲來，讓她幾乎叫出了聲。莊小月衝著丁秋柏叫喊：「快推啊！」丁秋柏渾身一哆嗦，雙眼緊閉，用力把章桐推了下去。因為害怕，兩人都顧不上往樓下看一眼，就跌跌撞

第十一章　霓裳

撞地趕緊往防火梯的入口跑去。

＊　＊　＊

童小川的計程車終於趕到了凱賓斯基展覽中心旁的車道上，他來不及等計程車完全停穩，把車費塞給了司機後，就一把拉開車門跳了下去。

服裝釋出會剛剛結束，很多觀眾從出口處走了出來，一時之間，街上熙熙攘攘，萬頭鑽動。童小川焦急地一邊繼續撥打章桐的手機，一邊下意識地抬頭看了一眼天空。目光所及之處，他呆住了，因為四樓的外接陽臺扶手處的裝飾掛鉤上掛著一個人，那人正用右手死死地抓著外接扶手裝飾，搖搖欲墜，體力明顯嚴重不支。

童小川的心猛地被揪了一下，因為他認出了那身淡紫色長裙。

「快讓開！我是警察！」童小川大聲怒吼，用力推開了身邊的人群，跳過欄杆，向入口處一旁的防火梯拚命跑去。

防火梯被一把大鎖死死地鎖著，童小川拽了幾下沒拽動，他一咬牙，隨即退後幾步，飛起一腳踹斷了門鎖，一把拽下斷了的鐵鏈，然後幾步一跨沿著防火梯向樓上跑。

身後的工作人員被驚得目瞪口呆，不知道究竟發生了什麼事，也不敢阻攔他，只得乖乖地緊跟在身後。

到了四樓外接陽臺處，人們這才注意到這裡的陽臺外面掛著一個人。童小川努力了幾次，都沒有辦法碰到章桐所在的位置，他急了，衝著身後跟上來的工作人員怒吼：「快，抓住我的腿。」說著，向後退了幾步，然後猛地快跑，向陽臺外面撲過去。

反應過來的工作人員趕緊死死地抱住童小川的雙腿，讓他整個人倒掛在了陽臺上。終於，離章桐所處的位置近了，他看到了章桐臉上的血跡，

故事二　霓裳羽衣

童小川的心一陣發顫，他趕緊一把抓住了章桐的右手手臂。就在那一刻，章桐的右手鬆開了，整個人猛地向下一墜。

死亡彷彿觸手可及，看著心儀的女人滿臉是血，充滿驚恐的目光死死地注視著自己，童小川心急如焚。

「堅持住！」他怒吼著，眼淚瞬間滾落了下來，打在了章桐的臉上，「快拉我們上去！」

四樓外接陽臺上的工作人員聽到喊聲，趕緊使勁把兩人一起拽上了陽臺。

在雙腳接觸地面的剎那，童小川再也抱不動章桐了，雙膝一軟癱坐在地。

此刻，樓下圍觀的人群中爆發出了一陣熱烈的掌聲，大家總算是鬆了口氣。

因為慣性，章桐重重地摔倒在了童小川的身上。童小川焦急地問：「妳沒事吧？怎麼樣，有沒有哪裡受傷？」

「我沒事，快，那條裙子！證據就是那條裙子……不要讓他們跑了！」

不顧自己頭痛欲裂，章桐掙扎著想站起來。

「裙子？」童小川愣住了。

「對，演出時最後上臺的那條裙子，一條晚禮服，是用人皮做的！快去抓住他們！那是證據……」章桐的一番話讓童小川不寒而慄，他顫抖著手從口袋裡摸出手機。

＊　＊　＊

市局詢問室裡，老李結束通話了電話，神色凝重。

第十一章　霓裳

　　電話是童小川從凱賓斯基展覽中心的案發現場打過來的。由於腦部受到了重擊，章桐被送往醫院進行觀察，嫌疑人丁秋柏和莊小月不知所蹤。老李仔細地打量著坐在自己對面的莊小琴，目光中充滿了同情。

　　「我們就打開天窗說亮話吧。你的未婚夫丁秋柏是我們正在追捕的一個在逃殺人犯罪嫌疑人，對於他所做的事情，我們警方已經掌握了足夠的證據。現在需要你做的，就是協助我們把他抓捕歸案。」

　　就像無形之中有一枚針深深地扎進了莊小琴的胸口，她痛苦地閉上了雙眼。這個細微的表情並沒有躲過老李的目光，老李重重地嘆了口氣：「都到這個時候了，妳還不說，為什麼呢？還有，剛才我同事在電話中說，有一個女人一直跟丁秋柏在一起，你知道這個人嗎？」

　　莊小琴突然睜開緊閉的雙眼，焦急地看著老李：「天哪，難道是小月？」

　　「她是你什麼人？」老李皺眉。

　　「她是我妹妹啊！我同父異母的妹妹！」眼淚從莊小琴的臉上滑落下來。

　　老李無奈地搖搖頭：「和我說說她吧，莊小琴，把妳知道的一切都告訴我們，或許才能夠挽救妳的妹妹和妳的未婚夫。」

　　聽了這話，莊小琴長嘆一聲，無力地靠在了身後的椅背上，她的目光變得黯淡無神：「是我不好，都是我不好……」

　　「妳現在責怪妳自己又有什麼用？如果再不把這兩人抓捕歸案的話，還會有更多人死於非命！」老李死死地瞪著莊小琴，「妳在屍體上做的那些彌補，別以為我們警方就沒有證據抓妳！還有，那個被你們綁架的女生，她現在到底怎麼樣了？人被關在哪裡？」

　　「我們不是故意殺人的！真的不是故意殺人的！你快去救救小月，她

故事二　霓裳羽衣

還是個孩子……」莊小琴猛地撲到老李面前，雙膝跪地，急切地說道，「你們快去，雲湖度假村三號別墅，快去！我想他們現在應該就在那裡！」

看著眼前這個和自己女兒一般大的年輕女生淚流滿面的樣子，老李的心中不由得充滿了悲哀，他默默地站起身，走到詢問室門口的時候，猶豫了一下，轉身對她說道：「我想我忘了跟妳說了，我的同事剛才在電話中對我說了，這件案子，妳妹妹莊小月是脫不了關係的。」

莊小琴頓時感覺自己的臉上就像被人狠狠地搧了一巴掌，她癱倒在地，整個人徹底蒙了。

走出詢問室後，老李對站在門口守候著的阿強說道：「給我好好看著，別出意外。」

阿強點點頭：「放心吧。」

老李這才神情嚴肅地向辦公室走去，邊走邊掏出手機撥通了童小川的電話：「雲湖度假村三號別墅，我這邊馬上派人過去支援你。你注意安全！保持聯絡！」

＊　＊　＊

郊外別墅門口，一輛黑色的帕薩特轎車停了下來。拉上手剎後，神情慌張的莊小月剛要拉開車門，卻發現車門被鎖得嚴嚴實實，她惱羞成怒地轉頭看著身邊駕駛座上的丁秋柏。

「月月，我求妳了，跟我走吧，走得遠遠的，我的錢已經足夠我們後半輩子生活了。妳的所有願望我都能滿足妳，我們結婚好不好？結婚。」丁秋柏淚眼矇矓地看著自己心愛的女人，嗓音沙啞，「嫁給我，月月。」

莊小月不由得一怔，轉而露出了厭惡的神情：「你胡說八道什麼啊！

第十一章 霓裳

結婚？就嫁給你？你也不照照鏡子！再說了，模特兒嫁人了，還能當模特兒嗎？別做什麼春秋大夢了，趕緊帶上東西走吧！」

丁秋柏彷彿沒有聽見莊小月的催促，他面如死灰：「月月，妳說什麼？我做這一切可都是為了妳！」

「快把門給我打開，不然我可要喊人了啊！丁秋柏，你別想得太美！為了我？你騙誰呢？我在這裡可要把話給你說明白了，這些人都是你殺的，和我一點關係都沒有，包括那個摔死的女人，跟我一點關係都沒有，你聽清楚了沒？等等警察抓你，那是你的事，你做了壞事被抓，那是活該，我可還要去巴黎呢……喂，我說你吶，發什麼愣，快把車門打開！」此時的莊小月不再是先前溫婉動人的模樣，彷彿是一個發了瘋的女人，她一邊用力推著車門，一邊試圖伸手去觸碰那個控制車門開關的按鈕。

「啪啦」，車鎖應聲打開。丁秋柏的右手也無力地垂了下來。莊小月如釋重負般推開車門鑽了出去，她並沒有忘記轉身去拿那個裝著晚禮服的包。關上車門後，莊小月頭也不回地向別墅大門跑去。丁秋柏面色慘白，像一個幽靈一般緊跟在莊小月的身後走進了別墅。

故事二　霓裳羽衣

第十二章　承諾

　　整個別墅就像一棟鬼屋。

　　站在雲湖度假村三號別墅的法式落地長窗邊，雖然屋裡沒有開燈，但是趁著窗外的月光，童小川可以很清楚地看到離自己不遠處的客廳地板上那可怕的一幕。

　　屋裡靜悄悄的，三分鐘熱風穿過開著的落地長窗，夾雜著一股濃濃的鐵鏽味撲面而來。地板上躺著的兩個人一動不動，男人平躺著，身下滿是血，他的右手摟著一個年輕女孩，左手握著一個黑乎乎的東西。童小川知道，那是槍，因為他聞到了空氣中有淡淡的煙火味道，這味道對於一個和槍支朝夕相處的人來說，再熟悉不過了。

　　他緊緊摟著的年輕女孩，身上穿著一件長裙，衣服早就已經被血液浸透，分辨不出原來的顏色。女孩臉上的表情看不清楚，她的頭枕在男人的胸口上，歪歪的，就像睡著了一樣。

　　在起居室的茶几上，有一張紙，用一個隨身碟壓著，紙上歪歪扭扭地寫了一句話：追求美並沒有錯，但是不該用生命做代價。

　　童小川遲疑了一下，便把手機塞回了口袋，他知道，房間裡的這一幕表明已經沒有再通知後援的必要，面前的兩個人，顯然早就死了。

　　刺耳的警笛聲由遠及近，童小川沒有跨進現場，他知道自己該站在哪一個位置。他在牆角邊的石凳子上坐了下來，順手從口袋裡摸出了菸盒，低頭瞪著已經空空如也的菸盒，童小川的眼神中充滿了沮喪。

第十二章　承諾

「童隊，情況怎麼樣？」說話的是刑偵大隊的偵查員王志新。

童小川抬頭，長嘆一聲：「我剛到沒多久，屋裡那兩個人應該都死了。就等你們來了，這個隨身碟裡應該是和這個案子有關的資料⋯⋯對了，小王，你身上有菸嗎？」

王志新微微一笑，從口袋裡摸出一包香菸，丟給了童小川，這才大步向別墅裡面走去。

童小川回到自己的車上，打開警用電臺，一陣靜電噪音過後，對面突然傳來了急切的呼叫聲：「總部，總部，我是28AB，位置雲湖度假村三號別墅，請求馬上派救護車過來，這邊發現了一個受害者，她還活著⋯⋯」童小川的臉上露出了一絲難以察覺的微笑，他順手從儀表板上抓過一個打火機，點燃了一支香菸，然後靠在駕駛座上，深深地吸了一口。總算結束了。

＊　＊　＊

審訊室裡，悄然無聲。

老李隔著桌子沉默良久，童小川依牆而立，不語旁觀。

「已經兩天了，你瘦了許多，莊小琴。」老李先開口。

「是嗎？我在這裡很好，吃得好，也睡得好。」莊小琴喃喃自語，「你們今天該放我出去了，48小時已經到了。」

老李搖搖頭：「不，妳恐怕暫時出不去了。妳的案子很快就會移送到檢察院。」

「我沒有殺人！」莊小琴急了，「我不怕你們告我，你們不能冤枉好人，你們沒有證據指證我殺人。」

故事二　霓裳羽衣

「誰說妳殺人了？」童小川輕輕一笑。

莊小琴的臉上閃過不快，她轉頭看著童小川：「既然認定我沒有殺人，你們已經扣留了我 48 小時，又有什麼意義？」

童小川一言不發，老李則慢悠悠地說：「妳對丁秋柏的事是知情的，妳隱瞞不報，我們有證據，所以妳走不了了。」

「你別胡說，我怎麼會知道丁秋柏所做的事情。你們直接去問他呀。」莊小琴揚起了高傲的頭，在那一刻，站在門外觀察室裡的章桐突然有一種錯覺，眼前的這個年輕女孩就是莊小月，那個差點置自己於死地的女模特兒。她不由得皺起了眉。

老李看了童小川一眼，童小川的臉上沒有任何表情。

「我想，現在我可以告訴妳了，丁秋柏和妳的妹妹莊小月已經畏罪自殺了。」

這句突如其來的話令莊小琴的臉頰猛地抽動了一下，但是很快，她又笑出了聲：「不可能的，你們別騙我。小月不可能自殺！」

「妳好像堅信只要妳不說，妳的未婚夫就永遠都不會被定罪，真相也就永遠都沒有辦法被揭開。但是妳錯了。」老李舉著手裡的相片，說：「妳妹妹身上的這條裙子就是所有的答案。我不明白的是，既然丁秋柏是妳的未婚夫，為什麼他會為了妳妹妹而犯案？難道說妳妹妹才是他愛的人？」

「你說的我聽不懂！」莊小琴把頭微微地轉向了窗戶，「他不可能愛她，他愛的是我，我們就要結婚了！」

「我只有一個問題想問妳，」童小川說，「妳難道就不想知道妳的未婚夫和妳的親妹妹為什麼而死嗎？」

莊小琴抬頭看著童小川，目光中充滿了憤怒，但始終沒有開口說話。

第十二章　承諾

「這是屍檢報告。」老李嘆了口氣，把它遞給了莊小琴，「妳也是醫生，我想，妳看得懂！」

莊小琴猶豫了一下，隨即伸手接過報告，打開看了起來。

房間裡的氣氛變得異常緊張，莊小琴仔細地看完了屍檢報告，一言不發，但她顫抖著的雙手沒有躲過童小川和老李的眼睛。

莊小琴的嘴抿成一條線，她垂下頭，似乎在忍耐著什麼。終於，她抬起頭看向老李：「難道……真的是秋柏殺了……我妹妹，然後自殺？上面寫著只有一發子彈啊……」

老李點點頭：「在丁秋柏的右手手掌上發現了火藥射擊後的殘留物，妳妹妹莊小月的手掌上是乾淨的，所以可以確定是丁秋柏開的槍。而莊小月右太陽穴部位的槍擊傷也可以證明這一點。丁秋柏右太陽穴上近距離的槍擊貫通傷口附近的灼燒痕跡顯示，開槍時，槍管和兩人的頭部，都是靠得很近的，在這種情況下如果開槍，就是兩條命。我們法醫沒有在丁秋柏的腦部找到子彈，而在莊小月的腦部找到了這枚子彈的彈頭，上面也有丁秋柏的腦組織殘留物……還需要我講得再詳細一點嗎？」

童小川看著莊小琴，她臉色灰白如土，雙眼死死地盯著桌面。

「你們為什麼想知道真相？人都已經不在了，知道真相還有什麼用？」她輕聲說道。

「你錯了，本案的犯罪嫌疑人雖然已經自殺身亡，程序上來看，這個案子也應該算是結案了，但是，那些死者的家屬有權利知道真相，至少要讓他們知道自己的女兒究竟是怎麼死的！把妳知道的都說出來吧，我想，這樣妳下半輩子也應該能夠得到解脫。」

莊小琴一直努力保持平靜的面容逐漸崩潰，聽到這話的瞬間，她的淚

故事二　霓裳羽衣

水奪眶而出：「好吧，我告訴你們。」

老李看了童小川一眼，隨後打開了桌子上的錄音機。

「每個女孩都有追求美的權利。我小時候一直夢想著有一天我會像個公主一樣，不光有一個深愛我的王子，同時，還會有滿滿一櫃子專門為我定製的衣服，春夏秋冬，一年四季，我都不用發愁。感謝老天，在一次同學聚會上，我遇到了丁秋柏，我們一見鍾情。他是個勤奮的男人，很有事業心，為了能設計出自己喜歡的面料，他經常在自己的實驗室裡一待就是整整一個星期。他對我表達愛的方式也很特別，就是為我做一件件美麗的衣服，讓我成為所有人眼中最美麗的公主。我不知道小月是什麼時候喜歡上他的，但是當她向我宣布說要辭去工作，做丁秋柏的專屬模特兒時，我感到了一絲不安。因為從小到大，只要是小月看上的東西，她都會想盡一切辦法把它奪走。可是，我退縮了，選擇了逃避，不敢去面對現實。我一直告訴自己，不斷地告訴自己，他是愛我的，他要與我結婚了。那天，我去他的別墅，也就是雲湖度假村三號，別墅裡沒有人，我知道他肯定在地下室，因為那裡就是他的實驗室。我到了地下室門口，看到了不該看到的東西……」說到這裡，莊小琴的臉上露出了驚恐的神情，「那裡不是他的實驗室，那裡簡直就是一個屠宰場！」

聽到這話，老李和童小川面面相覷。

「我推門進去，在那地方，我根本就沒有辦法呼吸。空氣中，充滿了血腥味和令人作嘔的臭味，還有嘔吐物的酸腐味，我驚呆了。一個年輕女孩，披頭散髮地躺在輪床上，非常虛弱，快死了，她的後背血肉模糊。就在這時，丁秋柏出現在了我的身後，我害怕極了，我怕他也要這樣對我。但是他對我說，他不會殺人，他之所以這麼做，只是為了要這些年輕女孩

第十二章　承諾

的皮膚，目的就是設計出一款最新的服裝面料，因為皮膚的柔韌性和結構，是所有衣服面料都沒有辦法媲美的。古時候，我們有人皮燈，那都是進貢皇家的最珍貴的東西。他說過，要做就要做最好。而那時候，那女孩已經死了，我即使報警也已經來不及了。我所能做的，就是把女孩的傷口清洗、縫合，讓她體面地離開這個世界。」

老李嘆了口氣，根據莊小琴此刻的供述，已經完全可以認定她是包庇了。

「我懇求他，不要再繼續了，如果再這麼做的話，要盡可能少地產生創面，這樣傷者就不會因為感染而死去。我事後也對屍體做了一點補償，以求得自己良心上的解脫。」

「他是使用什麼方法找到這些受害者的？」

「聊聊。」莊小琴說，「就是那種搖一搖，有定位的功能。我不喜歡那個東西，因為讓人太沒有安全感了。」

「莊小琴，丁秋柏在老鴨塘租過房子，妳知道這件事嗎？」

莊小琴點點頭：「我知道，但是我沒有去過那裡，只是聽說那是他的一個倉庫，後來發生了火災，他很著急，因為有些資料在裡面，他還回去找過，但沒找到。」

老李看了一眼童小川，轉頭對莊小琴說道：「妳接著往下說。」

莊小琴抬起頭，眼眶紅腫：「後來，小月去他那裡工作後，他就再也不提結婚的事情了。我想，就是那個時候出的事吧。只是我不明白，他為什麼要殺了小月！他完全可以投案自首的！就算是被判幾年，我還是會等他的，他為什麼要那麼絕情，選擇和小月一起死！」

「莊小月是什麼時候去丁秋柏身邊工作的？」

故事二　霓裳羽衣

　　莊小琴想了想，說：「大概一個月前吧。」

　　童小川嘆了口氣：「莊小琴，丁秋柏之所以殺害莊小月，原因很簡單，他愛上了妳妹妹，他所做的一切都是為了莊小月，包括這條裙子，也是為妳妹妹量身定製的。他太痴迷於莊小月了，可以說妳妹妹是他所有靈感的來源。以至於最後，當他明白莊小月只是在利用自己的時候，悲劇就發生了。」

　　說著，童小川走到莊小琴面前，神色凝重地說道：「妳是一個聰明的女人，你應該早就看出了丁秋柏和妳正在逐漸疏遠，妳妹妹取代了你在他心中的位置。所以，他才會不惜一切代價和妳妹妹同歸於盡啊！如果妳早一點向我們警方報案的話，妳妹妹和那些女孩或許就都不會死。」

　　「你胡說什麼！你在說什麼……你胡說……你胡說！」莊小琴失聲痛哭了起來。

　　老李剛要制止她，卻被童小川攔住了。

　　「其實這些，她早就已經知道，只不過她不願意去面對而已。老李，就讓她哭個夠吧，自責和內疚會陪伴她的下半輩子的。」

　　傍晚，童小川開車帶著章桐一起來到了市第二醫院。下午接到醫院電話，說王小雨已經甦醒過來了，她急著要見警察。

＊　＊　＊

　　靜靜的走廊裡，美麗的夕陽透過玻璃窗，陽光鋪滿了整個樓板。出示證件後，兩人向王小雨的病房走去。「我一直想問你一個問題。」說這句話的時候，章桐並沒有看童小川，她的目光默默地注視著前方。

　　童小川輕輕一笑：「說吧，妳問什麼都可以。」

第十二章　承諾

「你是怎麼知道莊小琴其實早就知道自己的未婚夫愛上了莊小月的？」

「那張相片，我在她辦公桌上看到的相片。」童小川若有所思地說道，「你說，一個即將結婚的女孩，會在自己的辦公桌上放一張被撕壞的未婚夫的相片嗎？相片背後的膠帶痕跡太明顯了。而她妹妹的相片也被撕壞了，又重新黏貼了回去。所以，我想，她其實一直生活在自己的世界裡，拒絕承認自己已經被拋棄的事實。」

「真不知道她以後的日子該怎麼過……」章桐輕聲嘆了口氣。

話音剛落，一個護理師正好推門走了出來，她看見章桐和童小川，不由得皺眉，很不樂意地說：「你們怎麼現在才來啊？我不是很早就打過電話給你了嗎？病人醒過來後就一直要找你們，情緒很激動，剛剛打了鎮靜劑，睡著了。」

「是嗎？她說什麼了嗎？」童小川有些失落，他看了一眼身邊一言不發的章桐。

「她一直翻來覆去說一個名字，」小護理師想了想，然後點點頭，肯定地說道，「蘇茜！沒錯，就是這個名字！她說，請你們一定要告訴蘇茜的媽媽，說她女兒留下話來，叫她轉告蘇茜家裡人不要等她了，她不會再回來了。原話大概就是這樣。」

章桐的眼淚頓時流了下來。

＊　＊　＊

警局五樓的辦公室裡，老李默默地站在落地窗前，看著遠處夕陽西下，他感到說不出的疲憊。手機鈴聲響起，老李習慣性地伸手去口袋裡掏，卻意外地發現掏出的手機並不是那個發出鈴聲的手機，而另一部手機正在另一個褲子口袋裡不停地響動著。老李接起電話：「什麼事？」

故事二　霓裳羽衣

　　電話是阿強打來的：「老李，你還記得老鴨塘那場火災後，王伯第二天凌晨『見鬼』的事情嗎？」

　　「沒錯，老爺子到現在說不定還堅持著呢，你怎麼突然跟我說這個？」

　　「在別墅命案現場發現的隨身碟上，小九他們發現了明顯的煙燻痕跡，可以斷定隨身碟曾經在火場中停留過，差點被燒毀了。」

　　「哦，是嗎？那裡面的資料還能讀出來嗎？」

　　阿強忍不住嘿嘿一笑：「這就不是個事，小菜一碟嘛。不過由此可以看出，這東西對丁秋柏來說意義重大，因為上面都是他每次做實驗時的相關資料。我想，追求完美的他是無論如何都不會捨得放棄的。」

　　老李長嘆一聲，默默結束通話了電話。

　　他悲哀地意識到，或許直到扣動扳機的那一刻，丁秋柏才真正意識到自己在乎的究竟是什麼，可是，一切都已經太晚了。

故事三
彼岸花開

白色的彼岸花叫曼陀羅華，花語為：天堂的來信；
紅色的彼岸花叫曼珠沙華，花語為：地獄的召喚。
同是代表死亡，一個偏向於對死亡的另一種解釋：新生；
另一個卻偏向於對痛苦與悔恨的徬徨與徘徊：墮落。
所以說，地獄與天堂，僅是一線之隔，天使與惡魔只在一念之間……

故事三　彼岸花開

楔子

「你……你想幹嘛？」他嗓音發顫，目光中驚恐與訝異交錯，「為什麼？為什麼這麼做？」

「你知道我想做什麼。」對方嘿嘿一笑，「這麼多年了，你已經活夠了。」

「你……你聽我說，殺人是犯法的，你……你冷靜點，你……」他一步步往後退，就好像自己面前站著的不是個人，而是個準備勾魂的鬼，身體下意識地盡量遠離。

就在這時，他看見了對方朝著自己做了一個怪異的動作，心中頓時一涼：「你怎麼會有……」

話沒有說完。

「啪！」槍響了，他應聲倒地。

此刻的他突然明白了一個道理，有時候，人，要比勾魂的鬼可怕多了。

鮮血隨著身體的抽搐「咕咕」地從腦後流出來，沒多久，他再也不動了。

第一章　屍體迷蹤

第一章　屍體迷蹤

　　夏日的午後，陽光穿過玻璃窗照射進房間。在玻璃的中央，一個黑乎乎的東西靜靜地停留在那裡，彷彿已經和這塊玻璃緊緊地融合在了一起。那是一隻蟑螂，確切地說，是一隻蟑螂的乾屍。章桐不知道它為什麼會以這樣一個怪異的姿勢停在那裡，她感到疑惑不解。

　　室外的溫度早就超過了40攝氏度，這樣的天氣已經持續了整整一週，新聞報導中用「百年一遇的酷熱」來形容這極端天氣，市區甚至有幾個病患因為嚴重的中暑症狀而死亡。在這樣的環境中，一隻被晒死的蟑螂，顯得很是微不足道。

　　此刻，章桐待的房間裡更是悶熱難耐。由於門窗緊閉，空氣不流通，連呼吸都變成了一種奢侈。

　　可以看得出來，房間裡已經有很長時間沒有人居住過了，窗臺上滿是灰塵，家具上蓋著一層白布，用來防塵，地上鋪著一層木質地板。

　　悶熱的空氣中充斥著濃重的霉味，卻唯獨沒有血腥味和屍體腐爛的味道。

　　章桐皺起了眉頭。她拉上窗簾，在房間裡各個角落轉了一圈，魯米諾噴了個遍，對每一寸牆壁都過一遍篩子似的進行檢查，卻仍然一無所獲。她摘下護目鏡，拉開窗簾，回頭看了一眼靠在門邊的小潘，小潘雙手一攤，愁眉苦臉地搖搖頭。

　　章桐放下手中的工具箱，摘下手套，然後從口袋裡摸出手機，撥通了

故事三　彼岸花開

老李的電話。電話很快就接通了。

「章醫生，有什麼發現嗎？」老李的口氣顯得很急切。

「你確定對方講的就是這裡？」章桐反問道。

「是的，看守所那邊打來的電話中就是這麼說的。」老李肯定地說，「雖然不乏有些人為了保命胡說八道，但是這個人，所長老袁評價說還是挺老實可靠的，又因為認罪態度很積極，又有自首情節，所以，判了個死緩。為了求得良心上的安慰，說假話的可能性不是很大。」

「他有沒有說屍體的處理方式？」

「這個……倒是沒有詳細說，他也只是供述說是酒後和一個同夥聊天吹牛時，對方說起的，都是三年前發生的事了。他唯一能肯定的就是，有人在這個屋子裡被害。」

「確定這個屋子是案發第一現場？」

「是的，他很肯定。」

「那時候有人報失蹤了嗎？」

「正在查，失蹤人口組那邊不可能這麼快有消息的。」

「那好吧，我再仔細檢查一下。回頭有情況了再打電話給你。」

把手機塞回口袋裡，章桐走出房間，來到屋外。刺眼的陽光讓她幾乎睜不開眼睛。這是一個度假別墅區，統一由物業公司採取酒店式管理。此刻，物業經理正滿臉慌張地站在門口，和專案內勤阿強談話。「請問，你是這裡的負責人嗎？」章桐一邊說著，一邊拿出墨鏡戴上。不知什麼緣故，這段日子眼睛總是會一陣一陣地刺痛。

「是的，我是。」物業經理誠惶誠恐地走上前來，「有什麼事嗎？」

第一章　屍體迷蹤

「這個房間，這三年期間住過多少人？你們對房間進行過整修嗎？」

「住過多少人，這就不好說了，三年至少也有上百人吧。」物業經理是個頭頂微禿的中年男人，臉上的笑容似乎是用刀子刻上去的，「整修的話，今年年底的淡季，我們會有整修的安排。雖然這些老房子都有一定的年分了，但是品質方面還是很不錯的，據說當年還是德國設計師設計的呢。對了，你們在這裡找什麼？還需要多長時間？這裡已經預訂出去了，明天會有客人入住的。」

章桐皺了皺眉，三年的時間，上百人居住過，上百次的打掃，那就意味著案件相關證據已經遭受到了無法挽回的破壞。她沒有回答，轉身走進了房間。

小潘一抬頭，見章桐滿臉的煩惱，安慰道：「章醫生，他巴不得我們快點走。妳說呢？」

「事情不是他說了算的。趕緊做事，這裡都快成蒸籠了！」

「那下一步，你看我們該做什麼？這房子裡該查的我們都查遍了，找不到證據證明這裡曾經發生過殺人案啊。」

章桐想了想，把眼鏡摘下塞進口袋，然後果斷地說：「拆！」

「拆？拆哪裡？」小潘俐落地打開了工具箱，從最下層拿出了扳手和起子。

「你想想，如果有人在這個屋子裡被害，而屍體至今沒有找到，你最先想到的是什麼？」

「碎屍！」小潘脫口而出。他突然意識到了什麼，興奮地戴上手套，拿上工具快步走進了洗手間。

「我總算沒有白教你！」章桐小聲嘀咕。

故事三　彼岸花開

「你們這⋯⋯這到底是想做什麼？」當物業經理看到一臺鋥亮的不鏽鋼管道切割機被後來趕來的兩個痕跡鑑定技術員抬進小屋時，他的臉色頓時變了。

阿強笑著，伸手拍拍物業經理的肩膀：「沒事，經理，這是正常調查。」

「正常調查？你們拿切割機？」回過神來的物業經理剛想上前阻攔，就被阿強拽到一邊。「我說經理啊，你放心，怎麼拆的，我們待會兒就怎麼給你弄回去。這房子，該什麼樣還是什麼樣，一點都不會被看出來！」

「真的？」看著阿強一副信誓旦旦的樣子，物業經理半信半疑。阿強趕緊說：「你放心，我們警察會唬你嗎？」此時，屋裡洗手間的方向傳來了刺耳的金屬切割聲。

「那⋯⋯好吧，也只能這樣了。」物業經理長嘆一聲，沮喪地低下了頭。

小小的洗手間裡煙霧迷濛，如果不戴著口罩和護目鏡，飛揚的粉塵會把人嗆得喘不過氣來。

章桐不喜歡切割機發出的刺耳的聲音，尤其是接觸到物體時那尖利的摩擦聲，更是讓她渾身難受，但是沒辦法，有時候要想得到有力的證據，就必須忍受切割機聲音對耳膜的折磨。

「啪啦」一聲，浴缸下水道口的瓷磚終於破開了，痕跡物證技術員高興地豎起大拇指，表示並沒有破壞最底層的管道結構。放下切割機，兩人小心翼翼地把拐彎處的那一截取了下來，遞給了一邊站著的小潘。

洗手間的地面太小，塑膠紙被鋪在了外面客廳的地面上。章桐仔細查看了這截不到一公尺的 U 形管道，伸手從裡面摳出了一團類似人類毛髮的雜物，然後趴在地面上，近距離檢查這堆雜物。毛髮疑似物被輕輕剝離後，出現在大家面前的是幾塊毫無規則、表面呈黑色的東西，其中最大一

第一章　屍體迷蹤

塊的直徑也不到 2 公分。

難道這是人類的遺骸？

看著手掌中這幾塊黑色不明物體，章桐不由得發愁了。因為經過三年的汙水浸泡和沖刷，根本就沒有辦法確認這是否就是人類遺骸，再說了，即便有幸確認這是那個失蹤人員的遺骸的話，但要想從這上面提取到有用的 DNA，也是百分之一的可能性都不會有。

「章醫生，怎麼辦？」小潘打手勢詢問。

「拆！」章桐點點頭。

「還要拆？」小潘有點吃驚，他回頭看看面目全非的浴缸，「再拆哪裡？這邊的地板磚都已經檢查過了啊，牆壁縫都查過了。魯米諾沒有反應啊。」

章桐的目光落在了臥室，她的臉上流露出一絲希望：「你們兩個把所有的地毯都給我翻過來，包括臥室和客廳。小潘，你跟我來，幫我把床上的席夢思床墊翻過來。」

超級大號的床墊子在兩人的努力之下終於落在了地面上。章桐一把扯掉床單和被子，「嘭」的一聲，沉甸甸的席夢思床墊被徹底翻了過來，眼前的一幕，讓在場的人都驚呆了：大片已經凝固的黑褐色物體牢牢地黏在了席夢思床墊上，粗略看過去，床墊上的黑褐色物體所形成的怪異圖案像極了一個被斬首的人形。

許久，小潘才回過神來：「原來這混蛋是把床墊翻了遍啊！」

「對，他聰明得很，如果這個房間不被拆除的話，這得猴年馬月才會發現這個證據！」章桐冷冷地說道。在魯米諾試劑的作用下，床墊上閃爍著一片綠油油的螢光。

故事三　彼岸花開

「多虧這裡保存了環境。」章桐嘆了口氣，摘下護目鏡，揉了揉發酸的眼睛，低聲說道，「從出血量來看，受害者活著的可能性幾乎為零了，拍照取證吧，然後找人把整個床墊給我搬回實驗室去。我想，我們需要的所有證據都能在上面找到。」

小潘一言不發地點點頭，神色凝重。如果只有幾塊細小的骨骼碎片，要想就此查明這個人是誰，難度太大了。

已經過去了三年時間，並不是那麼容易就能夠從暴露在空氣中的殘留血跡中提取到有效的DNA。最關鍵的是，如果死者不是一線警務人員，或者在生前根本就沒有牽涉進法律糾紛的話，即便有了完整的DNA資料鏈，想要藉此確定一個人的身分，也是不大可能的。三年前，失蹤人口組還沒有建立失蹤人員的DNA資料庫。

三年，說長不長，但是讓一個人的所有線索完全消失，已經是足夠了。顯微鏡下，幾塊黑色物體散發出怪異的光芒。

「這就是在現場找到的骨骸嗎？」童小川問。

「是的，現在已經可以確定是人類的骨骸，因為它的橫切面有明顯的骨質特徵，但是光憑這些東西，我真的是無能為力。而且，這骨骸已經在下水道待了三年多，不該有的證據全有了，而應該存在的，卻一點都沒有了。」章桐長嘆一聲，上身重重地向後靠在椅背上，「這報告，反正我是寫不了，根本就無從下手。」

「難道就沒有別的辦法了嗎？」

「床墊上的血跡殘留物，DNA檢驗報告還沒有出來。況且，都經過了這麼長時間，還能不能提取到有效的證據，我的把握並不大。除非⋯⋯」說到這裡，章桐抬頭看著童小川。

第一章　屍體迷蹤

「你說！」

「局裡有一臺剛從德國進口的質譜分析儀，可以從蛋白質分子結構中找到很多有用的線索。你同學在那邊不是正好管這個嗎？幫我想想辦法，行不？插個隊？」章桐笑得一臉燦爛。

「我剛從那邊回來，排隊等著分析的案子有很多。說到底，還是我們這邊的設備太差了。」童小川抱著雙肩，皺眉說道。

「這案子已經等了三年了，不能再等了！幫個忙，想想辦法，行不？」章桐還是第一次這麼低聲下氣地求人。

童小川看看她，又看看面前的顯微鏡，最終嘆了口氣：「好吧，我等等打個電話給他。應該沒什麼困難。」

「謝謝你，欠你個人情。」章桐笑了。

童小川興沖沖地走下樓梯，來到一樓大廳。剛才電話裡，同學一口就答應了幫童小川的忙，這時候他急著要去底樓法醫處找章桐聯絡有關送證據的事情。

一樓大廳比往常喧鬧許多，人們進進出出，時不時地有人大聲抗議著什麼，隱約間還能聽到哭泣聲。對這些，童小川都已經見怪不怪了，所以當他和一個人擦肩而過的時候，他根本沒有注意到那人眼神中流露出來的驚訝目光。

很快，童小川的身影消失在了樓梯口。那人順勢攔住了身邊經過的一個穿制服的警員，問道：「對不起，剛才經過這邊看手機的那個男的，就是上身穿了一件紅黑色的格子棉布襯衫，下身穿了一條黑色牛仔褲，胸口掛著你們的工作證的，那男的，是不是叫童小剛？」

「不，他是我們刑偵大隊的負責人，叫童小川。你認識他嗎？」

故事三　彼岸花開

中年女人點點頭：「他是我的一個朋友。怎麼？他調到刑偵大隊去了？」

警員笑了笑：「我們這邊的工作都不是固定的，每過一段時間就要換一次。需要我幫你找他嗎？」

「沒事沒事，我會和他聯絡的，真不好意思，給你添麻煩了。」中年女人略微遲疑了一下，說道，「對了，我要求見你們刑偵大隊的另外的人。我要單獨見他，我要報案，凶殺案！」

一聽這話，警員臉上的笑容立刻消失了，他重複了一遍：「妳肯定是凶殺案？有證據嗎？」

「我當然有證據，我甚至知道凶手是誰！」中年婦女揚起了高傲的頭顱，緊握雙拳，神色嚴峻。儘管心存疑慮，警員還是帶著中年婦女向刑偵大隊辦公室走去。

辦公室的門開著，老李正坐在電腦旁仔細核對著剛送上來的24小時監控報告。按照規定，下去蹲守的警員每天下午3點必須把監控報告及時彙總送上去，以防止案情被遺漏。所以，老李的辦公桌上沒有一天不是堆積如山的。

警員敲敲門，然後說道：「教導員，這位女士找您有事。」

老李抬起頭，眼前這位女士身著質地上乘且款式時髦的灰色套裝，肩上挎著一個深藍色通勤包，雖然看起來已經不年輕了，但從她舉手投足之間流露的氣質和佩戴的首飾品味上，依然可以看出她曾經接受過良好的教育。

老李站起身，伸手指了指自己面前的椅子說：「快請坐吧。」

中年婦女也沒有推辭，她禮貌地朝身後站著的穿制服的警員點點頭，然後從容地走到椅子邊坐下。警員離開的時候，順手帶上了辦公室的門。

第一章　屍體迷蹤

「妳好，女士，能先自我介紹一下嗎？」

中年婦女點點頭：「我首先宣告，我在這個房間裡所說的話，僅限於你我之間，可以嗎？」

「沒問題。」老李靠在身後的椅子上，雙手手指在胸前交叉，「妳說吧。我是這裡的教導員，我姓李。」

「我叫趙美雲，南方人，我本來是來報失蹤的，但是我現在確信我的先生，失蹤十天的趙毅，已經被害，而凶手就是你們的同事童小川。」

老李驚得目瞪口呆。這怎麼可能？他努力遏制住自己的衝動，瞇縫著眼，上下仔細打量起面前這個自稱是受害者家屬的趙美雲。可是，趙美雲的臉上沒有一絲表情，甚至可以用「面癱」來形容這張抹了一層厚厚粉底的臉。

「趙女士，妳必須知道，報假案，同樣也是要承擔法律責任的。」老李看著她，「所以，妳有證據嗎？」

「我當然有！」趙美雲顯得很是從容，她不慌不忙地說道，「反正我先生現在肯定已經被害，所以，我接下來告訴你的事情，你不能上報。」

老李沒吱聲，在不知道真相之前，他不好隨便答應下來。

「我和我先生趙毅是二婚，結婚12年。三年前，我們從國外女兒家回來後，就來到這個城市定居，經營咖啡館生意，店面就在城東區。剛開始的時候一切都好，但是沒多久，我先生突然懇求我一定要把店賣了，然後遠走他鄉，最好去國外女兒家住，還說如果不走的話，有人會要了他的命。他本來不想告訴我實情，在我的再三逼迫下才終於坦白，說了自己曾經做過的一些違法的事，並下跪求我不要去報案。他還說他早就洗手不做了，但是有個警察一直在追殺他。」

故事三　彼岸花開

「追殺？」老李感覺自己就像在聽小說，他臉上露出了狐疑的神情。

中年女人點點頭：「他販毒已經有好幾年了，三年前之所以回國其實就是因為在國外混不下去了。他瞞著我欠了一屁股債，本以為到國內能夠另立碼頭，東山再起，至少能躲過債主。誰知這個警察盯上了我們，認為是我先生向毒販告的密，所以他的同事才會被境外的毒販打死。事後，他給我看過童小川的相片，說如果自己出意外了，就是他做的，叫我一定要報案。」

老李臉色沉了下來：「妳舉報要有憑據，不能光聽一面之詞，還有，妳怎麼確定趙毅已經死了？」

「我們之間有過約定，超過一週不聯絡，那就是出事了。」說著，趙美雲突然抬頭，若有所思地看著老李，好一會兒才繼續說道，「李教導員，有這麼一句話，不知道你有沒有聽說過？」

「你說。」

「警察和凶手之間，只隔著一層紗。而這層紗一旦被捅破，天使就會變成惡魔！」

老李愣住了，一絲涼意瞬間瀰漫全身。他瞇著雙眼看著眼前這個女人，突然想起三年前童小川剛來到刑偵大隊沒多久，他在禁毒大隊的同事就因為臥底身分被揭穿而遇害，死得非常慘。

就在這個時候，趙美雲突然輕輕嘆了口氣，她直起上身，目光轉向了窗外。

窗外，天空一片灰濛濛。

「而那位臥底警官的死，就是童小川警官內心深處的『一層紗』！」她說。

第二章　彼岸花開

　　「章醫生，就憑這幾塊骨頭碎片，質譜分析儀就能幫得了我們？」小潘趴在辦公桌上，雙手一伸，臉上露出無奈的表情，「除了蛋白質分子量、肽鏈氨基酸排序和多肽數目，還能有什麼？我們連受害者是男是女都沒辦法確定，技偵那邊對於床墊上的殘留物又提取不到有用的證據，妳說我們怎麼就這麼難呢？」

　　「你也不能怪小九他們，能證明是人類的血跡就已經很不錯了，DNA被破壞，這些都是意料之外的事情。能找到下水道中的這幾塊骨頭，已是萬幸。」說是這麼說，章桐的心裡仍惴惴不安。

　　她知道蛋白質分析可以為確定人類是否患有遺傳性疾病提供可靠的資料來源。堅硬的骨質更是保護了裡面的蛋白質細胞，可以間接判定三組基因DNA片段，雖然並不是一條完整的DNA鏈，但是如果有母本可以比對，還是可以確認骨頭的主人的。

　　整個下午，章桐一直守候在傳真機旁，等著失蹤人口組那邊送來三年前失蹤人員家屬的DNA樣本和省城的法醫實驗室質譜分析儀的分析結果。

　　「章醫生，那妳覺得我們能確定死者的身分嗎？」

　　「應該可以，不過，我心裡也沒有底。畢竟在那麼糟糕的環境下，已經過去了三年時間。我們必須做出最壞的打算了。」章桐無奈地搖搖頭，「對了，小潘，你是什麼時候來這裡工作的？」

　　一聽這話，小潘呵呵一笑，靠在椅背上，轉動著手中的筆：「好幾年

故事三　彼岸花開

了吧。章醫生，怎麼了，妳怎麼突然問我的工作年限了，難道是準備幫我申請加薪？」

「我哪有錢給你加薪啊，我是在想，你也該自己單獨做事了。我們這邊需要新人，不然的話，哪一天要是我不在了，你一個人怕忙不過來。」章桐若有所思地說道。

「章姐，妳別亂想，妳不是好好的嗎？離退休還早著呢！」小潘有些急了，「反正跟著妳做事也已經習慣了，我無所謂啦，還輕鬆呢。」

正說著，辦公室一角的傳真機發出了「吱吱嘎嘎」的聲響，沒多久，開始一張張地列印對方傳送過來的蛋白質分析檢驗報告。報告打完後，章桐仔細地逐張翻閱起來，同時把其中一張DNA分段資料表遞給了小潘：「輸入資料庫，看看有沒有什麼發現。」

「沒問題！」小潘順手打開了辦公桌上的掃描器。沒過多久，讓人意想不到的事情發生了，面前辦公桌上連線著掃描器的電腦突然發出了「滴滴」的警報聲，兩人都嚇了一跳。「難道這麼快就匹配上了？」章桐站起身，拉開凳子，繞到小潘身邊，彎腰看著電腦螢幕。

要知道，一條並不完整的DNA鏈能夠這麼快在資料庫中找到匹配對象，這種可能性是很低的。

電腦螢幕上顯示吻合率是70%。這個樣本是和失蹤人口組剛剛上傳的另外一個失蹤人員的DNA資料匹配上的。看著打開的資料夾，章桐意識到了問題的嚴重性，她伸手掏出口袋裡的手機，撥通了老李的電話。

讓她感到意外的是，一陣熟悉的《拉德斯基進行曲》在她身後猛地響起。章桐很清楚這是老李的手機鈴聲，上次在餐廳吃午飯時，老李拿著新手機四處求人幫忙改來電鈴聲。而那時候，章桐就坐在老李的對面。

第二章　彼岸花開

　　章桐轉過身，看見老李正站在自己身後，表情複雜地看著自己。

　　「老李，你怎麼來了？我正要找你呢。」

　　「什麼情況？」

　　「度假村的骸骨和失蹤人口組剛剛上傳的一組DNA資料匹配上了，吻合度很高，可以確定兩人是親屬關係。」說著，章桐轉身敲擊了幾下鍵盤後，繼續說道，「對方是一個中年男性，失蹤時間是十天前，名字叫趙毅，本地人，三年前與妻子回國定居。你們查過這個男人嗎？」

　　老李點點頭：「我查過趙毅的婚姻關係，他在17年前去了美國，後來和在國內的妻子離婚，獨生女兒趙佳燕判給了母親。至於趙毅和前妻為何離婚，目前還不清楚，只知道當時他的女兒趙佳燕只有兩歲。父女倆從此後就再也沒有聯絡過，據說關係一直很僵。三年前，上大二的趙佳燕打算申請去美國留學，這才和她父親趙毅聯繫上的。但是，從那以後，趙佳燕就離奇失蹤了。」

　　「直到我們在度假別墅裡發現了趙佳燕的DNA。」章桐隱約感到了一絲不安，「我會通知趙佳燕的母親宋丹萍女士來警局配合我們調查考核的。據說她還住在本市，一直沒有離開過。」

　　正在這時，老李看了一眼小潘，張了張嘴，一副欲言又止的樣子。敏感的章桐立刻意識到老李肯定有事，她拍了拍小潘的肩膀：「去小九那邊把席夢思床墊上的檢驗資料報告拿過來。」

　　小潘點點頭，離開了。直到門被關上後，章桐這才伸手一指自己面前的椅子，說道：「老李，坐吧，現在這裡就只有我們兩個人，你什麼話都可以說的。」

　　「童隊今天來這裡了嗎？」老李的聲音變得異常嘶啞。雖然感覺到奇

281

故事三　彼岸花開

怪，但是章桐還是點點頭：「來過了，要是沒有他的幫助，我們不可能這麼快就確定屍體的來源。透過質譜分析儀對骨骼的蛋白質氨基酸序列的分析，找出了三組重要的DNA連結片段，而正是這三組片段，才使得我們很快就有了答案。而至於客房席夢思床墊上的血跡殘留，因為度假村每年都使用殺蟲劑燻蒸法，我們根本就沒有辦法提取到相關DNA連結點。所以說，這一回童隊算是幫了我們大忙了，不然的話，光排隊就得等半年。到那時候的話，說不準凶手早就跑了！」

「這個趙毅，我知道。」老李並沒有像往常那樣開著玩笑，相反，他一臉嚴肅地對章桐說道，「章醫生，這個案子，妳不能再讓童隊接手，嚴格意義上說，妳不應該再允許他走進這個房間。」

章桐的瞳孔一陣緊縮，她當然明白老李話中的含義，迴避制度，只有當偵查員牽涉進案子的時候，才會被勒令實施。難道說童小川和這個趙毅的失蹤有關係？還是說跟三年前的這具屍體有關？

「老李，你老實告訴我，童小川到底怎麼牽涉進這個案子裡了？他和這個趙毅究竟是什麼關係？你為什麼會叫他迴避？」

老李長嘆一聲，無奈地看著章桐：「章醫生，妳就別問了，這件事情我已經向張局做了彙報。至於說趙毅，我只能告訴妳，目前還是失蹤狀態，他妻子向我們舉報說童隊涉案，理由是童隊曾經在禁毒大隊時的搭檔有可能是因趙毅的出賣，才被境外販毒團夥殺害。」

章桐呆了呆：「我知道這個案子，新聞都報導了，那人全身的骨頭都被打斷了，死得很慘，簡直就是處決。」

老李點點頭：「度假村的死者是趙毅的女兒，妳肯定嗎？」

「應該可以。」

第二章　彼岸花開

老李嘆了口氣，轉身走了。

辦公室裡靜悄悄的，靜得章桐都能聽到自己沉重的呼吸聲，電腦顯示器依舊在不停地閃爍著。

門被推開了，小潘走了進來，他把報告遞給了章桐，上面確認了死者就是趙毅的女兒趙佳燕。

＊　＊　＊

湖邊咖啡館，就在老城區邊上的路，因為這裡不屬於交通要道，所以周圍來往的人並不多，但是這個小小的咖啡館裡，顧客一直沒有斷過。

童小川經常來這裡，這裡很安靜。店主是一個胖胖的小老頭，很和藹，見人常帶著笑。這裡的房子是店主私有，所以他並不在意每天的銷售量。店主經常說的一句話就是：人活著，開心就好。

可是，開心，並不是每個人都能做到的。

接到章桐電話後沒多久，童小川便推門走進咖啡館，店裡只坐了三四個顧客。他一眼就看見了章桐的身影，她正獨自坐在最裡面靠窗的位置，背對著門口。童小川輕輕走到章桐身邊，坐了下來。

章桐抬起頭來，若有所思地看著他，許久才說道：「我打電話給你，就是想聽你告訴我真相。」

童小川一愣，張了張嘴，沒有說話。

「趙毅，是不是已經死了？」章桐問。

童小川一臉茫然：「我希望他死了。」

「那你去自首吧。」章桐的聲音低得似乎只有她自己才能夠聽到。

童小川不敢相信自己的耳朵，他猛地抬頭，死死地瞪著章桐：「你說

故事三　彼岸花開

什麼？」

「你的事，我都已經知道了，老李找過我，說你涉嫌殺了趙毅，因為趙毅出賣了你在禁毒大隊的同事，讓他在臥底時被滅了口。」章桐看著他，「我聽說過這個案子，也知道當時這件事給你的打擊很大。」

「妳胡說什麼呢，章醫生？我根本就沒有殺人！」童小川深感意外，「我是知道趙毅，也曾經跟蹤過他幾次，那時候我剛到刑偵大隊沒多久，三年前，那時我一直想抓住他，但是後來我放棄了，蔣隊勸了我。妳們為什麼會認為我殺了他？」

「有人把你舉報了。」章桐搖搖頭，聲音冰冷，「我把你當朋友，也一直很信任你。你如果真沒殺人，自己去找老李說清楚。」說著，她站起身頭也不回地離開了咖啡館。

＊　＊　＊

「死者名叫趙瑩，又名趙佳燕，女，19歲，原籍長橋縣，失蹤時係中部大學外國語學院2009屆學生，死因不明。凶器不明。死亡時間也不明，只能暫定為三年前的10月分，是根據其母親宋丹萍女士的失蹤報案紀錄來確定的。據死者的男朋友所說，死者失蹤當天曾經跟他說要去見自己的父親，說生父從美國回來了，後來就再也聯絡不上了。而死者的生父趙毅確切的回國時間也是三年前，也就是趙佳燕失蹤前一個月。他後來和第二任妻子在本市開了個咖啡館，他妻子說趙毅當時並沒有見到死者。目前就查到這些情況。」老李把活頁夾遞給了張局。

「監獄那邊有去考核過嗎？」

「有，」老李點點頭，「我的下屬回覆說，那個被舉報的在押犯是一個偷竊慣犯，他供述說，人不是他殺的。他只是一個小偷，那晚，正好去案

第二章　彼岸花開

發現場偷東西，幾乎滿載而歸，在最後一間小屋外面，他無意中透過窗簾的縫隙，目睹了這起慘案。因為怕暴露自己的偷竊行徑被抓而受到重判，所以他就一直沒有說，直到上次喝多了，想為自己在同行之中樹立名頭，就說出了這件事。而這個小子對凶手的描述就三個字：忘記了。」說著，老李無奈地雙手一攤。

「看來凶手是趙毅的可能性非常大。」張局嘆了口氣，伸手摸出了一包菸，抽出了一支，扔給辦公桌對面的老李。

老李點燃了香菸，深吸一口，面露難色：「可惜的是，趙毅已經失蹤了，就在十天前，失蹤地點就在本市。這樣一來，趙毅的作案動機就沒有辦法去推斷了，我們只能先找到趙毅再說。」

張局翻看著手裡的活頁夾：「老李，童小川真的牽涉進這件案子了？」

「不好說，現在光憑趙毅家屬的一面之詞沒辦法確定，但他確實有動機。」

「他人現在在哪裡？」

老李遲疑了一下，小聲說道：「我打他手機，沒有接，關機了。」

張局抬頭，神情嚴肅地看著老李，老李忙把目光移開了：「你先出去，我要打個電話。」

老李退出了辦公室，張局沉思了片刻，從懷裡摸出一個黑色筆記本，找到上面的一個電話號碼，然後掏出手機打了過去。電話很快就接通了，兩人交談的時間並不長。結束通話後，張局臉上的愁容才終於舒展開，他在便條本上寫了個地址，然後站起身，拿著這張紙離開了辦公室。

＊　＊　＊

故事三　彼岸花開

破天荒頭一回，張局竟然坐在法醫辦公室門外的長椅上等著章桐。

走廊裡充斥著刺鼻的菸草味道，長椅邊上的菸灰缸裡，已經擠滿了一堆菸頭。這意味著，他已經在這裡等了很久了。章桐剛要開口，卻被對方揮手制止。

「章醫生，妳聽我說，童小川是被人陷害的，我現在給妳一個地址，妳把刑科所的人都帶過去。如果趙毅已經死了的話，那趙毅的屍體就在那裡，死因我不清楚。」說著，他把一張紙遞給了章桐，語重心長地說道，「不要問我從哪裡得來的消息，這是我以前的一些消息來源，為了對方的安全，我不能說得太明白。妳們快去快回，路上要低調，別被媒體發現了。」

章桐點點頭：「謝謝你，張局。」

張局微微一笑，掐滅了手中的菸頭，轉身走了。

＊　＊　＊

郊外的一處廢棄廠房。

章桐面前，只有幾個一公尺多高的油漆桶，除此之外，廠房裡一無他物，空蕩蕩的。看起來已經有了一定的年頭，沒人能夠辨別清楚油漆桶表面原來的顏色。頂上的蓋子蓋得嚴嚴實實的，密不透風。而最重要的是，桶無一例外都是沉甸甸的，搖晃時還有晃動聲，顯然裡面裝著液體狀的東西。

章桐十分懊惱，油漆桶太沉了，憑藉一個人的力量是根本沒有辦法移動它的。

「他說屍體就在桶裡面嗎？」小潘皺眉問道，因為面前堆積起來的油漆桶至少有 30 多個，每個都蓋得嚴嚴實實的。

第二章　彼岸花開

「是的，張局給我的地址就是這裡。」

「如果真的在這裡面的話，凶手也太會折騰了。」小潘嘟囔了一句，緊接著問道，「我們才三個人啊，你們老李呢？」

阿強回答道：「他去監獄了，去找爆料度假村殺人案的那個傢伙，看還能不能找出點線索來。」

章桐沒有說話，她的心情糟透了。她深知自己所做出的任何一個決定，都很有可能是決定童小川後半輩子的一張命運牌。她卻偏偏不能推辭。

「打開！」章桐頭也不抬地吩咐身邊的小潘，同時穿上了防護服。因為今天勘查現場的環境比較特殊，她不得不在外面又套了一件。

「都打開嗎？」小潘被眼前的情況弄得很頭痛，油漆桶雖然已經年代久遠，但是材質好得要命，不是徒手就能掰開的。

「我們沒那麼多時間。」章桐有些不耐煩，「引來媒體就更說不清了。」

小潘撇了撇嘴，戴上護目鏡，扛起行動式電鋸，向最近的油漆桶走去。沒多久，刺耳的電鋸聲充斥著整個廠房。油漆桶蓋子被一個個打開，很快，一股惡臭撲面而來。小潘停下了手中的電鋸，廠房裡恢復了寂靜，耳邊只聽見一陣陣風聲，風颳得廠房外頂上的塑膠板劈啪作響。

「確定嗎？」章桐問。其實這熟悉的臭味早就已經把答案告訴了在場的所有人。油漆桶中，是一具腐爛散架的屍體。阿強走到油漆桶前，強忍住胃裡的翻騰，看了一眼後，他驚訝地抬頭說道：「才十天，怎麼變化這麼快？」

「沒什麼奇怪的，雖然說室外溫度才 20 攝氏度左右，但是泡在這油漆桶裡，溫度至少 30 攝氏度以上，所以，十天，很正常。」

故事三　彼岸花開

　　阿強沒有辦法把眼前油漆桶中的大半桶莫名物質和一個活生生的人連繫在一起。

　　章桐彎腰從打開的工具箱中拿出一副特製的塑膠手套戴上，這副手套很長，幾乎到了人的肩膀部位，然後她穿上了皮圍裙，戴上口罩和護目鏡，這才對潘健說道：「準備好。」

　　還沒有等阿強反應過來，章桐就把手伸進了油漆桶中摸索了起來。

　　偌大的廠房裡一片寂靜，大家的目光全都集中在了章桐的身上。「嘩啦」一聲，章桐的臉上終於露出了一絲笑容，在她抬起的右手中，是一個已經變色的人類顱骨，白色的眼珠依舊嵌在眼眶中，而沒有完全融化的一部分肌肉組織還牢牢地貼在下顎骨上。

　　縱是見慣了死亡的場面，阿強還是忍不住向後倒退了一步。藉著頭頂的燈光，章桐仔細觀察起了手中的顱骨：「男性，40歲以上，等等，他的額頭……」

　　顱骨額頭眉心部位，有個黑黑的孔洞。

　　三人不禁面面相覷，死者是被人用槍抵在額頭打死的。

第三章　蛛絲馬跡

　　老李不喜歡眼前的這個女人。儘管在旁人看來，趙美雲舉手投足之間顯得非常優雅得體，衣著也很有品味，而且她又是受害者家屬，但是老李怎麼也沒有辦法對她產生哪怕一丁點的好感。

　　理由很簡單，在趙美雲的臉上，他沒有看到一絲一毫的悲傷。

　　不可否認這個世界上就是有那麼一些人，心理自控能力是極其強的，但是老李是個普通人，他接受不了受害者家屬這麼一張表情冷淡的臉。

　　「確定是我先生趙毅了嗎？」

　　「目前還在等法醫的處理結果，」老李瞥了一眼電腦上的時間，「今天上午應該能知道。」

　　「你們的法醫可靠嗎？」趙美雲雙眉一挑。

　　「你質疑我們法醫的工作能力？」老李有些不高興了，他強忍住內心的不滿。

　　「我還要等著幫我先生辦葬禮，請加快速度辦理吧。」趙美雲的目光咄咄逼人，「我還有葬禮的事情要處理，可以先走了嗎？」

　　老李點點頭，沒再多說什麼。

＊　＊　＊

　　中午，章桐剛走進食堂，迎面就碰見了老李，兩人端著盤子在一張桌子旁坐了下來。

故事三　彼岸花開

「我正好要找妳，章醫生。屍體檢驗的結果出來了嗎？」

「還在等顱面部成像復原的結果，但是根據DNA比對結果來看，死者應該就是趙毅。」章桐伸手從面前的紙巾盒裡抽出一張紙，仔細地擦拭著餐具。

「具體死因呢？」老李繼續問道。

「近距離槍彈創造成的顱腦開放性損傷，0.45口徑，死後被塞入油漆桶。」說著，章桐若有所思地抬頭看著老李，「我現在不明白的是張局的消息來源是否可靠。」

「這點妳不用擔心，張局當過八年的臥底，單槍匹馬端掉過12個犯罪團夥，是黑白兩道都敬而遠之的『拚命三郎』，」老李古怪地笑了笑，「他的消息來源是我們這裡最可靠的了。」

章桐聽了，暗暗鬆口氣：「那現場應該不止一個人。」

就在這時，章桐的手機響了起來，是小九辦公室打來的電話。接完電話後，章桐並沒有馬上把手機關上，而是把手機遞給了老李：「這是他們那邊剛傳過來的相片，是在油漆桶裡發現的。」

「這是一枚戒指？它怎麼會在桶裡？」老李感到很詫異。

章桐點點頭：「是一枚女性戴的戒指，他們是在桶的底部發現的。除此之外，剛才小九跟我說了，就是一些死者的衣物，沒有別的什麼特別的東西。個人隨身物品，比如手機之類的，都沒有。」

「戒指，會不會是死者本人隨身帶著的？」

「那樣一來，死者應該會選擇放在衣服口袋裡。死者的身體雖然腐爛了，但是衣物由於結構組織的不同，腐爛的程度會慢一些。有時候，人都沒了，衣服還在。所以，按照常理來看，這枚戒指如果是死者隨身帶著

第三章　蛛絲馬跡

的，應該在死者的衣服口袋裡，而不是在桶壁邊緣。」章桐接過手機，塞回外衣口袋。

「老李，我有一個大膽的推測。這枚戒指，很有可能是死者在最後一刻從對方手上抓下來的。戒指是黃金的，不會很硬，剛才你也看到了，戒指的表面有損壞，指環扭曲了。」章桐認真地說道。

老李突然一臉的驚愕：「在死者趙毅的妻子趙美雲的手上，我確實沒有看到戒指。可是，話又說回來，如果趙美雲真的是凶手的話，那她殺害自己丈夫的動機又到底是什麼呢？回國這麼多年，她完全可以隨時動手，又何必要等到現在？還要報案說丈夫失蹤？這樣的解釋說不通啊！除非……我等一下去查查保險再說。」

*　*　*

天色已晚，章桐鎖上辦公室的門，撐著雨傘走出了警局。這幾天一直在下雨，並且雨勢根本就沒有減弱過。一股寒意襲來，她不由得渾身哆嗦了一下。已經是秋天了，是該變冷了。章桐抬頭看了一眼灰濛濛的天空，順手把衣服領子扣緊一點，加快了去公車站臺的腳步。

「請問，妳是警局的法醫嗎？」身後傳來一個女人微微顫抖的聲音。章桐停下了腳步，轉過身去，對方的聲音很陌生，她可以肯定在這之前自己並沒有見過眼前這個女人。

一把黑色的大傘幾乎遮住了對方的大半張臉。女人的聲音有些沙啞，伴隨著打在傘上噼啪作響的雨聲，章桐的心裡不免有些怪怪的感覺。

「找我有事嗎？」章桐反問道。

「我叫宋丹萍。」或許是想讓章桐更進一步地看清楚自己，女人把黑色的大傘向上抬了抬，露出了一張蒼白疲憊的臉。

故事三　彼岸花開

「妳是趙佳燕的母親？」章桐聽到了自己心跳的聲音。

女人哆嗦著點點頭：「我還知道我女兒是被她父親趙毅殺了的，我有證據。」

「妳……跟我來吧。」章桐轉身又走回了警局大院，這時候，刑偵大隊的辦公室裡依舊燈火通明。

＊　＊　＊

老李吃驚地看著章桐：「章醫生，妳確定這女人講的是真話？」

章桐搖搖頭：「我不知道，但是她確實是宋丹萍女士，趙佳燕的親生母親。」

「她為什麼到現在才說出那天晚上她女兒曾經打過電話給她？都過去三年了。」老李眉頭緊鎖，「她肯定對我們還有所隱瞞。」

「我也覺得她在這個節骨眼上說出趙毅是凶手，應該不是偶然。」章桐對老李說，「本來只是通知她來做DNA檢測，看是否能和骸骨匹配上，她卻立刻連繫上凶手的身分，中間應該還有很重要的一環。」

「我明白了，謝謝提醒。」

老李心事重重地推門走進了詢問室，在阿強身邊坐了下來。隔著桌子，他朝對方點點頭，算是打過招呼了：「我是刑偵大隊的李警官，暫時負責調查這個案子。我的同事說妳有事找我？」

女人點點頭：「我是趙毅的前妻，我叫宋丹萍，我今天來，是想告訴你們趙毅殺了我女兒趙佳燕，我有影片可以證明。」

「宋女士，我想我有必要提醒妳，做假證是要負法律責任的。」老李不動聲色地說道。

第三章　蛛絲馬跡

　　宋丹萍點點頭：「我願意對自己所說的每一個字承擔法律責任。趙佳燕是我的女兒，她失蹤了這麼久，我就知道她肯定已經不在這個世界上了。之前我就猜到她是被她父親趙毅給害了，那時候我還不敢相信，但是我後來是百分之百肯定了。」

　　「妳說什麼？」老李忍不住朝隔壁章桐所站的位置看了一眼。

　　宋丹萍的臉上滿是悲傷：「趙毅，也就是我的前夫，三年前把我女兒殺了，這混蛋！」或許是觸動了內心深處那塊隱藏已久的傷疤，說到這裡，宋丹萍的雙手手指下意識地緊緊扣在一起，因為過於用力，指關節都已經發白了。

　　老李微微皺眉：「宋女士，妳知道趙毅三年前回過國嗎？」

　　宋丹萍搖搖頭：「離婚後，我就不想再和那個混蛋有任何瓜葛，我說過，他要是再來找我，我就直接殺了他。」

　　「但是妳女兒一直和他保持聯絡，是嗎？」

　　宋丹萍目光中的冰冷突然消失了，沉默良久，她嘆了口氣：「是的，燕燕和她爸爸有聯絡，我其實一直都知道。燕燕沒告訴我，她怕我生氣，我也不忍心戳穿她，那畢竟是她的親生父親，情有可原。我知道她想出國，但是我做夢都沒有想到，她竟然會相信那個混蛋！而他，連自己的親生女兒都不放過，你們說，他還是人嗎？」

　　說到最後，宋丹萍的情緒漸漸有些失控了。老李和阿強不由得面面相覷，轉頭繼續問道：「宋女士，妳方便告訴我為什麼要和趙毅離婚嗎？」

　　「他是個變態！」宋丹萍強忍著的情緒終於爆發了，她怒吼道，「他是一個徹徹底底的性變態！每次夫妻同房，他都幾乎要把我掐死，然後再往死裡折磨我。他不是人！他是個混蛋！」

293

故事三　彼岸花開

「宋女士，請妳冷靜點，趙毅已經死了，如果妳不能控制住自己的情緒的話，那麼，我們的談話就沒有辦法再繼續了。」老李嚴肅地說道。

「好……對不起。」宋丹萍調整了一下情緒，這才繼續說道，「我和他離婚，不只是因為這個，那混蛋看我女兒的眼神，那時候，我女兒燕燕才兩歲啊……我知道，如果不趕快離開他的話，女兒遲早會落入他的魔爪。所以，我就選擇了離婚。從那以後，我只知道他去了美國，和他再也沒有聯絡過。直到那個男的站在我的面前，告訴我說，我的女兒三年前就死了。」

「那個男的？他說過自己叫什麼名字嗎？」

宋丹萍搖搖頭：「他說為了我好，叫我不要多問，他答應過別人不再插手這個混蛋的事。他現在之所以找我，是因為他實在看不下去了。這混蛋在三年前害死了他一個兄弟，他找了很久才找到趙毅在國內的落腳點，也無意中從一個朋友那裡知道了趙毅對自己親生女兒下手的事，就決定幫我討回公道，讓趙毅親口承認他殺害女兒的事情。他要我幫他一個忙，叫我用手機幫助錄影。」

老李感到很詫異：「妳是怎麼找到趙毅的？」

宋丹萍的嘴角露出了鄙夷的笑容：「狗改不了吃屎，玩性虐遊戲的，在我們這個地區沒有多少人的。我是婦科護理師，認識幾個經常去醫院檢查身體的站街女，很容易就找出了他的下落。那幫女人對他也是恨之入骨，罵他不得好死！別以為他結婚了，就會變成好人，這種人，到死骨頭都是黑的！」

「那你認定妳女兒是被趙毅殺害的證據是什麼？」

「他親口承認的！」說著，宋丹萍按下了手機上的播放鍵，遞給了老

第三章　蛛絲馬跡

李,「你們自己看。」

這是一段影片資料,錄製影片的背景,正是發現趙毅屍體的那個廢棄的工廠。鏡頭中,趙毅已經倒在了地上,半個身體靠在油漆桶邊上,一個中年男人正憤怒地厲聲指責著他:

「……你別以為自己能逃脫得了,你害死了多少人!你連自己的親生女兒都不放過,你到底還是不是人……」

「你……你是怎麼知道燕燕的事的?」趙毅尖叫道。

「哼!你不會這麼健忘吧,自己做的孽,別以為沒人會發現!」

「她媽媽知道嗎?她媽媽阿萍……」

話音未落,那男人一腳狠狠地踹在了趙毅的身上,痛得他直叫喚。男人忍不住怒斥:「你還好意思提孩子的母親!」

「我……我也不是故意的,我控制不了自己……」趙毅的聲音轉而充滿了哀求,「請你放過我,哥,求你了!都過去這麼多年了,我以後一定吃齋念佛,再也不會這麼做了……」

「你還想有以後?」中年男人蹲下身體,仔細地看著趙毅的臉,緊接著揚手狠狠地一巴掌搧在了他的臉上,「我等今天等了多少年,你知道嗎?你害死了我兄弟!你別以為我沒有辦法找到你,你這種人,無論躲到哪裡,我都會把你找出來,讓你下地獄!」

說著,他又狠狠地一拳打在趙毅胸口,一把揪住他胸前的衣服,把他像個麻袋一樣提了起來,用力塞進了一旁敞開著的油漆桶裡,接著便揚長而去。影片到此戛然而止。

老李倒吸了一口冷氣:「這是誰?」

故事三　彼岸花開

「立刻把影片刪除！」張局突然出現在門口，神情嚴肅地說道，「宋女士，我不明白他為什麼叫妳錄影片，你要知道這個影片一旦散播出去，對他而言就是滅頂之災。馬上刪除！」

老李立刻明白了張局的話，他匆匆走出詢問室，來到外面走廊上：「可是，張局，他為什麼要插手這件事？」

張局輕輕嘆了口氣：「我們那位殉職的臥底警察曾經救過他女兒。他一直在調查是誰出賣了我們的人，後來順著線索就摸到了國內。但是我可以肯定他沒有殺趙毅，因為他親口對我說他這麼做只不過是想讓趙毅被我們抓住。我們都知道沒有直接證據就逮捕趙毅站不住腳，反而會牽連一批好不容易打進販毒集團內部的人，甚至給他們帶來生命危險。廢棄廠房發生的這件事，我想他也是不得已而為之。還有就是他向我保證了，說他只是打了一頓，拍了影片，走的時候看了，那傢伙還活著，不會致死。」

「沒死？那是誰殺的？那女人為什麼要冤枉童隊？」老李不解地問。

「那就不知道了。」張局神情凝重，「我剛才聽章醫生說，死者是被人用槍抵在額頭正面打死的。」

正說著，章桐走了過來：「張局，那位臥底身高是多少？」

「我見過兩次，身高在173到175公分，反正不會低於170公分，不高於180公分。」

「那就不是他開的槍，他只是打了死者趙毅而已。」章桐說，「因為開槍角度和高度不對。」

「那難道說現場還有第二個人？」老李問。

「不，第三個人。」章桐回答，「身高不超過160公分。」

「那……難道說還有一個人在幫忙？」老李腦海中閃過趙美雲的影

第三章　蛛絲馬跡

子,「這不可能!」

「可能這個人根本不知道第三人的存在。」看著房間內坐著的宋丹萍,章桐若有所思,「去試試那枚戒指吧,不會無緣無故出現在油桶裡的。」

老李恍然大悟。

「不過,戒指不會是她的。」章桐伸手指了指宋丹萍,「她的手指指關節痛風的症狀看上去也不是一天兩天了,她應該經常手指僵硬,不適合戴戒指。」

「所以,只有可能是趙美雲,明白,我會好好和她談談的。」老李正準備推門進審訊室,專案內勤小劉遞給他一份保險查詢回執,老李的臉上頓時露出了笑容。

審訊室的門在他身後緩緩關上了。

＊　＊　＊

「張局,童隊是冤枉的。」章桐說。

張局點點頭:「我知道,所以我兩小時前打發他去上學習班,七天,他需要好好學會控制自己的情緒。」

聽了這話,章桐懸著的心總算放下了。

「但是,張局,趙美雲為什麼會突然想到賴上童隊呢?」

「童小川這傢伙必定在她面前出現過,給她留下了深刻的印象,而童小川的身分又是非常特殊的,並且有充足的作案動機。只要趙毅的屍體不被發現,她殺夫騙保的勾當就能完美謝幕。我想啊,趙毅或許到死都不會料到自己會被這個枕邊人給殺了。」張局回答。

「那宋丹萍知不知道趙美雲殺了趙毅?」章桐忍不住追問道。

故事三　彼岸花開

「她應該不知道，不然的話不會急著來警局報案說趙毅殺了她女兒，因為這段影片就是她等了三年的證據。」

「那她知道趙美雲嗎？」

張局點點頭：「趙美雲是個聰明的女人。」

「我覺得她們應該互相憎恨才對，趙美雲搶走了她男人。」

「不，你錯了，從三年前宋丹萍女兒的慘死，到三年後趙美雲對生活的徹底絕望，這兩個女人，對趙毅應該是徹底沒有愛了。我查了她們婚前各自的背景，真的很可惜。宋女士在婚前是個很有天賦的舞蹈家，而趙美雲，家裡很有錢，做跨國生意的，三年前之所以回國，是因為家產被趙毅揮霍得差不多了。」

「所以這兩個女人才會走到一起。」章桐輕輕嘆了口氣，「結婚？算了吧。」她轉身離開了。

冷不丁聽見這句話，張局驚愕地轉頭看著章桐離去的背影，好半天才回過神來，小聲嘀咕：「天吶，我到底說了什麼？」

第三章　蛛絲馬跡

法醫追凶——無聲的證言：
以他人性命為代價追尋「美」，法醫從業者的半寫實懸疑小說

作　　　者：	戴西
責任編輯：	高惠娟
發 行 人：	黃振庭
出 版 者：	崧燁文化事業有限公司
發 行 者：	崧燁文化事業有限公司
E - m a i l：	sonbookservice@gmail.com
粉 絲 頁：	https://www.facebook.com/sonbookss
網　　址：	https://sonbook.net/
地　　址：	台北市中正區重慶南路一段61號8樓 8F., No.61, Sec. 1, Chongqing S. Rd., Zhongzheng Dist., Taipei City 100, Taiwan
電　　話：	(02)2370-3310
傳　　真：	(02)2388-1990
印　　刷：	京峯數位服務有限公司
律師顧問：	廣華律師事務所 張珮琦律師

國家圖書館出版品預行編目資料

法醫追凶——無聲的證言：以他人性命為代價追尋「美」，法醫從業者的半寫實懸疑小說 / 戴西 著 .-- 第一版 .-- 臺北市：崧燁文化事業有限公司，2024.09
面；　公分
POD 版
ISBN 978-626-394-796-2(平裝)
857.7　　113012692

-版權聲明-
本書版權為樂律文化所有授權崧燁文化事業有限公司獨家發行電子書及紙本書。若有其他相關權利及授權需求請與本公司聯繫。
未經書面許可，不得複製、發行。

定　　價：399 元
發行日期：2024 年 09 月第一版
◎本書以 POD 印製
Design Assets from Freepik.com

電子書購買

爽讀 APP　　　臉書